I0663663

# VON KÜSTE ZU KÜSTE

Arizona Raptors, 1

RJ SCOTT

V.L. LOCEY

Übersetzung

XENIA MELZER

Love Lane Books

# Von Küste zu Küste

Von Küste zu Küste (Arizona Raptors #1)

Copyright 2024 RJ Scott, Copyright 2024 V.L. Locey

Originaltitel: Coast to Coast – Copyright 2019 RJ Scott, Copyright 2019 V.L. Locey

Cover: Meredith Russell

Lektorat englische Ausgabe: Sue Laybourn

Übersetzung: Xenia Melzer

Proofing: Eva Melzer

Veröffentlicht von Love Lane Books Limited

ISBN: 9781785644993

## Alle Rechte vorbehalten

# Von Küste zu Küste

- Gegensätze ziehen sich an
- Ein bissiger Team-Eigentümer, der von seiner Familie enterbt wurde
- Gefangen in einer Klausel in einem Testament
- Ein Coach, der sich nicht fürchtet, Dinge zu ändern
- Geheimer Motel-Sex
- Leidenschaftliche Diskussionen und sture Hitzköpfe

**Als Gegensätze sich anziehen, wird dieses Team von ganz unten in der Liga nie wieder so sein wie zuvor.**

Eine Bedingung im Testament seines Vaters zwingt Mark zurück in die Arme einer Familie, die ihn verstoßen hat und macht ihn zu einem Drittel zum Eigentümer eines Hockeyteams, das kurz vor dem finanziellen Ruin steht. Er schaut sich Hockey nicht einmal an, mag es auch nicht und will nichts mehr, als wieder zurück nach New York zu gehen. Dann ist da noch der neue Coach, ein sturer, eigensinniger, irritierender Mann mit einem Überlegenheitskomplex und fragwürdigem Musikgeschmack. Sich mit Rowen anzulegen, wird zur neuen Normalität, aber dazu kommen auch leidenschaftliche Diskussionen und eine alles verschlingende Lust.

Als ihm angeboten wird, eines der schlechtesten Teams der Liga zu einem zukünftigen Mitbewerber um den Cup umzubauen, kann Rowen sich diese Gelegenheit nicht entgehen lassen. Noch nie in seinen zwanzig Jahren Hockey hat er ein Team gesehen, das so schlecht geführt wurde oder Spieler, die so voller Feindseligkeit und Engstirnigkeit sind. Aber etwas an diesem Team und dieser Stadt überzeugt ihn, seine Ärmel hochzukrempeln und anzufangen, alles auseinanderzunehmen. Wenn nur Mark, einer der drei Geschwister, denen die Raptors jetzt gehören, nicht so verdammt stur und doch so verdammt reizvoll wäre, könnte sein Job leichter sein. Es sieht nicht so aus, als ob einer von beiden nachgeben möchte, aber eine Nacht in einem dunklen, abseits gelegenen Hotel verändert alles.

Da viele LeserInnen wohl keine eingefleischten Hockey-Fans sind, habe ich hier eine kleine Sammlung der Hockey-Begriffe, die in diesem Buch vorkommen. Eventuelle Fehler oder Ungenauigkeiten bitte ich zu entschuldigen.

# Widmung

Für meine Familie, die mich und all meine Marotten
und Eigenheiten akzeptiert.
Sogar die Plastikbanane in meinem Holster.
*VL Locey*

Immer für meine Familie.
*RJ Scott*

# Glossar

Da viele LeserInnen wohl keine eingefleischten Hockey-Fans sind, habe ich hier eine kleine Sammlung der Hockey-Begriffe, die in diesem Buch vorkommen. Eventuelle Fehler oder Ungenauigkeiten bitte ich zu entschuldigen.

**Back-to-Back**: Zwei Spiele hintereinander.

**Bag Skate**: Besonders intensives Konditionstraining auf dem Eis; oft eine Strafe für Fehlverhalten.

**Cheap Shot**: Schüsse, die das Ziel haben, den Gegner zu verletzen.

**Combines**: Spiele vor dem Draft, in dem die Nachwuchsspieler ihr Können zeigen.

**Conference Championships**: Dritte Runde der Stanley Cup Finalspiele. Es gibt die Eastern und die Western Conference Championship und der jeweilige Gewinner tritt im Finale an.

**Corsi-Statistik**: Eine relativ komplizierte Statistik, die beim Eishockey genutzt wird, um Schussversuche auf das gegnerische Tor bei einem ausgeglichenen Spiel (gleich viele Spieler in jeder Mannschaft auf dem Eis) abzubilden und so die Schlagkraft eines Teams einzuschätzen.

**Deke**: Täuschungsmanöver

**Expansion Draft**: Wird von der Liga durchgeführt, wenn ein neues Team im Zuge einer *Expansion* Mitglied wird. Spieler aus anderen Teams werden dafür rekrutiert.

**Expansions-Team**: Teams, die während mehrerer *Expansions* (Erweiterungen) der NHL beigetreten sind.

**Face-off**: Eine Art Einwurf des Pucks nach einem Foul oder einer Spielunterbrechung. Findet zwischen zwei Spielern statt. Ist auch der Anstoß zu Beginn des Spiels in der Mitte der Eisfläche.

**Farm Team**: Zweites Team eines Vereins, das in einer niedrigeren Liga spielt und aus dem Spieler für die NHL rekrutiert werden.

**Five-Hole**: Bereich zwischen den Beinen des Goalies.

**Flex**: Die Flexzahl steht für den Kraftaufwand in Pfund, der nötig ist, um die Schlägermitte um ca. 2.5 cm (1 Inch) zu biegen.

**Forecheck**: Defensivspiel in der Offensivzone (also vor dem gegnerischen Tor), mit dem Ziel, Druck auf die gegnerische Mannschaft auszuüben.

**Frozen Four**: Hier handelt es sich um die Halbfinals und das Finale der College-Eishockeymeisterschaften.

**Goalie**: Torhüter

**Hat Trick**: Hattrick; wenn ein Spieler in einem Spiel drei Tore hintereinander schießt.

**Healthy Scratch**: So wird ein Spieler bezeichnet, der auf der Bank bleiben muss, obwohl er gesund und spielfähig ist. In der Regel eine Bestrafung für Fehlverhalten.

**Instigation**: Anzetteln einer Schlägerei auf dem Eis. Wird mit Penaltys bestraft.

**Junior-Liga/Minor/AHL**: So viel wie die 2. und 3. Liga im Fußball.

**Lines/Block**: Angriffsteams, zu denen ein *Center* und zwei *Flügelspieler/Stürmer* gehören. Sie bilden eine Einheit, die während eines Spiels untereinander ausgetauscht werden, da das Spiel sehr anstrengend ist. In der Regel ist ein Block eine Minute auf dem Eis.

**Neutrale Zone**: Bereich zwischen den beiden Linien, die die Mitte des Eises markieren.

**Odd Man Rush**: Wenn sich beim Eintritt in die Angriffszone mehr Spieler des angreifenden Teams dort befinden als des verteidigenden Teams. Je höher die Angreifer in der Überzahl sind, umso höher die Torchancen.

**Original Six**: Bezieht sich auf die ersten sechs Teams, die in der NHL gespielt haben.

**Penalty-Schießen**: Vergleichbar dem Elfmeterschießen im Fußball. Findet statt, wenn es nach einer Verlängerung immer noch unentschieden zwischen zwei Mannschaften steht.

**Poke Check**: Gängigste Methode, um den Puck einem anderen Spieler wegzunehmen; kann von jedem Spieler in jeder Zone angewendet werden. Es handelt sich um eine Art Stochern mit dem Schläger.

**Roughing**: Zu hartes Vorgehen während des Spiels. Führt zu Penaltys (Strafen).

**Saucer**: Spezieller Schuss, bei dem sich der Puck wie eine fliegende Untertasse (flying saucer) bewegt.

**Shutout**: Spiel, bei dem ein Goalie ohne Gegentor bleibt. Sehr wichtig, weil dies auch in den Statistiken auftaucht.

**Slap Shot**: Scharfer, direkter Schuss auf das Tor.

**Tape-to-Tape**: Pass von Schläger zu Schläger.

**Toe-drag**: Trick, bei dem der Puck mit dem offenen Ende des Schlägers verdeckt und so vom Gegner ferngehalten wird.

**Tryout**: Probezeit eines Spielers, in der Regel vor der Saison im Trainingscamp und bei den vorsaisonalen Spielen.

**Two Way Stürmer**: Ein Spieler, der sowohl als Verteidiger als auch als Stürmer agieren kann.

**Wraparound**: Wenn der Puck hinter dem gegnerischen Netz ist und die Spieler versuchen, um das Netz herum (Wraparound) zu kommen und ein Tor zu erzielen.

# Von KÜSTE zu KÜSTE

## RJ SCOTT & V.L. LOCEY

# EINS

## Mark

<hr>

Meine Brüder sind beide älter als ich und sie beide zu lieben ist schon unter optimalen Umständen unmöglich. Vor zehn Jahren haben sie mir den Rücken zugewandt und ich möchte ihnen vergeben, aber ich kann es nicht.

Jason war der älteste Sohn, mit Haaren, so lockig und dunkel wie meine, seine Augen hatten dasselbe dunkle Westman-Reid-Braun, das er und ich von meinem Arschloch von einem Dad geerbt hatten. Der große Bruder Nummer Eins saß im Moment auf dem Stuhl hinter Dads altem Schreibtisch, sah aus, als ob jemand ihm in seine Frühstücksflocken gepisst hätte und schlug mit einem Stift rhythmisch gegen die Lederunterlage. Ich glaubte nicht, dass er übermäßig glücklich war, aber andererseits war er Dad am nächsten gestanden, der Goldjunge, darum nahm ich an, dass Dads Tod ein großer Schlag für sein zauberhaftes Leben war.

Cameron war der mittlere Sohn und ich weiß, dass alle Bücher behaupten, die mittleren Kinder sind die

Verhandler, diejenigen, die ihre Geschwister mit freundlichen Worten beruhigen. Nur dass Cam das im Moment nicht machte. Er tigerte herum, warf Dinge und ich konnte mir vorstellen, dass seine persönliche Trauer sich in dem wunderbaren Wutanfall manifestierte, der auch von meinem Dad kam. Er sah mehr wie Mom aus, blond, blaue Augen, irgendwie hübsch, aber nicht außergewöhnlich oder feenhaft genug, als dass meine Modelagentur ihn buchen würde.

„Ihr wollt was? Ihr seid beide irre. Nur über meine verdammte Leiche werde ich hierbleiben und mit euch arbeiten. Nein." Ich war entsetzt. Ich sagte nicht oft verdammt, aber was sie gerade verkündet hatten, reichte aus, dass ich es zur Untermalung auspackte.

„Sag das noch einmal!", schnappte Cameron, direkt in mein Gesicht. „Wenn du dich traust."

Man konnte nicht behaupten, dass ich die Art Mann war, der bei so einer Herausforderung zurücksteckte. Das letzte Mal, als jemand mich herausgefordert hatte, etwas zu tun, war ich verhaftet worden und Fotos meines nackten Hinterns erschienen überall in den sozialen Medien.

„Nein", wiederholte ich. Das war kein Nein zu der Herausforderung, das war ein Nein zu dem Vorschlag, dass ich ein Jahr lang mit meinen Brüdern an ihrem abstürzenden Hockeyteam arbeitete.

„Nein! Der Arsch hat Nein gesagt." Cam war rasend und fing wieder an, im Büro herumzutigern, ging vom einen Ende, wo Dad seine Schallplatten-Sammlung aufbewahrte, zum anderen, wo das Familienporträt hing, bevor er wieder von vorn anfing. Natürlich bedeutete das, dass ich das Gemälde betrachtete – Mom trug die Westman-Reid-Diamanten, sah elegant aus in einem saphirblauen Ballkleid, das zu ihren Augen passte, und Dad trug einen Anzug. Links stand Jason, schien um die zwanzig zu sein, sah aus wie das Ivy-League-Arschloch, das er schon immer gewesen war. Rechts befand sich Cam, sogar damals niedlich und ohne auch nur einen Hauch Wut in seinem Gesichtsausdruck. Dann war da ich, saß auf der Lehne des Stuhls, zwölf Jahre alt und mir vollkommen bewusst, dass ich nicht in dieses Gemälde gehörte. Leigh war nicht auf dem Bild zu sehen, der typische, scheinheilige Westman-Reid-Scheiß. Es hätte natürlich von Dads reiner Herrlichkeit oder irgend so einem Scheiß abgelenkt, wenn das Kind im Rollstuhl mit auf dem Gemälde gewesen wäre. Lustig, dass mir nie aufgefallen war, dass sie nicht auf dem Bild war.

Vier Jahre, nachdem dieses Gemälde angefertigt worden war, wurde mir gesagt, dass ich die Villa verlassen sollte. Ich hatte wohl Glück, dass Dad mich nicht so brutal aus dem Bild geschnitten hatte wie aus seinem Leben.

„Dir ist klar, dass so viel verloren sein wird, wenn du nicht zustimmst." Jason war ruhig, als ob vernünftig mit mir zu reden meine Meinung ändern würde.

Ich legte ein Bein über das andere, zog an meiner Hose, bis die Falte genau richtig fiel. Ich war stolz auf meine Kleidung, aber die Bewegung war eher eine Verzögerungstaktik als meine maßgeschneiderte Eleganz zu bewahren.

„Das ist nicht mein Problem", sagte ich.

Der Stuhl, auf dem ich saß, ruckte wild, als Cam gegen die Rücklehne schlug. „Nicht dein Problem? Weißt du, wie viel das Team verlieren würde?"

Ich nahm an, dass die Frage rhetorisch war, konnte den Mund aber nicht halten. „Deine Kinder werden fürs College also einen Kredit aufnehmen müssen und du wirst nicht auf einer Insel auf den Bahamas Urlaub machen können. Es ist schon blöd, du zu sein."

„Himmel Herrgott, du bist ein verdammtes Arschloch", explodierte Cam und legte jeweils eine Hand an beide Seiten meines Stuhls. Dann beugte er sich direkt über mein Gesicht – so nahe, dass ich das dunklere Blau in seinen Augen sehen und mir den roten Blitz der Wut vorstellen konnte, der jede Minute aus ihnen hervorbrechen würde. „Hast du auch nur die geringste Ahnung, wovon du sprichst?"

Ich schaute, so nachdrücklich ich konnte, um ihn herum und starrte Jason an. „Wirst du ihn zurückpfeifen oder muss ich die 911 rufen?"

„Cam, lass es", befahl Jason und endlich, nach einem Starren, das Stunden zu dauern schien, warf Cam seine Hände in die Luft und fing wieder an, auf und ab zu tigern.

„Viele Menschen hängen von den Raptors ab, um ihre Familien ernähren zu können", erklärte Jason auf seine ruhige Art und Weise.

„Du kannst mich nicht mit Schuldgefühlen hierzu überreden, Jason. Dad hat mich mit sechzehn rausgeworfen, ohne Geld, ohne die geringste Ahnung, was ich tun sollte, und ich bin per Anhalter nach New York gereist. Ich habe mir den Arsch aufgerissen, um dort etwas aus mir zu machen, und Gilded Treasures ist mehr als gut genug, um über dreihundert Angestellte und dazu noch die Models zu ernähren. Ich habe trotz unseres lieben alten Dads etwas aus mir gemacht und ich schulde dieser Familie gar nichts."

„Was ist mit Mom?", schnappte Cam.

„Dieselbe Frau, die neben Dad stand und zugesehen hat, wie er mich rausgeworfen hat, dann meine Anrufe ignoriert und mich so effektiv aus ihrem Leben geschnitten hat, als ob sie ein Messer benutzt hätte?"

„Es geht ihr nicht gut", sagte Jason müde.

Ein klein wenig Sorge stahl sich in meine Attitüde, aber ich würde mich nicht umstimmen lassen. Sie hatte sich vor langer Zeit von mir losgesagt und sie bedeutete mir jetzt nichts mehr. Ich schob das verräterische Mitgefühl von mir und konzentrierte mich wieder auf Cam und Jason. „Vielleicht sollte sie mit dem Trinken aufhören", sagte ich.

Das war eindeutig das Falsche gewesen. Cam zerrte mich aus dem Stuhl und drängte mich rückwärts, bis ich gegen eine Wand prallte. Er hob mich auf meine Zehenspitzen, was für ihn einfach war, weil er wie ein Linebacker gebaut war, mit all den physischen Qualitäten des Unglaublichen Hulk.

„Mom hat Krebs", sagte er und diese kleine Sorge wuchs ein wenig.

„Cameron, hör auf", befahl Jason und schob sich zwischen uns. Ich war mir nicht sicher, warum er Cam davon abhielt, mich zu verprügeln. Er hatte das nie getan, als wir noch Kinder waren, warum also jetzt?

„Sie wollte nicht, dass er es erfährt", redete er weiter, während er Cam zurückschob.

Ja, und da war sie, die Kirsche auf der Sahne dieses beschissenen Kuchens. Ich glättete meine Kleidung.

„Natürlich will sie nicht, dass ich es erfahre. Sie hat wahrscheinlich angenommen, dass es mir egal ist und sie hatte recht." Ich tat so, als würde mich das alles überhaupt nicht berühren, aber sogar nach all diesen Jahren war es ihr Verrat, der am meisten wehtat.

Cam trat vor mich, blieb aber auf Abstand.

„Sie wollte nicht, dass ihre Krankheit dich auf irgendeine Weise bei dem beeinflusst, was Dad in Gang gebracht hat."

Ich schaute auf meine Nägel und schnaubte. „Und das ist die Geschichte, bei der sie bleibt, richtig?"

Cam schlug seine Hand gegen die Wand neben meinem Kopf. Er war größer und breiter als ich, genau wie Jason und wenn die beiden entschieden, mich umzubringen, könnten sie das. Mit nur einem Meter fünfundsiebzig war ich vollkommen verletzlich.

Ich war nicht mehr dasselbe dumme Kind, das mit sechzehn das Haus verlassen hatte. Nicht mehr der, der Cameron angebetet und bewundert hatte, als ob er ein leuchtendes, heroisches Genie wäre. Oder der Einzige, der Jason davon abgehalten hatte, ständig durchzudrehen.

Ich war Mark Westman-Reid, sechsundzwanzig, Eigentümer einer gut gehenden Modelagentur, eines Apartments und dazu eines roten Lamborghinis, der vor der Villa geparkt war, um das alles zu untermauern. Nicht zu vergessen das Loft, der über den Central Park schaute und den Porsche, der als Ersatzwagen in meiner Garage stand.

*Dieser* Mark war eine andere Person und meine Brüder mussten das erfahren.

„Ein Jahr", sagte Cameron und schloss kurz seine Augen.

„Was ist mit Leigh? Welche Rolle spielt unsere Schwester hierbei?"

Jason und Cam wechselten einen Blick und ich wollte sogar so weit gehen zu sagen, dass sie beide bedauernd aussahen.

„Du weißt, dass Dad sich nur um sie kümmern wollte", meinte Cam schließlich. Dann wechselte er das Thema. „Ein Jahr als Miteigentümer der Raptors ist alles, was das Testament verlangt. Wir drei können die Bedingungen von Dads Testament erfüllen und dann kaufen wir deinen Anteil."

„Ihr kauft meinen Anteil? Huh. Womit?"

Die Familie hatte in das Arizona-Team investiert, bevor ich von zu Hause weggegangen war und obwohl ich kein Hockey-Fan war, war ich doch ein Geschäftsmann, mit Beratern und Investoren und meinem eigenen verdammten Eckbüro. Ich kannte mich im Geschäft aus und ich musste kein Fan von Hockey insgesamt oder den Raptors im Besonderen sein, um zu sehen, dass es mit dem Team bergab ging.

Ihr Santa-Catalina-Stadion, in dem achtzehntausend Menschen Platz hatten, war schon an guten Abenden zu kaum vierzig Prozent ausgelastet und die Spieler hatten öfter Ärger, als Cam als Kind. Sie waren dem unteren Ende der Liga sehr nahe und ihr

Ruf unter den anderen Teams war beschissen. Es gab Gewalt, einige betrunkene Autofahrten, Gerüchte über Steroidmissbrauch und am schlimmsten von allem, kein Franchise wollte an den Abenden mit Spielen dort seine Stände aufbauen. All das hatte ich in einem Artikel auf der Webseite der NHL gelesen.

Sie hatten beim letzten Draft ein paar gute Fänge gemacht, und auf diese beiden Links zu klicken, hatte mir ein gutes Verständnis dafür gebracht, was das bedeutete. Das Team hatte ein paar gute Rookies ausgesucht. Davon abgesehen hatten sie bei den Spielern keinerlei Änderungen vorgenommen.

Das Schlimmste war, dass das Team einen Spieler zu haben schien, der ein mieser Hurensohn war und sich alle Mühe gegeben hatte, den Liebling der Liga, Tennant Rowe, zu verletzen, was bedeutete, dass die Arizona Raptors jetzt die Bösen waren.

Sie waren vollkommen im Arsch. Der letzte Artikel auf der Webseite der Raptors berichtete von einem Last-Minute-Coach, der von einem Ostküsten-College angeheuert worden war und überhaupt keine Erfahrung auf NHL-Niveau hatte.

Dad musste verzweifelt am Grund des Fasses gekratzt haben. Geld gebiert Geld und Rowen Irgendwie würde ein Team nicht retten können, das anscheinend fest entschlossen war, sich selbst zu zerstören.

Und Dad wollte, dass seine drei Söhne ein Jahr lang zusammenarbeiten? Warum? Was für einen dämlichen Grund konnte er haben, uns dazu zu zwingen? Wenn wir es nicht machten, würde das, was von Dads Geld noch übrig war, an Wohltätigkeitsorganisationen gehen und das Team würde aufgelöst werden. Erledigt. Und ich bezweifelte, dass es an irgendeinen anderen ahnungslosen Idioten verkauft werden konnte.

„Wir haben Finanzpläne, für den Fall, dass wir sie brauchen", verteidigte Jason sich, aber ich hatte vergessen, was ich überhaupt gefragt hatte. Ich war hier fertig und um meines eigenen klaren Verstandes willen, musste ich gehen.

„Nein", wiederholte ich und verließ den Raum. Sie folgten mir nicht, aber ich konnte das Rumpeln ihrer Stimmen hinter der Tür hören.

„Was hast du gesagt?"

Ich drehte mich zu Leigh um und beugte mich nach unten, um sie zu umarmen. Leigh war die einzige Unschuldige bei all dem und ich wünschte, ich könnte sagen, dass ich den Kontakt zu ihr gehalten hatte, aber das wäre eine Lüge. Sie war die Älteste von uns vier und war mit fünf Jahren in einen Autounfall verwickelt worden, der sie an den Rollstuhl gefesselt hatte. Ich konnte mich nicht an viel über sie erinnern. Sie war dieser Geist gewesen, der auf ihrem Weg zu Kuren und Operationen durch mein Leben gekommen war. Zumindest war sie nicht neben Dad gewesen, als er mich hinausgeworfen hatte, und ich empfand Zuneigung für sie, nur nicht genug, um mich gegen meinen Vater zu stellen und den Kontakt zu halten.

Nicht einmal als erwachsener Mann hatte ich den Kontakt gesucht. Das war meine Schuld. Vielleicht konnte ich jetzt, da er tot war, darüber nachdenken, sie zu besuchen. Natürlich nur an Tagen, wenn meine

Arschloch-Brüder nicht da waren. Oder Mom. Gott behüte, dass ich meiner Mom begegnete.

„Ich habe Nein gesagt", antwortete ich ehrlich und direkt.

Sie lächelte halb, rollte dann durch den Flur in Richtung der Eingangstür und ich folgte ihr. „Ich dachte mir, dass du das tun würdest. Du schuldest uns nichts."

„Ich fühle mich nicht als Teil dieser Familie", murmelte ich. „Das verstehst du, oder?"

„Geht mir genauso", gab sie zurück und lächelte erneut. Sie war ebenfalls blond, wie Mom und Cam und so hübsch. *Ich frage mich, wie es ihr geht?* War sie aufs College gegangen? Was für eine Rolle spielte sie in der Familie, abgesehen davon, diejenige zu sein, um die alle sich kümmerten? Und warum hatte ich das Gefühl, dass ich sie im Stich ließ? „Haben sie dir von Mom erzählt?"

Ich nickte. Der Teil meines Hirns, der diese Neuigkeit verarbeitete, wurde zum Großteil von der Tatsache beansprucht, dass ich meine Entscheidung bezüglich der Raptors gefasst hatte, und ich hielt mich daran.

„Nicht, dass es eine Rolle spielt", fügte sie hinzu.

„Huh?"

„Ein Teil von ihr ist mit Daddy gestorben." Sie hielt mir ihre Hand hin, die ich, ohne zu zögern, nahm. „Du weißt schon, der Teil, dass sie keine eigenen Entscheidungen treffen konnte, der Teil, den Dad sie gezwungen hat einzusperren, ihr Leben, ihre Freude, ihr Malen. Es ist beschissenes Timing, dass sie ausgerechnet, als er gestorben ist und sie befreit hat, Krebs bekommt. Das Leben ist mies, weißt du?"

Ich ging neben ihr in die Hocke und schaute zu ihr auf. „Ich war Mom egal. Unsere Brüder sind danebengestanden und haben zugelassen, dass Dad mich verstößt. Ich habe diesen Funken Liebe verloren, weil sie die Familie so repräsentiert haben. Verstehst du das?"

„Ich sitze in einem Rollstuhl. Ich bin nicht dumm", sagte sie trocken.

Mir war peinlich, wie ich meine Frage formuliert hatte. „Es tut mir leid, ich wollte nicht …"

„Ich ziehe dich nur auf. Wusstest du, dass du drei Nichten und einen Neffen hast?"

„Du schickst mir nicht jedes Jahr den Familien-Newsletter, Schwester."

„Deborah, Annie, Lewis und Monica", zählte sie an ihren Fingern auf. „Ich möchte wetten, dass sie ihren Onkel Mark kennenlernen wollen."

„Den herumwandernden schwulen Onkel, der sein Geld damit verdient hat, sich die Kleidung auszuziehen?"

Sie schüttelte den Kopf. „Nein. Den erfolgreichen Geschäftsmann, der als Model angefangen und lockige Haare berühmt gemacht hat und jetzt seine eigene Modelagentur führt, ein Apartment besitzt, das auf den Central Park schaut und einen Lamborghini fährt." Sie deutete auf das glänzend rote Auto und ich setzte mich neben sie auf die niedrige Mauer der Veranda, hatte das Gefühl, dass dieses Gespräch einen Zweck verfolgte. „Du hast einen Manager, oder?"

„Lucas."

„Lass ihn deine Firma führen. Er könnte dich

vertreten, wenn du an der Westküste bist. Du weißt, dass das Testament nur zweihundert Arbeitstage verlangt, die über das Jahr verteilt sind. Du könntest mehr für deine Nichten und Neffen da sein. Du könntest mich zum Abendessen ausführen. Wir könnten über unsere Vergangenheit reden, vielleicht nach vorn in die Zukunft blicken. Man kann nie wissen, vielleicht vergibst du eines Tages Mom und Jason und vielleicht geschieht ein Wunder und du kannst sogar mit Cam befreundet sein. Aber das wirst du alles nie erfahren, wenn du uns nicht allen eine Chance gibst."

„Ich habe keine Ahnung von Hockey."

„Ich kann mir nicht vorstellen, dass mittellos aus deinem Heim auf die Straße geworfen zu werden bedeutet hat, dass du irgendetwas übers Modeln wusstest, aber jetzt schau dich an."

„Ich mag die Kälte nicht."

„Wir leben in Arizona."

„Eis ist kalt."

„Ich leihe dir ein Jersey."

Das Scherzen war absolut niedlich und eine überwältigende Welle Selbstmitleid raubte mir den Atem. Sie musste es auf meinem Gesicht gesehen haben, weil sie mir den Kopf tätschelte.

„Komm schon, Mark, gib diesem Familienproblem eine Woche. Nimm einen Tag nach dem anderen. Wir können uns irgendwo ein Bier genehmigen. Wir können zusammen Hockey schauen. Ich würde meinen kleinen Bruder gern wieder kennenlernen."

„Was ist mit Mom?"

„Sie ist im Moment nicht da, in einem All-Inklusive

Spa in Sedona. Sie ist mit einem Koffer voller Bücher und drei Kisten Wein dorthin gefahren und es ist näher an der Klinik, in der sie behandelt wird. Sie trauert um Dad auf ihre eigene Weise."

„Was für eine Art Krebs hat sie?"

„Brustkrebs."

„Wusste sie von dieser wahnsinnigen Klausel in Dads Testament?"

Leigh zuckte mit den Schultern. „Es würde mich nicht überraschen, wenn sie ihn dazu ermutigt hätte, sie einzufügen."

„Wie meinst du das?"

„Jetzt ist nicht der Zeitpunkt, um sich über all das zu unterhalten, Mark. Jetzt ist der Zeitpunkt, zurück in das Büro zu gehen, Cam zu beruhigen und vernünftig mit Jason zu reden. Abzuklären, ob es etwas gibt, womit ihr anfangen könnt. Tu es für die Familie, die dich enttäuscht hat, zeig ihnen, dass du der bessere Mann bist, komm für eine Weile nach Hause und sei Onkel Mark."

Sie hielt mir ihre Hand hin und ich nahm sie, drückte einen Kuss auf ihre Fingerknöchel.

„Ich wünschte, du wärst öfter zu Hause gewesen, als …"

„Ja." Sie schüttelte traurig ihren Kopf. „Ich auch."


Ich kehrte, ohne anzuklopfen, zurück in das Büro und machte mir mental ein Bild von dem, was ich sah. Cam stand am Fenster, die Arme vor dem Brustkorb verschränkt, starrte hinaus auf den akkurat gepflegten

Rasen der Westman-Reid-Villa. Jason war auf dem Stuhl zusammengesunken, auf dem ich gesessen war, sah blass aus und beinahe so, als ob er gleich anfangen würde zu weinen.

„Eine Woche", verkündete ich und beide Männer wurden aus ihren Gedanken gerissen, wohin auch immer diese sie geführt hatten. „Ich gebe dieser Sache eine Woche, aber ich habe Bedingungen." Ich setzte mich auf den Rand von Dads Schreibtisch und schaute meine Brüder an, die beide den gleichen Ausdruck der Überraschung zeigten.

„Welche Bedingungen?", fragte Cam und löste seine Arme.

„Mein eigenes Büro, Zugang zu jedem Fitzelchen finanzieller Daten der letzten zehn Jahre, persönliche Treffen mit jedem einzelnen Spieler, Links zu den Filmen über die Spiele, jemanden, der mir die Regeln des Spiels erklärt und einen Platz für Leigh, damit sie mit uns arbeiten kann, wenn sie das möchte. Das ist nicht verhandelbar. Wenn wir dieses Team retten wollen, dann müssen wir, als Teil dieses Dreier-Managemnts, das ganze Totholz loswerden. Die Spieler, denen alles egal ist, die Manager, die fett werden, weil sie das wenige Einkommen abschöpfen, das wir erwirtschaften. Und vor allem verhandeln wir mit diesem neuen Coach, wie auch immer er heißt-"

„Rowen Carmichael."

„Der. Wir sagen ihm, dass er verschwinden und sich ein Team auf seinem Niveau suchen soll."

„Er ist bereits im Stadion und Dad hat ihm einen

Vertrag ohne Schlupflöcher gegeben", warnte Cam mich.

Ich runzelte die Stirn. „Mir ist dieser Vertrag ohne Schlupflöcher vollkommen egal."

„Mark-"

Ich hob eine Hand. „Keine Verhandlungen zu irgendetwas davon. Ich möchte einen richtigen Coach, keinen halb garen College-Möchtegern. Ich will, dass Rowen Carmichael geht."

# ZWEI

## Rowen

In einem neuen Bett aufzuwachen, mit der Sonne, die mir ins Gesicht schien, hätte poetisch sein können. Vielleicht. Wenn die Matratze nicht zu weich gewesen wäre. Ich rollte mich auf die Seite, um die Wüstensonne aus den Augen zu bekommen und mein Rückgrat gab kurze, laute Knackgeräusche von sich, als ob jemand gerade eine Popcornmaschine angeworfen hätte.

„Autsch, fuck", stöhnte ich. Der erste Punkt auf meiner Liste, nach meiner Laufrunde, war, eine neue Matratze zu finden. Ja, ich war undankbar. Verklagt mich doch. Das Team hatte mir ein ziemlich hübsches Apartment zur Verfügung gestellt, mit einem Kaktus direkt vor meinem Patio und voll möbliert, sowie einer Sache, die ich explizit angefordert hatte – einen Großbildfernseher. Das war alles, was ich für meine freie Zeit brauchte – einen breiten Bildschirm, um mir Aragorn und Bilbo anzusehen, Luke und Leia, Aslan und Jadis, Jon und Tyrion. Offensichtlich war mir die Notwendigkeit einer extra harten Matratze entgangen.

Ich würde das heute nach dem Morgentraining in Ordnung bringen.

Der Wecker auf meinem Handy ging los. Ich setzte mich auf, glitt unter der Decke hervor, tappte dann zum Fenster und ließ mir von der Sonne das Gesicht wärmen. Das Summen meines Handys erstarb. Mit geschlossenen Augen badete ich in der Sonne, meine Lippen hatte ich leicht geöffnet, mein Hals war entblößt. Klar, die Sonne mochte mir ein paar zusätzliche Falten bescheren. Na und? Ich war jetzt über vierzig und wollte niemanden beeindrucken. Obwohl es schon nett gewesen *wäre*, jemanden zu haben, mit dem ich den Rausch dieses monumentalen Moments in meiner Karriere hätte teilen können. Jemanden, der nicht dachte, dass ich die schlechteste Entscheidung aller Zeiten traf. Noch schlimmer als meine Entscheidung, damals auf dem College mit Carl auszugehen, laut meiner Schwester.

Himmel, Carl war ein Dummkopf gewesen. Verwöhnt, reich, auf die Ästhetik von allem fixiert, geistlos und verloren in der Schönheit seines eigenen Gesichts und den Gesichtern anderer. Angehendes Model. Unglaublich schön aber ohne irgendwelche zusätzlichen Qualitäten. Ich hatte schnell gelernt, dass reiche hübsche Jungs nicht mein Ding waren, es sei denn für einen schnellen Aufriss. Ansonsten machte ich einen weiten Bogen um Männer, die den Wert von Schönheit über die wichtigeren Attribute wie Loyalität, Geduld, Humor und eine solide Arbeitsethik stellten.

Mein Handy erklang erneut, ruinierte den Morgen-Moment in der Sonne. Ich lächelte den großen grünen

Kaktus an, der seine Arme in den Himmel reckte und joggte dorthin, wo ich es hatte liegenlassen, sah den Anruf und verdrehte meine Augen zur Decke. Einer der Erben. Der Älteste, vielleicht? Es gab jede Menge Westman-Reid-Kinder, mindestens vier, was für mich eine Menge war. Alles über zwei ist einfach nur Angeben.

„Morgen", sagte ich in das Handy, während ich in meinem Koffer nach einer Shorts suchte. Meine Laufschuhe befanden sich in einer Kiste … irgendwo in meinem neuen Heim.

„Coach Carmichael, ich freue mich, dass ich Sie endlich sprechen kann. Wie es scheint, haben Sie gestern bei Ihrer Ankunft einen ziemlichen Eindruck hinterlassen."

Ich grub tief in meiner Tasche und fand meine Laufshorts. „Ich habe die Spieler nur wissen lassen, wo ich stehe." Wo waren meine Schuhe? Ich drehte mich mehrmals im Kreis, schaute auf die Kisten und Taschen, die in den Ecken meines Schlafzimmers aufgetürmt waren. Ich klemmte mir das Handy zwischen meinen Kopf und meine Schulter und stieg in meine Shorts, zog sie über eine schwarze Unterhose.

„Es hat eine Botschaft geschickt. Hören Sie, können wir uns zu einem Morgen-Meeting im Haus meiner Eltern treffen? Gegen neun Uhr?"

„Welcher Sohn sind Sie gleich wieder?"

„Jason. Der älteste Sohn."

„Ah." Er klang, als wäre er stolz darauf, der Älteste zu sein, als ob er irgendetwas Besonderes getan hätte, um dieses Geburtsrecht zu bekommen. Reiche Jungs.

Solche Arschlöcher. „Nun, Jason, ich werde um neun Uhr kein Meeting schaffen. Ich werde um acht Uhr im Stadion sein." Wenn ich meine verdammten Laufschuhe finden konnte …

„Oh, es tut mir leid, aber ich … das Stadion?"

„Ja, das Stadion. Das Eisstadion. Dieser große ovale Ort, an dem sie Eis machen und Männer mit Schlägern einem Puck nachjagen." Ein langes Schweigen folgte meiner Erklärung. Aha! Eine Kiste, auf der ‚Schuhe' stand! Ich eilte dorthin und riss den Deckel auf. Dort lagen meine Nikes. „Wir können uns um zwei Uhr Nachmittag treffen. Ich muss mit Ihnen über einige Dinge bezüglich der Veränderungen bei den Spielern und Coaches reden, die ich vornehmen muss."

„Ich, ähm, nun, sind es nicht eigentlich die Eigentümer und der oberste Manager, die -?"

„Mein Mitspracherecht ist in dem Vertrag garantiert, den ich mit Ihrem Vater unterschrieben habe. Wenn Sie diesen Witz, den Sie ein Team nennen, umkrempeln wollen, dann müssen Sie auf mich hören. Ich kenne dieses Spiel und ich weiß, was es braucht, um zu gewinnen", sagte ich, während ich auf einem Fuß herumhüpfte und dabei einen grauen Laufschuh anzog. „Wir sehen uns um zwei. Schicken Sie mir die Adresse."

Ich legte auf, fand meine Kopfhörer, rief das Album *The Long One* der Eagles auf meiner App auf, benutzte mein Nasenspray, zog meinen linken Schuh an und machte mich auf zu einem ruhigen Acht-Kilometer-Lauf, um die winselnde Stimme von Westman-Reid, dem ältesten Sohn, aus meinem Hirn zu verbannen.

Ich wartete auf die Spieler, als sie ankamen. Die meisten schenkten mir ein schüchternes Lächeln, als sie die Umkleide der Raptors betraten. Einige schienen nervös zu sein, andere selbstbewusst, als wären sie von mir und meinem dämlichen blauen Besen nicht beeindruckt. Sie alle würden die Borsten der Säuberung spüren, die ich vornehmen würde. Jeder Mann bekam ein kurzes Nicken von mir, das ihnen sagte, dass sie sich an die Wand stellen sollten, auf der „Spiel hart, spiel mit Leidenschaft, spiel, um zu gewinnen" in der Nähe der Decke stand. Hübsche Worte, schade, dass das Team keine Ahnung hatte, wie es irgendetwas davon praktisch umsetzen sollte. Alles, was dieses Team kannte, waren Streit und Chaos. Ich konnte die Uneinigkeit in der Umkleide spüren.

Als alle sich aufgestellt hatten, trat ich vor, hatte meine neue Raptorsjacke an und meine glänzende Pfeife hing um meinen Hals.

„Guten Morgen, Gentlemen, heute ist der erste Tag des Raptors-Trainingscamps. Heute ist auch euer erster Tag unter mir." Ich ging vor meinen Männern auf und ab, ein dünnes Tablet in der Hand, stellte mit jedem Spieler Augenkontakt her, wenn ich vorbeikam. Ich konnte eine Menge lernen, wenn ich einem Mann in die Augen schaute. „Heute werden wir alle Konditionssprints machen, darum hoffe ich, dass ihr euer Müsli gegessen habt."

Sie alle grummelten, was nichts Außergewöhnliches war. Alle Spieler hassten diese Art Drills.

Geschwindigkeitssprints waren Monster. Ich wusste das. Ich hatte sie während meiner Zeit bei Montreal fünfzehn Jahre am Stück machen müssen. Das war das Leben eines Hockeyspielers.

„Bevor wir auf das Eis gehen, möchte ich, dass alle Neulinge vortreten", sagte ich, stellte mich dann an das Ende der Reihe muskulöser Männer. Fünf Spieler traten aus der Reihe. Fünf Jungs mit dem Glühen der Jugend auf ihren glatten Wangen. Sie alle wirkten nervös, als ob sie dachten, ich würde sie auspeitschen oder etwas in der Art. „Ihr Fünf kommt heute Abend zu mir zum Abendessen. Ich werde einen Grill kaufen, weil das die einzige Art zu Kochen ist, die ich gut kann. Ich werde euch den Ort und die Uhrzeit schicken." Ich warf einen Blick auf die große runde Uhr über der Tür. Die mit dem wild aussehenden Falken, der einen Hockeyschläger in seinen Krallen trug. „Und eine Warnung, ich hasse Menschen, die zu spät kommen. Zu spät zu kommen ist ein Zeichen von mangelndem Respekt und ich werde mich nicht respektlos behandeln lassen. Jeder, der einmal zu spät kommt, wird seinen Hintern in einem Bag-Skate wiederfinden. Wenn ihr zwei Mal in einer Saison zu spät kommt, wird euer Hintern ein Spiel aussitzen. Wenn ihr drei Mal zu spät kommt, werdet ihr in die Minors geschickt."

Augen wurden so groß wie Suppenteller, bei den Neulingen und Altgedienten gleichermaßen. Niemand sagte ein Wort, aber sie alle starrten und nickten. Ich ließ sie dort an der Wand stehen und machte mich auf die Suche nach meinem neuen Büro. Es handelte sich um einen traurigen kleinen Raum neben dem

Behandlungszimmer, aber er war frisch gestrichen, was nett war. Eine weiche, gedämpfte Farbe mit einem roten Streifen, der auf halber Höhe um die Wand lief. Ich hatte heute eine kleine Kiste mit persönlichen Gegenständen mitgebracht und nachdem ich eine Nachricht an meine Mit-Coaches geschickt hatte, fing ich an, diese Dinge auf dem Schreibtisch und auf dem Bücherregal in der Ecke zu platzieren.

Ganz oben auf das schmale Regal stelle ich ein Foto von Anatoly Tarasov, einem berühmten russischen Trainer, der einen Schnelligkeit-vor-Kraft-Stil pflegte. Ich rückte das Foto so hin, dass es zum Schreibtisch ausgerichtet war und ich das Zitat lesen konnte, das ihm zugeschrieben wurde und das über dem Bild prangte.

*SCHNELLIGKEIT DER HAND, Schnelligkeit des Fußes, Schnelligkeit des Geistes.*
*Trainiere für alle drei, aber vergiss nie, dass das Wichtigste die Schnelligkeit des Geistes ist.*

DAS WAR mein Motto als Coach. Hockey war nicht länger ein Spiel für Gorillas auf Kufen, die sich nach einem Kampf sehnten. Das Spiel hatte sich weiterentwickelt. Coaching hatte sich mit entwickelt. Einige Teams stecken aber, wie es schien, immer noch in den frühen Siebzigern fest — dieses hier war ein Paradebeispiel dafür. Es lag an mir und den Leuten, die unter meinem Kommando standen, die Raptors in eine neue Ära der Geschwindigkeit von Fuß, Hand und Geist zu zerren. Ein scharfes Klopfen an der Tür riss mich aus meiner Hockey-Philosophie. Ich bat sie herein. Vier Männer traten ein. Ich schüttelte ihnen allen die Hände, ließ mir ihre Namen und Positionen sagen. Der Video-Coach war Todd Walsh, der Coach für die Verteidigung war Craig Millerson, der Goalie-Coach hieß Art Schaffer und der Assistenz-Coach war Pete Dunne.

„Danke, dass ihr gekommen seid. Das hier wird nicht lange dauern." Ich lehnte meinen Hintern an den Rand meines hässlichen Metallschreibtischs, verschränkte meine Arme über meiner peppigen neuen Jacke und starrte Pete Dunne direkt an. „Deine Dienste für dieses Team werden nicht länger gebraucht", erklärte ich Pete.

Er starrte mich mehrere lange Minuten offen an. Die anderen Männer schauten nach oben und unten, von einer Seite zur anderen, in jede Richtung, die möglich war, ohne Blickkontakt mit mir herzustellen.

„Ich habe einen Vertrag", brachte Pete hervor.

„Aus dem du entlassen wirst." Pete keuchte wie ein Goldfisch, den man aus seiner Schüssel geholt hatte. „Dieses Team ändert die Richtung. Deine Coaching-Technik passt nicht zu unserer modernen Philosophie des Fünf-Mann-Teamsystems, individuellem Spielerkönnen, Puck-Besitz und Schnelligkeit im Denken. Du hast dich zu sehr in den alten Weisen festgefahren und gestattet, dass diese schleichende Krankheit, die man Disharmonie im Team nennt, sowie niedrige Standards sich entwickeln konnten. Darum, wie es bei *Drag Race* so schön heißt, *sashay away*. Da drüben ist die Tür."

„Ich habe einen Vertrag!" Er regte sich auf und bellte den ganzen Weg bis nach Hause oder höchstwahrscheinlich zum Hauptgeschäftsführer, der dann die Eigentümer anrufen würde. Was in Ordnung war. Ich würde den Gucci-Jungs dasselbe sagen wie gerade Pete. Die anderen Coaches warteten mit angehaltenem Atem. „Ihr seid alle sicher. Ich habe eure Resümees gelesen und habe gesehen, wie viel Mühe ihr euch gegeben habt. Der alte Coach war ein Dinosaurier. Wir sind ein wenig weiter fortgeschritten."

„Wir sind also Mammuts?", warf Todd, der Verteidiger-Coach ein, was die Spannung sehr schön aufbrach. „Meine Frau würde zustimmen. Ihr solltet hören, wie sie sich über die Haare auf meinem Rücken beschwert."

Wir alle lachten herzlich über Todds haarigen Rücken. Ich war dankbar für die Leichtigkeit, die Todd in den Raum gebracht hatte. Ich neigte dazu, irgendwie trocken zu sein, laut mehrerer ehemaliger Liebhaber und meiner Familie. Dazu noch direkt, obwohl ich nicht wusste, warum direkt zu sein eine schlechte Sache war. Ich dachte, geradeheraus zu sein, wäre etwas Bewundernswertes.

„Lasst uns die Spieler in Schwung bringen, ja?" Ich deutete auf die Tür, die Pete offengelassen hatte. Sie alle nickten, deutliche Erleichterung in ihren Mienen.

Ich führte sie zum Eis und verwandelte mein Team dann in verschwitzte, keuchende Haufen auf zittrigen Kufen. Die Neulinge waren fertig, die Veteranen halb tot, aber ich hatte jetzt eine ziemlich gute Vorstellung davon, wer den Sommer mit Training verbracht hatte und wer faul gewesen war. Morgen würde ich anfangen, vorläufige Blöcke zu bilden und dieses Team aus Mobbern und Königen der Cheap Shots langsam an die Rowen-Carmichael-Art, Hockey zu spielen, zu gewöhnen.

Nachdem die Spieler vom Eis geschlichen waren, verbrachte ich eine gute Stunde in meinem Büro, richtete meinen Computer ein und rief den nächsten Laden von Mattress Haven in der Innenstadt von Tucson an. Sie versicherten mir, dass mein neues Bett innerhalb einer Stunde ankommen würde, darum fuhr ich nach Hause, um auf die Lieferung zu warten. Nachdem es an Ort und Stelle und das alte, weiche, beschissene Teil weggebracht worden war, zog ich ein sauberes Laken auf meine neue Matratze, tätschelte sie und grinste, als sie sich nicht bewegte. Als würde man einen Hartholzboden streicheln. Perfekt.

Mein Kühlschrank war leer, darum machte ich mir eine geistige Notiz, auf dem Weg zurück von der Westman-Reid-Villa einen Einkaufsstopp einzulegen. Ich brauchte genügend Essen und Getränke für hungrige Männer. Jede Menge Dr Pepper – mein Lieblingsgetränk – und Steaks, Kartoffeln und Zutaten für einen großen gemischten Salat. Vielleicht noch etwas Brot und ein paar andere Dinge. Ich diktierte eine Einkaufsliste in mein Handy, rief mir dann ein weiteres Auto. Ich würde auch ein Auto brauchen. Etwas Sportliches vielleicht, weil ich mir keine Sorgen über grauenvollen Schnee oder Eisstürme machen musste. Ich konnte ein Auto ohne Reifen mit Spikes oder Ketten oder einem Allradantrieb haben. Wie aufregend.

Der Fahrer, José, war ein netter Kerl, dünn, mit einem weichen mexikanischen Akzent, der lang und leise pfiff, als wir die Erlaubnis erhielten, auf das Westman-Reid-Grundstück zu fahren. Riesige Tore öffneten sich langsam und José und ich keuchten beide, als die Villa in Sicht kam.

„Süße Jungfrau Maria", flüsterte José.

„Das kannst du laut sagen", gab ich zurück, reichte ihm sein Geld und ein ordentliches Trinkgeld. Er lenkte den Toyota vorsichtig um einen weißen Mercedes, einen schwarzen BMW, einen roten Lamborghini und einen Porsche in Babyblau herum.

„Wie sehr kann man angeben?", fragte ich angesichts der Autos, die vor dem riesigen Gebäude geparkt waren. Es war, als würde man an das Set von *Dallas* oder *Dynastie* kommen. „Unwirklich", murmelte ich, machte mich dann auf, an die Eingangstür zu klopfen. Sie wurde von einem älteren Mann in einem dunklen Anzug geöffnet. Offensichtlich ein Butler, der sich höflich verneigte und angemessen lobhudelte, während er mich eine riesige, geschwungene Treppe hinauf zum „Büro des Herrn" führte, wo ich dann auf dem Flur warten musste wie ein Obdachloser.

Ich zog meine Anzugjacke nach unten, entfernte die Krawatte, die ich angezogen hatte, zog meine Jeans hoch und betrat das Büro, ohne zu klopfen. Drei Männer und eine hübsche junge Frau in einem Rollstuhl keuchten, als ich die Tür aufstieß und hereinschlenderte.

Zwei der Männer sahen ziemlich gewöhnlich aus, waren natürlich gut gekleidet, aber hatten keinerlei richtige Ausstrahlung. Der Dritte, der in einem Sessel mit hoher Lehne saß und ein Bein über das andere geschlagen hatte, war atemberaubend. Und ich meinte damit die Art atemberaubend, die einen Mann dazu brachte, innezuhalten, nur um ihn zu bewundern, wie man das bei einem Gemälde im Louvre tun würde. Er hatte tiefbraune Augen, die von dichten, dunklen Wimpern umrahmt wurden, einen wunderschönen Kopf voller dunkler Locken und Lippen, die reif und voll aussahen. Sein Bart war kunstvoll getrimmt und seine Kleidung von feinster Qualität, ohne herauszuschreien, was sie kostete. Eine schmale goldene Uhr an seinem schlanken Handgelenk war das einzige Accessoire, das mir auffiel. Er war atemberaubend. Schade, dass er einer der Jungen des Eigentümers war.

„Coach Carmichael, Sie sind früh dran", sagte der große Mann hinter dem noch größeren Schreibtisch, während er aufstand. „Bitte kommen Sie herein und setzen Sie sich. Können wir die Angestellten bitten, Ihnen irgendetwas zu bringen?"

„Ich brauche nichts", antwortete ich, schüttelte seine kühle Hand, ließ sie dann los.

„Nun gut. Dann darf ich uns vorstellen. Das ist mein Bruder, Cameron, meine Schwester Leigh und mein Bruder Mark." Ich nickte ihnen allen zu, setzte mich dann in einen breiten Ledersessel ungefähr drei Meter von Mark Westman-Reid entfernt. Ich konnte sein Rasierwasser riechen. Es war schwer und würzig, mit einem Hauch Moschus und etwas Blumigem. Nett. „Wir haben versucht, mit Ihnen mitzuhalten. Sie haben für ziemlich viel Wirbel gesorgt, seit Sie in Tucson angekommen sind."

Jason lachte auf diese Weise, wie es mächtige Männer tun, wenn sie denken, dass sie lustig sind. Ich hob eine Braue. Das Lachen erstarb.

„Haben Sie ernsthaft Pete Dunne gefeuert, ohne uns überhaupt zu fragen?" Mark ging direkt ans Eingemachte. „Sie können nicht-"

„Mark-", unterbrach Jason ihn.

„- er kann so einen Scheiß nicht einfach machen", endete Mark. Er stand auf und kam auf mich zu, ragte über mir auf und ich kopierte das auf der Stelle. Wenn es eine große Konfrontation gab, dann wollte ich sie direkt angehen.

„Ich kann. Und ich habe. Der Mann war ein Furunkel am Hintern des professionellen Hockeys."

Leigh kicherte, bedeckte dann schnell ihren Mund mit einer winzigen Hand. Mark mit den zum Küssen einladenden Lippen starrte mich an, als würden Seesterne auf meinem Kopf tanzen.

„Sie haben nicht das Recht, einfach so anzustellen und zu feuern, wie es Ihnen passt." Er war wütend. „Für wen halten Sie sich? Sie sind die letzte Person, die mein Vater hätte anstellen sollen."

Jason, Leigh und Cameron saßen still am Rand, darum nahm ich an, dass es Mark war, der die Show leitete.

„Bitte, machen Sie weiter." Ich wollte hören, warum ich nicht für den Job geeignet war, für den ich angestellt worden war.

„Sie waren Coach am College."

Ah. Wir wandten uns also direkt *dem* zu.

Ich hob eine Hand. „Ganz egal, ob ich nun

angeheuert hätte werden sollen oder nicht, mein Vertrag mit Ihrem Vater hat eine Klausel, dir mir das Recht gibt, anzustellen und zu feuern, wen ich will, was jene betrifft, die mir unterstellt sind." Ich ließ das einsinken. „Sie können gern meinen Vertrag durchlesen und verstehen, dass ich hier bin, um zu bleiben."

„Das werden wir natürlich", beeilte Jason sich zu sagen, nachdem Mark anfing, aus Frust seine Zunge abzukauen. „Aber vielleicht, wenn Sie uns eine Vorwarnung geben würden, was Ihre Pläne betrifft, könnten wir-"

„Na schön, ich habe vor, Ende der Woche nach Seattle zu fliegen, um mit jemandem zu reden, den ich gerne als Assistenztrainer anheuern möchte."

Alle vier Westman-Reid-Kinder saßen in schockiertem Schweigen da. Hatte ich ein schlimmes Wort gesagt? Ich war ein alter Hockeyspieler. Vielleicht war eine F-Bombe aus meinem Mund gefallen. Jason blinzelte, als ob er Sand in seinen Augen hätte. Camerons Mund klappte auf. Leigh saß aufrecht in ihrem Rollstuhl, ihre leuchtenden Augen waren ruhig auf mich gerichtet und Mark mit den riesigen braunen Augen war so wütend, dass er anscheinend keine Worte finden konnte.

„Habe ich gestottert?", fragte ich, als die Stille sich verdichtete.

„Nein, nein, natürlich nicht, wir waren nur nicht …"

„Auf gar keinen Fall fliegen Sie nach Seattle, um irgendjemanden anzustellen", knurrte Mark, seine hübschen Augen sprühten Funken der Hitze und

Leidenschaft. Es war ein Blick, der wunderbare Dinge mit seinem bereits schönen Gesicht anstellte.

Cameron und Jason fingen an, Mark mit Worten zuzutexten. Mark antwortete seinen Brüdern. Ich verdrehte meine Augen für Ms Leigh und sie lächelte mich nett an.

„Wenn Ihr fertig seid, *Jungs*, schlage ich vor, dass Ihr meinen Vertrag anschaut …" Ich blieb so freundlich, wie ich konnte. Die Westman-Reids waren nicht besser als streitende Kinder.

„Ich komme mit Ihnen", verkündete Mark und verschränkte seine Arme vor seinem Brustkorb, als ob er die gesamte Auseinandersetzung gewonnen hätte.

Ich hätte mich querstellen können. Ich hätte ihm sagen können, dass er sich aus meinen verdammten Plänen heraushalten sollte, aber etwas in seinen Augen lauerte darauf, dass ich Nein sagte, und es gab keine Herausforderung, der ich mich nicht stellte.

„Ist mir egal", antwortete ich lässig.

Er liebte das und richtete sich auf. „Und ich werde alle Verträge, die angeboten werden, genehmigen."

„Nein."

„Sie haben in dieser Angelegenheit nichts zu sagen-"

„Jetzt hör mir gut zu, Junge-"

„Ich bin kein Junge!", knurrte Mark. Nein, war er nicht. Das musste ich zugeben. Jetzt da er stand, war klar, dass er ein ganzer Mann war. Schlank, ja, aber beinahe so groß wie ich. Er hatte nicht meine Masse, aber er war auch nicht dürr oder ein Twink.

„Es tut mir leid." Er schniefte bei meiner Entschuldigung. „Sie können mich gern begleiten, aber

Ihr Input bedeutet mir gar nichts, es sei denn, Sie kennen sich mit Hockey aus. Tun Sie das?"

Marks rechtschaffener Zorn verflüchtigte sich. „Ich weiß genug."

„Uh-huh. Ich werde die Person anheuern, die ich als passend für mich und die Vision des Teams, das ich aufbaue, ansehe." Ich streckte meinen Arm aus, schob meinen Ärmel nach hinten und schaute auf meine Uhr. „Wenn Sie mich jetzt entschuldigen würden, ich muss noch einkaufen. Die Neulinge kommen heute zum Abendessen."

Ich neigte meinen Kopf vor Ms Leigh und verließ das große Büro, lächelte in mich hinein, als die Stimmen der drei männlichen Westman-Reid-Erben hinter mir in einer hitzigen Diskussion explodierten.

# DREI

# Mark

_____

Ich legte die Ausdrucke, die ich gemacht hatte, auf den Schreibtisch und deutete dramatisch darauf. Jason und Leigh fingen sofort an zu lesen, was ich gefunden hatte. Cameron marschierte herum, weil er zu aufgebracht war, um irgendetwas anderes zu tun, als seinen Pfad im Büro abzugehen.

Dann fing ich an zu brüten. *Arschloch Coach hat mich als Junge bezeichnet.*

Wenn man so alt war wie er, war jeder unter dreißig ein Junge, aber mit nur fünfzehn Jahren zwischen uns, konnte er sich mit diesen beleidigenden Bezeichnungen gleich wieder verpissen.

Sogar als wir uns miteinander angelegt hatten, war er überhaupt nicht so gewesen, wie ich es erwartet hatte. Er sah einschüchternd aus und in seinem Gesichtsausdruck lag keinerlei Weichheit. Er war hier, um für seine Karriere zu kämpfen, und ein Teil von mir bewunderte das. Ich hatte Models am Ende ihrer Karriere gesehen, die mit Zähnen und Klauen darum kämpften, im Job zu bleiben. Ich hatte sie, so freundlich ich konnte, entlassen. Ich hatte ein paar von ihnen im Arm gehalten, während sie weinten, aber zumindest hatten sie auf mich gehört. Ich kannte mich in meinem Geschäft aus und ich wusste es, wenn die Dinge enden mussten.

*Aber du kennst dich mit Hockey nicht aus.*

Ich hatte noch nie jemanden gesehen, der so fokussiert war und so sicher, dass er mich besiegen würde. Die Leute konfrontierten mich nicht. Sie bettelten und winselten und das waren nicht die Models, die ich unter Vertrag hatte. Das waren meine Manager. Alle, mit Ausnahme von Lucas natürlich, der für die nächste Woche ganz allein für Gilded Treasures verantwortlich war. Zwischen meinem Geschäftsführer und dem neuen Coach bestand eine gewisse Ähnlichkeit. Sie waren beide selbstsicher, hatten beide forsche Persönlichkeiten, aber wo Lucas klein und kräftig war, war Rowen ein großer Mann mit soliden Muskeln. Beeindruckend solide. Selbstbewusst.

*Ich werde nicht zulassen, dass er sich in meinen Kopf schleicht. Ich bin stärker als eine ungewollte Attraktion zu dem Mann mit den braunen Augen und dem Nerv, mir zu sagen, was ich tun soll.*

„Er ist ein attraktiver Mann", bemerkte Leigh.

„Er hat die Mustangs weit gebracht", warf Jason ein.

„Und das ist ein beeindruckendes Resümee", fügte Leigh noch hinzu und schob ein paar Papiere herum.

Cameron pfiff. „Er wurde in der ersten Runde, insgesamt als Dreizehnter, von Montreal gedraftet. Er hat sich dafür entschieden, nicht professionell zu spielen und hat den Collegeabschluss an der University of Western Ontario in, hört euch das an, Filmwissenschaften gemacht. Als er in die großen Ligen berufen wurde, hat er entdeckt, dass er die Bluterkrankheit hat, darum musste er sich aus dem aktiven Sport zurückziehen. Er hat dann mit dem Coaching angefangen und hat sich nach oben gearbeitet, bis er die Profi-Liga über die Raptors erreicht hat."

Ich kannte über die Hälfte der Worte, die er benutzte, nicht. Ich hatte eine vage Ahnung, dass die Frozen Four eine Art College-Championat waren, aber das war nur wegen des Artikels.

Ich zog ihn hervor. „Habt ihr gesehen, was er getan hat?"

Ich hatte eine Menge Fotos von ihm gesehen, hatte sogar herangezoomt, um die Farbe seiner Augen zu erkennen, und wie seine Haare gerade so gestylt waren und wie ordentlich sein Bart war. Aber auf diesem trug er einen billigen Anzug, die Krawatte war in den meisten Bildern schief und er gestikulierte von hinter der Bank in Richtung seiner Spieler. Der Titel des Artikels lautete „2013 Frozen Four Zusammenbruch" und unser neuer Coach wurde von der Bank eskortiert. Die Bank war der Ort, an dem die Spieler saßen, das hatte ich gestern Nacht herausgefunden. Dann war ich Links zu verschiedenen Quellen für mehr Informationen über den Vorfall gefolgt und hatte gesehen, dass unser Coach Carmichael sich mit den Schiedsrichtern angelegt und genügend verbalen Schaden angerichtet hatte, um vom Spiel ausgeschlossen zu werden.

Welche Art Coach schaffte es, von einem Spiel ausgeschlossen zu werden? *Einer, der außer Kontrolle war.*

Ich massierte meine Schläfen und wartete darauf, dass sie sahen, was ich gefunden hatte und mich dabei unterstützten, eine Möglichkeit zu finden, diesen Mann von unserem Team zu entfernen.

„Wir brauchen einen Coach aus einem der Original Six Teams", sagte ich und hoffte, dass ich so klang, als wüsste ich, wovon ich redete. Das tat ich nicht, aber ich wusste, dass die Original Six Teams wahrscheinlich gute Coaches hatten, oder? „Oder jemanden von den Top-Teams in der NHL, jemanden, der sich mit Hockey auskennt."

„Mir scheint es, als ob dieser Mann sich mit Hockey auskennt", sagte Jason.

„Woher, zur Hölle, willst du das wissen?", schnappte ich. „Als ob du auch nur annähernd etwas mit Dads dämlicher Investition zu tun gehabt hättest."

Jason richtete sich auf, schüttelte seinen Kopf. „Du warst lange Zeit weg, Mark. Ich war hier, zusammen mit Cameron und wir haben diese Familie über Wasser gehalten, sogar als du nicht-"

„Oh, warte, großer Bruder, willst du gerade das Thema wechseln, um einen Kommentar darüber abzugeben, dass ich nicht da war? Hast du vergessen, dass du es warst, der mir geholfen hat, meine verdammten Koffer zu packen, um mich rauszuwerfen?"

Jason zuckte zusammen. „Ich wollte-"

„Lass es." Ich war mir nicht sicher, wovon ich ihn abhielt. Dieses Gespräch drehte sich weniger um

Hockey und mehr um meinen Platz in dieser kaputten Familie und dafür war ich nicht bereit.

„Ich weiß genug über Hockey", murmelte Cameron.

„Also eigentlich nicht, aber als Dad mich vor ein oder zwei Monaten angerufen hat, um ihm zu helfen, bin ich nach Hause gekommen."

„Ich auch", sagte Jason.

Das Messer drang tief in meinen Brustkorb ein. Der alte Mann hatte mich nicht angerufen. Nicht vor zehn Jahren, nicht vor zwei Monaten, nicht an dem Tag, als er krank geworden und gestorben war. Nein, er hatte nur meinen Namen in diese gequirlte Scheiße eines Testaments geworfen. Ich würde Cam und Jason meinen Schmerz nicht sehen lassen und versteckte ihn hinter Wut.

„Und ihr beide denkt, dieser Coach ist das Beste für die Raptors?" Ich benutzte meinen ungläubigsten Tonfall.

Meine Brüder schauten einander an, dann zu Leigh.

„Rowen Carmichael, Assistenz-Coach in den American College Leagues für zwei Saisons, vor vier Jahren zum Cheftrainer auf Universitätslevel aufgestiegen, hat den Cavendish Farms University Cup zwei Mal gewonnen. Er ist bekannt für seine Besonnenheit und seine Unterstützung der Spieler. Seine Spielerkarriere lässt vermuten, dass Gegenwind ihn nur stärker macht, Disziplin ist sein Hauptaugenmerk, was seinem ehemaligen Team aufeinanderfolgende Siege gegen einige der größeren und finanziell besser aufgestellten Teams verschafft hat. Er hat den Jean-Marie de Koninck Coaching Excellence

Award zwei Mal bekommen und in den meisten Berichten wird er als sehr detailorientiert beschrieben."

Ich blinzelte meine Schwester an. „Hast du dir das gemerkt?"

Sie schüttelte ihren Kopf. „Wie auch immer, Mark. Dad mag ja nicht viel von dem Mädchen im Rollstuhl gehalten haben, aber fang du nicht an zu denken, ich wäre dumm."

„Niemand hat gesagt, dass du dumm bist", sagte Jason und beugte sich hinunter, um sie zu umarmen. Sie akzeptierte die Umarmung und schob ihn dann mit kraus gezogener Nase von sich.

„Kein Mitleid." Sie grinste und Jason lächelte sie an. Sie waren wirklich Bruder und Schwester und das schmerzte ebenfalls. Wieder fühlte ich mich, als wäre ich am Rand dieser Familie. Zur Hölle, so nahe am Rand, dass ich genauso gut komplett wegfallen konnte.

„Du solltest das Drittel dieses Mistes haben, den er mir gegeben hat", sagte ich und rieb meine Augen. „Er wollte mich nicht und ich will verdammt noch mal nicht, was er mir gegeben hat."

Etwas traf mein Schienbein hart und ich fluchte, erkannte dann, dass Leigh ihren Rollstuhl gegen mich gelenkt hatte. Ich sah ihre Miene, die wütend hinter sich gelassen hatte und auf dem Weg zu außer sich war.

„Hör mit dem Selbstmitleid auf", schnappte sie.

„Ich bin nicht … es ist nicht-"

Sie hob eine Hand und ich hörte auf zu reden.

„Dad hat dich rausgeworfen, damit du in seiner Vorstellung von Sodom und Gomorra lebst und er hat gesagt, dass du in der Hölle schmoren würdest, aber trotzdem bekommst du ein Drittel seines Besitzes. Wenn es also um Selbstmitleid geht, habe ich Priorität, klar?"

„Okay", grummelte ich. Sie hatte recht. „Aber wir sollten deswegen etwas unternehmen." Ich schaute Jason und Cameron an. „Leigh verdient mehr."

Jason seufzte mit seinem ganzen Körper. „Im Moment können wir das nicht. Wir haben es versucht. Aber Cam und ich haben bereits Dokumente unterzeichnet, die in Kraft treten, sobald das Jahr und diese lächerlichen Bedingungen, die Dad diktiert hat, um sind. Wir teilen unseren Anteil mit ihr."

„Das habt ihr gemacht?" Die Brüder, an die ich mich erinnerte, waren dämliche Idioten, die Leigh lieber aufzogen als sie zu lieben. Natürlich waren das dieselben Brüder, die um Dads Zuneigung und Anerkennung gekämpft hatten, was bedeutete, dass sie mein Gesicht öfter in den Schmutz gerieben hatten, als ich mich erinnern wollte. Alles, um mich in Dads Augen mehr zu einem Mann zu machen.

Jetzt war es an Cam, das Messer zu drehen. „Und uns ist klar, dass du damit den kontrollierenden Anteil hast."

„Ich will keinen kontrollierenden Anteil. Zur Hölle damit. Verdammt. Ich will nichts mit diesem Team oder Dads Vermächtnis oder irgendetwas mit diesem kranken bitteren Arschloch zu tun haben." Ich zog meine Schultern zurück. „Wenn dieses Jahr um ist, werde ich Leigh meinen Anteil geben. Dann muss niemand sich irgendwelche Sorgen machen, wem was gehört."

„Du bleibst also für dieses Jahr?"

„Das habe ich nicht gesagt", blockte ich.

„In dem Testament steht, dass du zweihundert Tage arbeiten musst. Ansonsten wird der gesamte Konzern verkauft und der Erlös an Wohltätigkeitsorganisationen gespendet."

„Und ihr würdet Millionen verlieren. Bla, bla, ich habe es kapiert."

Jason schubste mich.

Wenn es Cameron gewesen wäre, hätte ich zurückgeschubst, aber der Älteste von uns Dreien schubste niemanden und ich war so schockiert, dass ich schwieg.

„Keiner von uns braucht das Geld, du Idiot", schnappte er. „Wir alle haben Treuhandfonds, sogar du, auch wenn du dich entschieden hast, ihn nicht anzurühren. Aber bei diesem Team geht es nicht nur um uns. Es geht um geschäftliche Partnerschaften und eintausend Angestellte, von Managern über Reinigungskräfte zu Spielern und Verwaltungsangestellten. Ganz egal wie viele Fehler die Raptors haben, sie unterstützen mehrere örtliche Wohltätigkeitsvereine sowie Jugendteams, ein Bob-Team und Bildungseinrichtungen. Und das ist nur die Spitze des Eisbergs. Alles bricht zusammen und wir haben ein Jahr, um das Ruder herumzureißen, bevor diese eintausend Menschen alles verlieren. Verstehst du, was ich sage?"

Er tippte gegen meinen Brustkorb und ich stieß seine Hand weg. Ich wusste alles darüber, dass eine Firma nicht nur die Menschen unterstützte, die für sie arbeiteten. Gilded Treasure war der Partner für fünf LGBT-Heime in New York und arbeitete mit Schulen und den Colleges vor Ort. Ohne diese Unterstützung würde es die Anlaufstellen und Ressourcen für Teenager in prekären Situationen vielleicht nicht geben.

„Dann machen wir Folgendes zuerst. Ich will Dads Geld nicht, darum liquidieren wir meinen Treuhandfonds und stecken ihn als Investition in das Team. So könnt ihr diesen Geld-Scheiß nicht immer aus dem Hut ziehen."

Dann, bevor sie irgendetwas auch nur annähernd Wütendes, Kritisches oder sogar Nettes und Anerkennendes sagen konnten, ging ich.

---

ICH HATTE VORGEHABT, zurück in das Hotelzimmer zu gehen, in dem ich wohnte, doch als ich die Villa verließ, tippte ich die Adresse des Stadions ein und fuhr stattdessen dorthin. Alles, was ich denken konnte, als ich es zum ersten Mal sah, war, dass es eine verdammte Menge Glas war.

Ein Glasgebäude in der Sonne von Arizona.

Die Reflektion war blendend, aber ich nahm an, dass damit eine Art Designer-Statement gemacht werden sollte. Ich konnte nicht umhin zu bemerken, dass ich angekommen war, weil ich kurz erblindete, als ich zu der Schranke fuhr, auf der *Nur Angestellte* stand. Der Wachmann schlenderte heraus, musterte mein Auto scharf und beugte sich dann zum Fenster herunter.

„Kann ich Ihnen helfen, Sir?", fragte er misstrauisch.

„Mein Name ist Mark Westman-Reid, ich bin einer der neuen Eigentümer."

Er glaubte mir nicht sofort. Das konnte ich sehen.

„Darf ich Ihren Ausweis sehen, Sir?"

„Bitteschön." Ich reichte ihm meinen Ausweis. Er prüfte das Foto und nickte dann.

„Ich rufe an und lasse sie wissen, dass Sie kommen."

„Nein, tun Sie das nicht. Ich bin inoffiziell hier."

Er tippte an seinen Hut und trat zurück in seine Hütte. „Einen schönen Tag wünsche ich, Sir."

„Ihnen auch."

Ich parkte neben einer blassblauen Mercedes S-Klasse und rangierte dann noch ein wenig länger herum, um mein Auto auf der Beifahrerseite so nahe an die Wand zu bekommen wie möglich. Ich liebte mein Auto. Es war nicht der teuerste Lamborghini da draußen, aber es gehörte mir allein. Nicht nur das, es hatte mich den ganzen Weg von New York hierhergefahren, für diesen Anscheinend-gehört-mir-ein-Hockeyteam-Mist. Ich wollte ihm Respekt zeigen. Keine Dellen in seinen Türen, solange ich aufpasste.

Ich hörte ein leises, anerkennendes Pfeifen und drehte mich um, sah einen jungen Mann, der nicht älter als zwanzig sein konnte. Er trug die Farben der Raptors und trug ein Bündel Schläger.

„Danke."

„Murciélago? Vierradantrieb, V12, sechs Gänge, von Null auf Hundert in 3.8 Sekunden, Höchstgeschwindigkeit über dreihundert, richtig?"

„Ja."

„Der neue Mann meines Dads oder mein Stiefvater

oder was auch immer" – er verdrehte seine Augen dramatisch – „er will so eines. Aber er will, dass es in Railers-Blau lackiert wird, nicht in Rot." Er hielt mir seine Hand hin. „Ryker Madsen."

Dieser Name stand auf der Liste der Spieler, die ich mir gemerkt hatte. Ryker Madsen, einer der Neulinge im Team.

„Mark", sagte ich und ließ das verdammende Westman-Reid absichtlich weg.

„Gehst du rein?" Er neigte seinen Kopf in Richtung des Hintereingangs des Stadions und ich nickte. Er führte einen langen, plaudernden Monolog über das Wetter in Arizona, *höllisch heiß*, das Team, *nicht schlecht* und Autos, *mein fester Freund möchte einen Jeep*.

Die Erwähnung eines festen Freundes traf mich. Mir war nicht klar gewesen, dass im Hockey schwul zu sein möglich war. Dieses Memo war mir eindeutig entgangen. Oder vielleicht verstand dieser Junge einfach nicht, wie toxisch es war, in der Welt des Sports oder im Geschäftsleben schwul zu sein und dass es am besten war, diese Tatsache nicht auszuplaudern, es sei denn, es gereichte einem zum Vorteil.

Zum Glück konnte ich als Eigentümer einer Modelagentur so schwul sein, wie ich nur wollte.

Wir kamen an einem weiteren Wachmann vorbei, aber Ryker plapperte über Hockeyschläger und achtete nicht auf die aufgerissenen Augen des Wachmanns.

„Okay, bye", sagte er und bog nach links in einen schmalen Flur ab. Ich marschierte weiter geradeaus, war mir nicht sicher, wohin ich ging oder warum ich es tat, aber dann bog ich bei der nächsten Gelegenheit links ab. Das führte mich zu einem Lagerraum, einem Behandlungszimmer und dann zu Büros mit geschlossenen Türen. Ich mochte die Politik der geschlossenen Tür nicht und in meiner Firma gab es das nicht – noch etwas, das ich ansprechen musste, wenn wir wieder ein Meeting hatten. Die letzte Tür stand halb offen und ich stand davor, las das Schild neben der Tür. Es wurde von einem Stück Klebeband gehalten und vermittelte eine sehr einfache Botschaft. *Wenn du blutest, das Behandlungszimmer ist dort, wo du hergekommen bist. Wenn du jammern willst, bin ich nicht da.*

Es stand kein Name auf dem Schild, aber ich hatte den Verdacht, dass dies Coach Carmichaels Büro war. Ich klopfte, aber es war leer, darum ging ich weiter und fand eine Tür zum Eis und eine Reihe Sitze, wo ich Platz nahm und zusah.

Noch befand niemand sich auf dem Eis und die Luft war kühl und roch nach Klimaanlage. Ich saß geduldig da und endlich, einer nach dem anderen, fuhren die Spieler in rot-weißen Jerseys aufs Eis. Es fand einiges an Schubsen und Stoßen statt, aber ich konnte nicht sagen, ob es nett gemeint war oder nicht und dann kam er heraus – Coach Carmichael.

Er redete mit der Gruppe, die alle vor ihm auf einem Knie waren und dann wurden Jerseys gewechselt, was, wie ich vermutete, das Team in zwei Übungshälften teilte. Er ließ sie von einem Ende zum anderen sprinten und fuhr dann geschmeidig in meine Richtung. Vielleicht nicht wirklich auf *mich* zu, nur in meine allgemeine Richtung.

Und dann stoppte er.

Auf der anderen Seite des Plexiglases hielt er an, lehnte sich auf seinen Schläger und starrte mich direkt an. Ich wusste nicht, wohin ich schauen sollte, aber ich konnte den Blick nicht abwenden. Ich war fasziniert, mir war heiß und er starrte weiter. Ich wartete darauf, dass er etwas sagte oder durch das Glas schrie oder mir den Finger zeigte oder *irgendetwas*.

Aber nein, er musterte mich nur, als ob er nichts Besseres zu tun hätte.

Ich rutschte ein wenig auf meinem Sitz herum, konnte aber immer noch nicht den Blick von ihm wenden. Er trug eine Raptors-Jacke, hatte Handschuhe, aber anders als das Team, mit dem er arbeitete, trug er keinen Helm, was bedeutete, dass ich seine perfekt gestylten Haare gut sehen konnte. Eine Pfeife hing um seinen Hals und als ich mit meinem Blick so weit nach unten wanderte, wie ich sehen konnte, und dann wieder nach oben an seinen Lippen vorbei und wieder zu seinen Augen, hob er eine Braue in stummer Kommunikation.

*Scheiße. Erwischt.*

Mit einem Nicken fuhr er davon und machte mit dem weiter, was Coaches so machten.

War es möglich, dass jemand, der mich durch ein Plexiglas anstarrte, eine der sinnlichsten Erfahrungen meines Lebens war?

Ich konnte nur sagen, dass, ausgehend von den Beweisen, die meine Erektion und das schnelle Schlagen meines Herzens darstellten, es so schien, als ob, Ja, Coach Carmichael, der mich anstarrte, definitiv in den Top Ten meiner erotischsten Momente landete.

Scheiße.

## VIER

## Rowen

———————

Es gab eintausend Dinge, die ich erledigen musste, bevor ich das Stadion verließ. Nichts davon beinhaltete, dass ich in meinem Büro saß und darüber nachdachte, wie unglaublich heiß Mark Westman-Reid gewesen war, als unsere Blicke sich begegnet waren und einander festgehalten hatten. Er war mehr als nur ein wenig geil gewesen. Das war offensichtlich gewesen aus der Art, wie seine Pupillen das süße Milchschokoladenbraun seiner Augen geschluckt hatten. Der Mann war in seiner Wertschätzung meines Körpers ziemlich offen gewesen, was das langsame Anschwellen meines Schwanzes, das in den letzten Minuten stattgefunden hatte, nur verstärkte. Ich rutschte ein wenig herum, um den Druck meiner Hose zu mildern, die sich über einer harten Erektion spannte. Dann minimierte ich die Seiten mit Spielerprofilen und Trainingsberichten und machte eine schnelle Google-Suche über das Prinzchen.

Ja, dieser Titel schien zu dem wunderschönen, aber stacheligen Mann zu passen, den ich im Geiste

ausgezogen hatte. Das Internet liebte Mark Westman-
Reid – so viel war offensichtlich. Sein Geschäftssinn,
seine Haltung, was LGBT-Rechte betraf, sein stolzes
Leben als offen schwuler Mann und dazu war er ein
Philanthrop, der Wohltätigkeitsgalas für ein Kinder-
Hospiz in New York veranstaltete, sowie für ein großes
Tierheim und dafür, die Diskussion über Windkraft
voranzutreiben. Alles edle Ziele. Ich spendete anonym
an die Windenergie-Koalition, die auch er unterstützte.
Während Mark sein Schwulsein laut kundtat, hatte ich
die Tür des Wandschranks nicht so aufgerissen wie er.
Als ich mit dem Spiel angefangen hatte, redeten die
Leute nicht über Schwule und man hatte sich ganz
gewiss nicht so offen geoutet wie Tennant Rowe. Das
bewunderte ich an Rowe und sogar an Mark. Ich war es
zufrieden gewesen, im Laufe der Jahre diskret mit
Männern auszugehen, aber vielleicht war es an der Zeit,
sich über irgendeine formale Ankündigung Gedanken
zu machen …

„Überlegungen für einen anderen Tag", flüsterte ich,
klickte von einer Webseite zur anderen, schaute mir die
Online-Fotos von Westie an, wie seine hippen Freunde
in Manhattan ihn zu nennen schienen. Prinzchen passte
viel besser zu dem selbstgefälligen Bastard, wenn man
mich fragte. Westie klang wie ein Name, den ein
Hockeyspieler hatte. Mark war so weit von einem
Hockeyspieler entfernt, wie ich von einem Model aus
Manhattan.

Vier schnelle scharfe Klopfer an meiner Tür rissen
meinen Blick vom Internet. Ich klickte die Seite weg und
rief die Spielerprofile auf, an denen ich angeblich

gearbeitet hatte, bevor ich die Person hereinbat. Mark trat durch die Tür. Meine Augen weiteten sich vor Überraschung. Er blieb direkt vor meinem Schreibtisch stehen, seine großen braunen Augen blickten auf mich. Mann, er war wirklich ein schöner, schöner Mann.

„Ich würde gern über diese Reise diskutieren, um einen Assistenztrainer zu finden", erklärte er.

Ich lehnte mich auf meinem Stuhl zurück, verschränkte meine Arme über meinem liebsten, abgetragenen weißen Hemd und hob eine Braue. Er hob seine eigene als Antwort. Frecher kleiner Mistkerl. Etwas an dem kleinen Stinker ging mir unter die Haut. Es fühlte sich wie ein Dorn an. Ein prinzlicher Störfaktor, den ich mit meinem Klappmesser herauspulen musste.

„Das können wir beim Abendessen diskutieren", sagte mein Mund. Mein Hirn kam quietschend zum Stehen, fragte sich, wann die Schwanz-zu-Mund-Verbindung aufgebaut worden war. Außerdem, warum? Er wich zurück, als hätte ich ihm einen abgetrennten Kopf präsentiert. „Ein Barbecue bei mir mit den Neulingen. Vielleicht könnten Sie tatsächlich ein wenig Zeit mit Ihrem Team verbringen, die Spieler besser kennenlernen? Es könnte Sie weniger … was war das für ein Wort, das ich suche? Verbissen? Nein. Angespannt? Mm, nein. Eingebildet? Nun, das passt auch, aber es ist nicht ganz der richtige Ausdruck. Rechthaberisch wirken lassen?"

Er legte beide Hände auf meinen Schreibtisch. Eine Seite meines Mundes zuckte. Bei ihm fand kein Zucken des Mundes statt.

„Ich *bin* Ihr Boss", erinnerte er mich mit flacher Stimme. „Wenn ich mich also rechthaberisch benehme, heißt das, dass ich meinen Job mache."

Ich zuckte mit den Schultern. Er sah aus der Fassung gebracht aus. Gut. Kleine Erben mussten daran erinnert werden, dass die Welt sich nicht um sie drehte, auch wenn sie zum Küssen einladende Münder und Locken hatten, die mit den Fingern gekämmt und gezupft werden mussten, während jemand sie von hinten fickte.

*Rowen, was im Namen der Hölle machst du da, lädst diesen eingebildeten Schnösel zu dir nach Hause ein? Hast du den Verstand komplett verloren? Die Jungs werden nicht wollen, dass einer der Eigentümer da ist. Oh, okay, wir denken jetzt mit unserem Schwanz. Wunderbar. Einfach großartig. Hey, Idiot! Erinnert der Name Carl dich an irgendetwas?*

„… Abendessen mit den Neulingen, würde ich sehr gern kommen und sie kennenlernen. Vielleicht können wir dann diese Angelegenheit mit dem Assistenztrainer genauer durchsprechen. Zeit und Ort?"

„Sechs Uhr, bei mir."

„Gut." Er richtete sich auf und ging zur Tür, gewährte mir einen guten Blick auf seinen hohen, knackigen Hintern, der mit einem kühlen, braunen Leinenmaterial bedeckt war. Der Mann konnte sich anziehen, das musste man ihm lassen und offensichtlich war diese Sommerhose perfekt geschneidert, weil sie seine Pobacken optimal umschloss. Er ging fort, schaute nicht einmal zurück. Die Tür schloss sich. Ich wartete. Zehn Sekunden später öffnete die Tür sich einen Spalt und Mark kam zurück in mein Büro. „Ich brauche Ihre Adresse."

„Das Büro hat sie. Die Raptors zahlen für meine Unterkunft, bis ich etwas Dauerhaftes finde, was ebenfalls eine Klausel in meinem Vertrag ist – um Ihnen Zeit mit diesem feinzackigen Kamm zu ersparen, mit dem Sie sicher meinen Vertrag durchkämmen."

Er wollte unbedingt etwas sagen. Er zog sogar seine Oberlippe ein wenig hoch. Ich wartete geduldig, während er die Worte suchte.

„Sie sind unausstehlich", informierte er mich, bevor er herumwirbelte und mit all dem Flair verschwand, das nur ein Model aus New York aufbringen konnte. Wäre Klatschen hier das Richtige? Würde er wieder hereingestürmt kommen, die Augen wild, die Nasenflügel gebläht, der sinnliche Mund angespannt und mich wieder beschimpfen? Himmel, das wäre irgendwie aufregend. Mein Schwanz fand das eindeutig. Und das war ein ganz anderes, gefährliches Thema. Als würde man einen Tiger reizen, um genau zu sein. Und ich hatte keine Katzenminze dabei.

---

Er kam um zehn nach sechs. Wie es ihm gebührte, würde er wahrscheinlich meinen. Ich fand es unglaublich unhöflich.

Ich riss die Tür auf und Mark blinzelte mich schockiert an, nachdem meine Eingangstür beinahe seine eingebildete Nase erwischt hätte.

„Ich sagte, dass es um sechs losgeht."

Er schaute um mich herum, hielt mir dann eine Flasche Wein unter die Nase, während sein Blick zu meinem Gesicht zurückkehrte. „Es ist noch niemand hier", bemerkte er lässig.

„Weil sie um sieben kommen. Ich habe Ihnen gesagt, dass Sie um sechs hier sein sollen. Ihnen ist klar, dass zu spät zu kommen sehr unhöflich ist?"

Er stürmte um mich herum und betrat mein Heim, als würde es ihm gehören. Was irgendwie der Fall war, aber das war hier nicht der Punkt. Ich schloss die Tür mit ein wenig Nachdruck.

„Ich wurde von etwas Multitasking aufgehalten. Glauben Sie mir, Coach Carmichael, ich habe nicht versucht, Sie zu provozieren. Ich führe jetzt zwei Geschäfte an verschiedenen Küsten. Ich habe schlicht die Zeit übersehen."

„Zu spät zu kommen ist rücksichtslos und zeigt, dass Sie nicht in der Lage sind, ihre Zeit effizient zu managen. Zudem ist es ein selbstsüchtiger Charakterzug, den ich nicht dulden werde. Wenn Sie nicht rechtzeitig zu dem Flug am Freitag kommen, werde ich dem Piloten sagen, dass er ohne Sie fliegen soll."

Ich stapfte in die Küche, um den Wein in den Kühlschrank zu stopfen.

„Der kommt nicht in den Kühlschrank. Das ist ein Petit Sirah und der sollte bei Zimmertemperatur serviert werden", rief das Prinzchen. Ich riss die Tür des Kühlschranks wieder auf und holte den verdammten Wein heraus, stellte ihn dann lautstark auf die Arbeitsplatte. „Ich war mir nicht sicher, was Sie servieren, und dachte mir, ein leichter Rotwein würde zu fast allem passen."

Ich kehrte ins Wohnzimmer zurück, blieb wie angewurzelt stehen, mit einer bitteren Antwort auf den Lippen, fand Mark vor meiner großen CD-Sammlung. Er hatte seine Kleidung ein wenig zurückgefahren. Jetzt trug er ein blaues Hemd, dessen Ärmel lässig bis zu den Ellbogen aufgerollt waren, eine weiße Hose, die ziemlich viel von seinen Knöcheln zeigte und schwarze Samt-Loafer mit kleinen silbernen Schnallen. Eine große Silberuhr umschloss sein linkes Handgelenk und seine Haare waren vom Wind zerzaust. Der Mann war viel zu attraktiv. Vielleicht, wenn ich einen tiefen Atemzug machte und ihn durch ein Nasenloch wieder herausließ, könnte ich –

„Ich habe so etwas schon seit Jahren nicht mehr gesehen." Er holte eine meiner CDs aus dem Holzgestell, in dem ich sie aufbewahrte, ein höhnisches Lächeln umspielte seine Lippen. „Ich glaube, meine Großmutter hat ein paar davon zusammen mit ihren 8 mm-Filmen und ihren Schlaghosen aufbewahrt. Hmm, The Eagles. Habe noch nie von ihnen gehört. Ist von denen noch jemand am Leben?"

„Hat Ihnen keiner Ihrer Benimmlehrer erklärt, dass es unhöflich ist, jemandes Haus zu betreten und sich über die persönlichen Besitztümer dort lustig zu machen?" Ich marschierte zu ihm und nahm ihm die CD weg, der Duft seines Rasierwassers kitzelte meine Nase. „Und ja, einige von ihnen sind noch am Leben." Ich schob *Hotel California* wieder an die richtige Stelle, in

chronologischer Reihenfolge nach
Veröffentlichungsdatum.

„Wahrscheinlich brauchen sie Rollatoren, um auf
die Bühne zu kommen." Er beugte sich nach unten, um
meine Filmsammlung zu mustern, seine Nase zog sich
mehr und mehr kraus, als er sich die Fantasyfilme
anschaute. „Sie mögen also Drachen und Elben und
ritterliche Ritter? Das ist ... interessant. Ich bevorzuge
sozial signifikantere Filme, wissen Sie, von der Art, die
sich auf Schauspielerei verlassen und nicht darauf, dass
Harry einen CGI-Hippogreif reitet."

„Ich muss die Kartoffeln umdrehen", erklärte ich
ihm, ließ ihn allein sein Gesicht abfällig verziehen.
Schnöseliges, selbstgefälliges Arschloch – ganz egal, wie
lockig seine Haare und wie zum Küssen einladend sein
Mund waren. Der Grill stand auf meinem kleinen Patio,
war gut beschattet, eine glänzende Schönheit mit einem
seitlichen Brenner und Platz für all die Kartoffeln, die
bereits auf der Glut lagen. Als ich die in Folie gewickelten
Knollen umdrehte, fiel mir etwas ein. Ich schloss den
Deckel und ging zurück ins Haus. Mark saß auf meinem
Sofa, scrollte auf seinem Handy. Sein Blick huschte zu
mir, als ich herkam, der Ausdruck war neugierig.

„Sie wussten, dass Harry auf einem Hippogreif
reitet." Ich ging an ihm vorbei in die Küche, fühlte mich
ziemlich stolz auf mich selbst.

Er folgte mir auf den Fersen. „Ich habe den Trailer
gesehen", informierte Mark mich schnell.

Ich nickte ihm zu und schaute ihn auf eine Ja-klar-
Weise an, fing dann an, die Zutaten für den Salat

herauszuholen. „Wissen Sie, wie man einen Salat macht, oder haben die Angestellten alle Ihre Mahlzeiten zubereitet?"

Er plusterte sich auf wie ein Bantam-Hahn. Ich fand diesen Anblick immer ansprechender, ebenso wie die Farbe, die dadurch in seine Wangen schoss.

„Ich weiß, wie man eine verdammte Gurke schneidet", schnappte er, darum reichte ich ihm eine lange, fette Gurke und das Schneidbrett. „Sie scheinen zu denken, dass ich dieses märchenhafte Leben hatte, aber ich bin in New York City über Lüftungsschächten gesessen, darum können Sie damit aufhören, mir vorzuwerfen, dass ich elitär bin."

Das ließ mich zögern. Vielleicht hätte ich mehr über sein Leben lesen sollen, anstatt seine Fotos aus Portugal oder Miami anzustarren, auf denen er in Badehosen und mit wunderschöner Bräune posierte.

„Es tut mir leid, das war mir nicht klar", sagte ich so aufrichtig, wie ich konnte.

Er nickte mir knapp zu, wusch sich die Hände in der doppelten Spüle und fing dann an, die Gurke zu schneiden. Stücke grüner Haut flogen über die gesamte Arbeitsplatte, aber ich erwähnte es nicht. Ich konzentrierte mich auf meine Aufgabe.

„Erzählen Sie mir von diesem Assistenztrainer, mit dem Sie reden wollen", bat er, nachdem ein Moment peinlicher Stille uns umfangen hatte.

„Damit würde ich lieber warten, bis Sie ihn kennenlernen. Das wird Sie davon abhalten, voreilige Schlüsse zu ziehen, wie Sie es bei mir getan haben, weil ich nur ein niedriger College-Coach bin", sagte ich, schnitt eine fette Tomate auf meinem eigenen, kleineren Brett in Stücke. „Wir können über den Mangel an guten Goalies reden, den dieses Team hat und über die miesen Anwärter für den Aufstieg zu den Profis."

„Ähm, in Ordnung." Ich warf ihm einen Blick zu. Er konzentrierte sich darauf, die Gurke zu schneiden. „Ich bin mir nicht ganz sicher, was genau Sie von mir hören wollen."

„Nun, als Anfang könnten Sie sagen, dass Ihr Vater und die alte Garde keine Ahnung davon hatten, wie man gut draftet. Abgesehen von ein paar guten Jungs, die hie und da ausgewählt wurden, Ryker Madsen ist einer davon, wird der Wiederaufbau Jahre dauern. Das wird er ohnehin, aber Sie müssen das Totholz in diesem Team loswerden und neue Talente holen. Ich habe ein paar Vorschläge."

Ich wedelte mit meinem Messer in Richtung der Liste, die am Kühlschrank hing.

„Wunderbar. Er hat eine Liste gemacht", hörte ich ihn murmeln und lächelte in mich hinein. „Natürlich werde ich mir Ihre Vorschläge ansehen und sie meinen Geschwistern unterbreiten. Wir werden uns mehr einbringen, jetzt da wir einige der schlechten Entscheidungen verstehen, die Dad getroffen hat." Unsere Blicke trafen sich. „Sie anzustellen war keine dieser schlechten Entscheidungen, da bin ich mir sicher."

„Mm-hmm."

Ein paar Minuten vergingen, der Klang von Schneiden und Hacken erfüllte die kühle Luft.

„Diese Goalie-Situation", fing er an, als ich ihm eine

rote Zwiebel reichte, die er schälen und schneiden sollte. „Wenn Sie ein Mitspracherecht hätten, was Sie nicht haben, weil die Auswahl der Spieler nicht Teil ihrer Klausel für das Anheuern von Coaches ist, aber *wenn* Sie etwas zu sagen hätten, wen würden Sie haben wollen?"

„Das werden Sie auf dem Weg zurück von Seattle sehen. Wir machen einen Abstecher nach Nevada, bevor wir nach Hause kommen, wo wir mit ihm reden. Wir können anreißen, was wir mit Aarni Lankinen machen sollen."

Seine Lippen pressten sich zu einer schmalen Linie zusammen. „Ich darf keine Spielerverträge mit Ihnen diskutieren. Aber uns sind seine vergangenen Ausfälle bewusst und wir hoffen, dass wir uns mit ihm hinsetzen und ihm ein Angebot machen können."

„Hören Sie, ich weiß, dass er eine Nicht-Verkaufsklausel hat. Das ist allgemein bekannt."

„Ist es das?"

„Ja, jeder kann sich das Team anschauen und wie die Verträge der Spieler ausformuliert sind. Ich weiß auch, dass Ihr Vater und seine Berater einen Fehler gemacht haben, als sie ihn unter Vertrag genommen haben. Er ist ein Krebsgeschwür. Seine Geschichte ist voll mit Cheap Shots, die andere Spieler ernsthaft verletzt haben. Wenn Sie und Ihre Geschwister es ernst damit meinen, aus diesem Team etwas zu machen, dann muss er weg. Die Spannung, die er in der Umkleide verursacht, ist greifbar."

„Danke für Ihren Input. Wir diskutieren gerade darüber, wie wir diese Situation regeln sollen", antwortete er kratzbürstig.

Mein Mund öffnete sich. Es klingelte. Ich ließ die Sache mit Aarni fallen. Ich konnte sehen, dass er angespannt war – seine Kiefermuskeln traten hervor und seine Schultern waren hochgezogen. Ich wischte meine Hände an meiner Jeans ab, ging zu ihm und legte meine Hand auf seinen Nacken. Sein Kopf ruckte hoch und er wirbelte zu mir herum, seine Augen waren geweitet, seine Lippen weich und geöffnet.

Es gab einen Sekundenbruchteil des freien Falls. Mein Blick fiel auf seinen Mund. Er befeuchtete seine Lippen. Ich müsste nur seinen Mund mit ein wenig sanfter Führung meiner Finger, die in seinem Nacken lagen, an meinen bringen. Es klingelte erneut. Der Geist von Carl, dem engelhaften Egomanen von vor langer Zeit, erschien und verpasste mir eine. Ich zog meine Hand von seinem Nacken.

„Gut. Gut." Dann eilte ich davon zur Eingangstür, schaute ein oder zwei Mal zurück, während ich mich dafür schalt, überhaupt daran *gedacht* zu haben, den Mann zu küssen. Er war *so* überhaupt nicht mein Typ. Es wäre ein großer Fehler auf vielen Ebenen. Außerdem mochten wir einander nicht. Überhaupt nicht. Es musste an einem Aufflammen von Hormonen liegen, hervorgerufen von einer langen Durststrecke.

Ich schüttelte diesen Moment des Wahnsinns ab und öffnete die Tür. Fünf junge Männer standen dort, alle lächelten mich nervös an.

„Ihr seid alle früh dran", sagte ich, schenkte ihnen dann ein einladendes Lächeln. „Willkommen in der Casa Carmichael. Kommt rein. Hey, Ryker", sagte ich, bot Jared Madsens Sohn meine Hand. Dieser hier hatte

Potenzial. Genau wie der nächste Junge, der durch die Tür kam. Alejandro Garcia, oder Alex, wie er in der Umkleide genannt wurde. „Alex, willkommen. Komm rein." Tim, Drake und Josh folgten, jeder sah so angespannt aus wie die anderen. „Wir sind draußen. Einfach hier entlang. Ich hole die Steaks und dann essen wir bald."

Die Jungs begaben sich nach draußen. Mark traf mich im Türrahmen, hatte eine große Schüssel Salat in den Händen. Er trat um mich herum, die Augen auf das Grünzeug gerichtet und schlüpfte nach draußen, bevor ich irgendetwas sagen konnte. Wahrscheinlich besser so, wenn ich ehrlich war. Ich schob den freien Fall in seine Augen von mir, ging in die Küche und holte den abgedeckten Teller mit den fetten Steaks heraus und trug sie zum Grill. Die Jungs standen um meinen Kaktus herum, eine sechs Meter hohe Saguaro-Schönheit, die ich Spikes McGhee getauft hatte, und starrten hinauf zu dem weißen Cowboyhut mit dem glänzenden Goldstern, den ich auf die Spitze des Kaktus geworfen hatte.

„Äh, Coach", fing Ryker an. "Gibt es einen Grund, warum dieser Kaktus einen Hut hat?"

„Das ist Spikes McGhee und er ist in dieser Gegend der Sheriff."

„Gütiger Gott, er hat einem Kaktus einen Namen gegeben", murmelte Mark, ging dann neben der Kühltasche in die Hocke, um sich ein Getränk zu holen. Die Jungs, die um Spikes McGhee standen, lachten und die Spannung löste sich ein wenig. Mark suchte mehrere Minuten in den Dosen Dr Pepper herum. „Gibt es hier irgendetwas anderes als Dr Pepper?"

„Nein. Es gibt *nur* Dr Pepper. Dr Pepper ist Leben." Ich zwinkerte den Jungs zu, fing dann an, die marinierten Steaks auf den Grill zu legen. Das Zischen und der Rauch ließen meinen Magen vor Vorfreude knurren.

Mark schnaubte und schnaufte und trank am Ende Wein. Innerhalb von dreißig Minuten saßen wir alle an meinem neuen Picknicktisch, aßen blutiges Steak und gebutterte Kartoffeln, dazu riesige Portionen Salat. *On the Border* spielte im Haus, die wunderschönen frühen Songs der Eagles wehten nach draußen. Mark und die Neulinge hatten sich alle entspannt, was gut war. Die von oben mussten die Spieler kennenlernen, vor allem die Neuen, wenn sie auf ihren breiten jungen Rücken eine Dynastie aufbauen wollten.

„Ich möchte, dass ihr Folgendes wisst." Ich wischte mir den Mund mit meiner Serviette ab, begegnete dann all den erwartungsvollen Blicken. „Ich werde euch hart rannehmen. Das muss euch klar sein. Aber ich werde immer fair sein und ich werde immer bereit sein, mit euch zu reden." Ich schaute zu Ryker, dann zu Alex. Mark kaute gerade an einem Stück Steak, als ich sprach. Er war still gewesen, als wir über unsere Liebe zu Hockey redeten, wer unsere Idole waren und wann wir gewusst hatten, dass dieser Sport unser Leben sein würde. Offensichtlich hatte er sich ausgeschlossen gefühlt, aber das war in Ordnung. Er konnte es aushalten, dazusitzen und den Neulingen im Team zuzuhören. „Ich werde euch bitten, mein System zu lernen, aber ich werde euch niemals eure Kreativität nehmen. Ich werde euch nur bitten, hart zu arbeiten, zu lernen und zu wachsen. Und vor allem, Spaß zu haben, denn wenn ihr es ins Team *schafft*, werdet ihr euch euer ganzes Leben lang an eure erste Saison erinnern und ich möchte, dass ihr alle lächelt, wenn ihr das tut."

Grinsen und Nicken folgten. Ich schlug Ryker auf die Schulter und erzählte ihm dann vom einzigen Mal, als ich gegen seinen Vater gespielt hatte. Als die Geschichte zu Ende war, lachten die Jungs alle und tauschten Geschichten über andere großartige Verteidiger aus. Marks Blick begegnete meinem über dem Teller, auf dem jetzt T-förmige Knochen von unserer Mahlzeit lagen. Stacheln ragten hinter ihm auf. Die untergehende Sonne wärmte seine Haut und seine Augen. Es musste der Sonnenuntergang sein, der seinen Blick so sanft machte. Richtig?

FÜNF

## Mark

---

Ich entkam dem Barbecue, bevor Rowen mich erneut in die Ecke treiben konnte. Ich hatte den Großteil der Zeit im Garten verbracht, mich gefragt, was zur Hölle gerade in der Küche passiert war und hatte versucht, ihn nicht anzusehen. Dämlicher Kaktus mit einem Namen und dieses ganze Dr Pepper, aber ich weigerte mich, auch nur irgendetwas davon annähernd niedlich zu finden. Denn ich konnte schwören, dass er vorgehabt hatte mich zu küssen und diese Tatsache allein war verdammt angsteinflößend. Ich schaffte es beinahe bis zu meinem sicheren Auto, als er mich erwischte.

„Fahren Sie schon?", fragte er von seiner Haustür aus. Ich hob den Blick, sah ihn am Türrahmen lehnen, seine muskulösen Arme waren über seinem Brustkorb verschränkt, sahen einfach nur sexy aus.

„Ja." Ich blieb cool und weigerte mich, mit einer langatmigen Erklärung anzufangen, warum ich ging oder wie aus der Fassung gebracht ich mich fühlte. Ich hatte Dinge, die ich erledigen musste und ganz oben auf dieser Liste stand, meine Brüder anzurufen und zu tun, was ich Rowen erzählt hatte, nämlich über Verträge und Aarni Lankinen zu reden.

„Möchten Sie nach dem Training am Samstag zum Flughafen fahren oder würden Sie lieber mit mir fahren?"

Der Gedanke, mit Rowen für irgendeine Zeitspanne im Auto zu sitzen, war vage nervenaufreibend. Ich hatte es im Garten nur knapp geschafft, nicht zu ihm zu gehen und ihn zu rammeln, ganz zu schweigen davon, in einem beengten Raum mit ihm zu sein. *Du wirst am Samstag mit ihm in einem Flugzeug sitzen, Idiot.*

Warum hatte ich so eine starke Reaktion auf ihn? Er war bissig, respektlos, ein verdammter Idiot und die falsche Person für dieses Team, aber irgendwie war er mir unter die Haut gegangen. Das gefiel mir nicht und ich wollte es nicht. Ich erledigte Dinge gern allein und er brachte meine Routine durcheinander.

Ich war im Geschäft auf mich gestellt gewesen, seit ich von der Straße weg als Model gecastet worden war. Manche mochten es als ein märchenhaftes Ende sehen. Ich nannte es dämliches verdammtes Glück, dass ich zur richtigen Zeit vor dem richtigen Coffeeshop um Geld gebettelt hatte und das nach nur zehn Tagen, die ich im Freien übernachtet hatte.

Alleinsein war ein Geisteszustand, nach dem ich mich sehnte und für sich musste nicht einsam bedeuten. Ich hatte Freunde. Lucas, mein Geschäftsführer, stand mir so nahe wie ein Bruder – näher, genau genommen, weil meine Brüder mich ja verstoßen hatten. Tatsächlich hatte ich schon früh gelernt, mich auf niemanden zu verlassen. Und das lag nicht nur an meiner Familie. Die Model-Industrie hasste mich ebenfalls. Es gefiel ihnen nicht, dass ein verkrachter Junge sein Geld sparte und sein eigenes Ding durchzog und bei seinem Weg gegen alle Normen verstieß. Sie hatten mich als nichts mehr gesehen als einen Körper, der Magazine verkaufte, und die meisten von ihnen hatten es gehasst, dass ich mehr wollte. Oder zumindest hatte es sich so angefühlt. Ich hatte gespart und gearbeitet und mir den Weg nach oben erzwungen, hatte mehr gewollt als nur ein hübsches Gesicht zu sein. Ich wollte Respekt und ich hatte verdammt hart gearbeitet, um ihn zu bekommen.

*Rowen respektiert mich nicht. Rowen ist nur ein weiteres Arschloch, gegen das ich kämpfen muss.*

„Wir treffen uns dort. Ich muss noch etwas Geschäftliches erledigen", log ich und zuckte dabei innerlich zusammen. Ich klang wie ein Idiot und so wie er grinste, glaubte er mir ohnehin nicht.

„Na gut", sagte er, winkte mir dann und kehrte ins Haus zurück. Ich war noch nie so schnell in mein Auto gestiegen. Ich rutschte auf den Ledersitz, verfing mich im Gurt, meine Jacke blieb in der Tür hängen und schließlich musste ich frustriert eine Minute Pause machen, um mich endlich zu beruhigen. Ich brauchte keine besserwisserischen Coaches, die mir auf die Nerven gingen oder mir das Gefühl gaben, dass ich ausgelacht wurde.

Nein. Ich brauchte ein Bier und meinen Laptop, um meine Arbeit zu machen.

Und vielleicht eine Dusche, bei der ich mir einen

herunterholte, während ich mir vorstellte, wie der nervige Coach vor mir kniete und mich aussaugte.

*Oh, zur Hölle mit meinem Leben. Jetzt bin ich hart und mein Schwanz ist in meiner Hose gefangen.*

———

WIR HATTEN einen Nonstop-Flug nach Seattle bekommen. Genauer gesagt hatte das Miriam im Büro geschafft. Das bedeutete, dass wir nur drei Stunden Flugzeit hatten, aber dazu zählte nicht die Zeit am Tucson International oder das Warten auf der Rollbahn, bis wir starteten. Zum Glück blieb Rowen für sich, blätterte in einem dicken Notizbuch, das mit unleserlichen Worten gefüllt war. Ich wusste, dass sie unleserlich waren, weil ich versucht hatte, sie mit seitlichen Blicken zu entziffern. Ein Teil von mir hoffte, dass ich dadurch etwas mehr Einsicht in Rowen als Person bekommen würde, etwas, an das ich mich klammern konnte, um meine innere Balance zu halten, aber ich konnte nur Xs und Os und Pfeile sehen. So wie sie angeordnet waren, schloss ich schließlich, dass es sich um Spielpläne handelte. Ich wollte wetten, dass die Coaches besserer Teams dieses Buch liebend gern in die Hände bekommen würden, um zu sehen, ob sich darin irgendetwas befand, das es wert war, angesehen zu werden.

Ich bezweifelte das aber, da sein Coaching-Level so weit unter dem war, was die meisten Profi-Teams in Erwägung ziehen würden.

Der Flug war nicht ausgebucht und wir hatten das

Glück, dass nur wir beide in den zwei letzten Reihen saßen. Er nahm einen Fensterplatz, setzte sich Kopfhörer auf, zog ein Cap über seine Augen und lehnte sich auf die Seite, sein Kopf ruhte auf seiner Jacke.

Dann schlief er ein. Einfach so, ohne zu erwähnen, dass er schlafen würde oder auch nur einem Lächeln oder einer entschuldigenden Geste.

*Was, wenn ich über Hockey reden wollte? Ich möchte nicht über Hockey reden. Ich mag Hockey nicht einmal.*

Von meinem Sitz auf der anderen Seite des Gangs beugte ich mich hinüber und stupste ihn an, als sie mit den Sicherheitsinstruktionen anfingen. Er grunzte, öffnete seine Augen, hörte zu, was die Stewardess zu sagen hatte und kehrte dann sofort wieder zu seiner Schlafposition zurück.

Ich hatte auf Linienflügen noch nie schlafen können, nicht einmal, wenn ich den Platz hatte, mich auszustrecken. Es hatte einmal eine Zeit gegeben, als die Westman-Reids einen Privatjet hatten und ich hatte es geliebt, ihn zu benutzen, mit den endlosen Snacks und den Fernsehbildschirmen. Aber der Jet war schon lange weg, ein Luxus, der nicht oft genug benutzt worden war, um ihn zu rechtfertigen. Ich hatte die Raptors mit ihrem eigenen Jet gesehen, aber anscheinend war dies eines der ersten Dinge gewesen, die vor drei Jahren abgeschafft worden waren und jetzt nutzte das Team Charterflüge, deren Kosten es sich in jeder Saison mit anderen Teams teilte.

Da ich nicht schlafen konnte, vergrub ich mich stattdessen in Arbeit, beantwortete alle E-Mails, die ich von Gilded Treasures bekommen hatte und leitete dann alles, was ich konnte, an Lucas weiter. Er hatte bereits die meisten Probleme geklärt und wenn ich ganz ehrlich mit mir selbst war, hatte ich einen Punkt erreicht, an dem ich nicht mehr Vollzeit im Büro sein musste. Das Team, das ich aufgebaut hatte, war ehrlich, stark und alles funktionierte wie geschmiert. Ich war der Erste, der zugab, dass ich schon seit einer Weile unruhig war und mir sogar überlegt hatte, etwas Neues anzufangen, einfach nur, um dieses Siegerkribbeln zu bekommen. Nur dass ich mir nie vorgestellt hatte, dass mein Neuanfang eine Zusammenarbeit mit Jason, Cameron und Leigh wäre.

Ich suchte den Vertrag heraus, den mein Dad und Rowen Carmichael unterschrieben hatten. Ich war kein Anwalt oder Experte für Jura, aber auf den ersten Blick konnte ich keine Möglichkeit sehen, da herauszukommen. Es gab keine Klausel, die eine frühzeitige Ablösesumme erwähnte oder irgendetwas in der Richtung. Sein Gehalt war fix, seine Unterschrift solide und es sah aus, als würden wir uns mit ihm abfinden müssen. Ich hoffte nur, dass die letzte Handlung meines Dads nicht alles ruinieren würde.

Moment. Etwas sprang mir ins Auge.

Ich las den Vertrag noch einmal durch. Es gab eine Klausel, die ich gelesen hatte, etwas über fünfunddreißig Punkte und ich überflog die Seiten, bis ich sie fand. Die Raptors mussten bis zur Hälfte der Saison Ende Januar mindestens fünfunddreißig Punkte haben, sonst würde Klausel Sieben in Kraft treten. Ich scrollte zur betreffenden Stelle und da stand es schwarz auf weiß.

Wenn die Raptors bis zum 31. Januar nicht die magischen fünfunddreißig Punkte hatten, dann konnten die Eigentümer des Teams, was die drei Westman-Reid-Brüder waren – arme Leigh – den Vertrag auflösen.

Ich ging das im Geiste durch. Die Saison begann im Oktober und wenn wir ihn nicht vor Ende Januar loswerden konnten, dann war das eine sehr lange Zeit, sich mit jemandem abzufinden, der vielleicht nicht gut für den Job geeignet war. Ich suchte noch ein wenig mehr und sah, dass, in der Vergangenheit, also in ungefähr den letzten zehn Jahren, die *besseren* NHL-Teams zu dieser Halbzeitgrenze fünfzig Punkte oder mehr hatten.

Wieder konnte ich nur denken, dass wir einen hervorragenden Coach brauchten, jemanden, der dieses Team an den Schnürsenkeln aus dem Mist ziehen konnte. Ich bezweifelte, dass wir das in einem College-Typen hatten, der irgendwann einmal für ein großes Team Hockey gespielt hatte. Vor allem einem, der die perfekte Gelegenheit hatte, mit mir über die Zukunft zu diskutieren und sich entschieden hatte, stattdessen zu schlafen.

Da ich noch mindestens zwei Stunden totzuschlagen hatte, rief ich YouTube auf und gab das Wort „Hockey" ein. Dann verfeinerte ich das zu „was ist Hockey". Das erste Video, das ich fand, trug den Titel, „Wie man Hockey spielt – die grundlegenden Hockeyregeln erklärt".

Ich schaute mir das Video an, murmelte beim Anschauen, in dem Versuch, mir zu merken, was ich mir da anhörte. Dann klickte ich auf weitere Links und schaute mir tatsächliche Spiele an. „Drei Drittel", murmelte ich.

Eine Hand auf meiner Schulter brachte mich dazu, in meinem Sitz nach oben zu rucken und mir beinahe den Schädel an der Kofferablage über mir einzuschlagen. Ich drehte mich und sah Rowen, der mich grinsend anstarrte.

„Das wollen Sie sich nicht anschauen", sagte er und streckte seine Hand nach meinem iPad aus.

„Wie bitte?"

Er wackelte ein wenig mit seiner Hand und ich reichte ihm widerstrebend das Tablet. Er setzte sich auf den Sitz neben mir und plötzlich war er mir sehr nahe. Aus dieser kurzen Distanz konnte ich sehen, wie ordentlich sein Bart war und fragte mich müßig, wie lange er brauchte, um so gut auszusehen, wie er das tat. Er war nicht model-perfekt, er hatte eine Narbe direkt neben seinem rechten Auge und Lachfalten umgaben seine Augen, aber seine Haut schien weich zu sein und seine Lippen waren voll und luden zum Küssen ein. Ich konnte zugeben, dass er ein sehr attraktives Exemplar Mann war und er sah nicht wirklich so alt aus, wie er war, obwohl ich nicht wusste, welches Aussehen ich von einem Einundvierzigjährigen erwartete. Ich nahm an, dass ich gedacht hatte, er wäre mehr vom Hockey gezeichnet, weil für mich Hockeyspieler so wirkten, als wären sie Neandertaler, die sich für ihren Lebensunterhalt gegenseitig verprügelten. Ich hatte eine halbe Stunde damit verbracht, den Kaninchenbau von Hockey-Kämpfen hinunterzufallen, und einige davon waren brutal. Vielleicht hatte er daher seine Narbe? Nicht, dass ich ihn fragen würde, denn das würde bedeuten, dass er wüsste, dass ich ihn genauer betrachtet hatte.

„Das." Mit wenigen Tippbewegungen rief er ein Spiel zwischen Chicago und New York auf und während das Spiel ablief, erklärte er mir ein paar Dinge. Wie die Tatsache, dass den Goalie zu schubsen schlecht war, aber jemanden gegen die Bande zu checken gut, es sei denn, man schlug der Person *in the numbers*, was der Terminus für die großen Nummern war, die sie alle auf ihren Rücken trugen, direkt unter ihren Namen, die in Großbuchstaben gedruckt waren.

„Ich kann bestimmte Spiele aufrufen. Sind Sie Fan eines Teams?", fragte er, als ob die Antwort irgendwie wichtig wäre.

„New York", log ich sofort. New York hatte ein Team und er hatte sie mir gerade gezeigt. Schließlich war ich oft genug am Madison Square Garden vorbeigegangen, um die riesigen Fotos einiger der heißesten Männer in Rot, Weiß und Blau zu sehen, die mir je untergekommen waren.

„Ihr Neubau sieht gut aus", kommentierte Rowen und lehnte sich auf dem Sitz neben mir zurück und ich dachte, dass er wieder einschlafen würde. Das wollte ich nicht. Ich wollte ihn kennenlernen, in seinem Kopf herumwühlen und herausfinden, ob das Team und jeder, den es unterstützte, am Arsch war. Aber ich wollte es so tun, dass er nicht dachte, ich wäre auch nur im Geringsten interessiert.

*Ich bin so durcheinander.*

„Ein neues Stadion?", fragte ich. Alles, um ihn zum Reden zu bringen.

„Nein, Neubau ist, wenn ein Team sich ein Jahr Zeit nimmt, um die Probleme auszumerzen. Das ist es, was die Raptors dieses Jahr tun werden."

„Das wusste ich", verteidigte ich mich.

Er lachte nur. „Nein, wussten Sie nicht."

Arsch.

---

ALS WIR IN einem Taxi saßen, das SeaTac verließ, hatte ich eine Menge YouTube-Videos gesehen. Einige waren eingesunken, einige waren unglaublich aufregend gewesen, nicht, dass ich Rowen das sagen würde, weil er dann wieder selbstgefällig geworden wäre.

„Erzählen Sie mir mehr über diesen Assistenztrainer, mit dem wir uns treffen."

„Den wir anheuern", korrigierte er.

Ich zeigte ihm mein patentiertes Wütender-Mark-Gesicht, das meine Angestellten in New York immer dazu brachte, mir schnellstmöglich zuzustimmen. Er saß nur da und wartete darauf, dass ich seine Korrektur korrigierte, um mich dann widersprüchlich zu nennen, aber diese Genugtuung würde ich ihm nicht geben.

„Anderson, vierunddreißig, Skating-Coach für Anaheim, Calgary, wurde der Direktor der Abteilung Skating-Entwicklung am Athletes Training Center für Buffalo und ist im Moment ein Entwicklungsmanager im Seattle Thunder AHL Team."

„Er kennt sich im Stadion also aus?"

Da schaute er mich an und ich konnte schwören, dass er etwas sagen würde, aber stattdessen schaute er wieder aus dem Fenster, als wir über die Brücke fuhren und dann nach links abbogen, einem Schild zum SeaTac Stadion folgten. Es war irgendwie unhöflich, aber ich hatte schon Schlimmeres erlebt. Mein Handy vibrierte mit einer Nachricht und ich öffnete sie, sobald ich sah, dass sie von Cameron kam. Er hatte die Aufgabe, sich die Aarni-Situation genauer anzusehen und ich hoffte, dass er Neuigkeiten für uns hatte. Mein Herz wurde schwer, als ich die Nachricht las. Aarnis Vertrag war solide und wenn wir ihn nicht überzeugen konnten, die Nichtverkaufsklausel auszusetzen, die er unterzeichnet hatte, konnten wir ihn nicht loswerden. Aarni war definitiv nicht auf Rowens Liste auf seinem Kühlschrank gestanden. Ich wusste das, weil ich mir alle Namen gemerkt hatte. Dann hatte ich sie alle herausgesucht und war in das Chaos gefallen, das Vertragsverhandlungen und Verkaufsdeals waren. Jeder Artikel, den ich über die Raptors las, sagte, dass Aarni toxisch war, aber er hatte im letzten Jahr eine beeindruckende Menge Punkte gemacht, oder zumindest mehr als es für einen Verteidiger in der NHL der Durchschnitt war. Obwohl ich mir nicht erklären konnte, wie ein Verteidiger Tore machen konnte.

Der Artikel, der am meisten auffiel, war der über den Vorfall zwischen Aarni und Tennant Rowe und es gab eine Menge hitzige Debatten über dieses Problem, die wochenlang angehalten hatten. Tennant, ein Superstar-Stürmer, stand auf Rowens Liste, unter der Überschrift, *Ja, klar,* zusammen mit einigen weiteren hochkarätigen Namen. Ich schaute mir die Einzelheiten zu Tennants Vertrag an, soweit ich das konnte, aber er würde bleiben, wo er war. Andererseits gab es eine Menge Gerüchte, dass ein anderer Stürmersuperstar, Tate Collins, gerade wütend auf sein Team war und vielleicht sollte ich darüber mit Rowen reden. Vielleicht einen Deal oder einen Tausch machen oder wie immer man es nannte.

Ich liebte es, Deals auszuhandeln. Der Rausch ging mir direkt ins Blut und die Raptors brauchten etwas Außergewöhnliches. Wir hatten neue Jungs, aber wir brauchten auch Stars.

Das Stadion, vor dem wir hielten, war nicht so vornehm wie das der Raptors, aber das Team, das wir besuchten, spielte in der sogenannten AHL, was eine Stufe unter der NHL war und die Entwicklungsliga für die Profis darstellte.

Ich nahm an, es war eine Stufe besser als College-Hockey, aber das sagte ich nicht laut.

Eine Frau in Jogginghose und mit einer Seattle-Thunder-Jacke wartete auf uns und sie näherte sich mit ausgestreckter Hand, die ich schüttelte.

„Mark Westman-Reid und Rowen Carmichael für Terri Anderson", erklärte ich.

Sie lächelte mich an. Klassisch schön, hatte sie klare blaue Augen und ihre feinen blonden Haare waren zu einem schlampigen Knoten aufgeschlagen. Ich interessierte mich überhaupt nicht für Frauen, aber wenn ich einen Shoot für ein Gesundheitsmagazin gemacht hätte, hätte ich sie ausgewählt.

„Terri? Ihr habt sie gefunden", sagte sie lachend und ließ meine Hand los, um die von Rowen zu schütteln.

Moment, was? Terri Anderson war eine *Frau?* Ich wusste mit ziemlicher Sicherheit, dass NHL-Hockey ein Männerspiel war, oder? Ich war für Gleichstellung, aber das hier hatte ich überhaupt nicht erwartet.

„Könnte ich einen Moment mit Ihnen reden, Rowen?", fragte ich und neigte meinen Kopf in Richtung der Tür, durch die wir gerade gekommen waren.

Terri schaute mich an, aber sie redete mit Rowen. „Du hast ihm nicht gesagt, dass ich eigentlich Teresa bin, nehme ich an?"

Rowen zuckte mit den Schultern, als ob es ihm egal wäre. „Das Geschlecht ist kein Thema. Wenn du das bist, was das Team braucht, dann werden wir dafür bezahlen."

„Rowen-"

„Wir würden dir gern einen Vertrag anbieten. Ein Jahr, keine Probezeit und die Summen, auf die wir uns geeinigt haben, sind hier aufgelistet." Er reichte ihr einen Umschlag und sie nahm ihn. „Können wir irgendwohin gehen, um darüber zu reden?"

Sie führte uns in einen Raum, schloss die Tür und wartete dann darauf, dass wir uns setzten, bevor sie sich an einen Tisch in der Ecke lehnte. Der Raum war voller Seattle-Thunder-Poster und Erinnerungsstücke und mir wurde klar, dass wir uns im Archiv des Teams befanden.

„Wann könntest du anfangen?", fragte Rowen.

„Ich habe noch nicht gesagt, dass ich es tun werde", antwortete Terri und schob einen Finger unter das

Siegel des Umschlags, holte dann einen Packen Papiere heraus.

„Du bist hier vergeudet." Rowen lehnte sich in seinem Stuhl vor. „Du und ich könnten zusammen großartige Dinge mit den Raptors vollbringen. Ich beobachte dich seit Jahren und dein Stil ist kompromisslos, aber voller Mitgefühl. Ich brauche dich als mein Gewissen, um mir zu zeigen, wenn ich zu stur bin. Ich will dich, weil du genau die richtige Person für den Job bist. Jetzt musst du nur noch Ja sagen."

„Wir sollten uns darüber unterhalten", unterbrach ich ihn, fühlte mich, als ob ich irgendwie protestieren sollte. Schließlich war ich hier, um Rowen unter Kontrolle zu halten.

„Mr Westman-Reid, haben Sie meinen Vertrag gelesen?", fragte Rowen.

„Ja, aber-"

„Dann wissen Sie, dass meine Entscheidung steht."

Ich schwöre, wenn ich größer und härter gewesen wäre und mehr als eine Stunde Taekwondo gehabt hätte, hätte ich ihm seinen überheblichen Gesichtsausdruck weggeschlagen.

So wie die Dinge standen, musste ich mich damit abfinden und unsere neueste Angestellte anlächeln. Aber sobald wir von hier weg waren, würde die Kacke so richtig anfangen zu dampfen.

Es musste ihm *unmissverständlich* klar gemacht werden, wie er sich in dieses Managementteam einfügte und *ich* würde derjenige sein, der es ihm zeigte.

SECHS

## Rowen

Mark kochte vor sich hin. Es war irgendwie lustig zuzusehen, wie er die Tirade hinunterschluckte, die er auf mich loslassen wollte. Schade, dass er aus seinem Herzen eine Mördergrube machen musste, weil Terri uns zum Auto begleitete, dabei breit grinste, obwohl sie immer noch so tat, als würde sie sich zieren. Sie würde das Angebot annehmen, das spürte ich. Der erste weibliche Assistenztrainer in der NHL zu sein, wäre eine immense Leistung für sie und würde helfen, die feministischen Ideale zu unterstützen, mit denen meine Mutter mich erzogen hatte. Außerdem war sie die qualifizierteste Person für den Job und das Geschlecht war für mich kein Thema, wenn es darum ging, wer als meine rechte Hand fungierte. Das würde es für andere sein, aber das war nicht mein Problem. Das war das Problem der Eigentümer und der PR-Abteilung. Vielleicht konnten sie den Typen anheuern, der den Wahnsinn der Tennant-Rowe-Neuigkeit − „Ich bin schwul und date meinen Coach!" − navigiert hatte.

Nicht mein Zirkus und nicht meine Affen, wie das Sprichwort so schön sagte.

Was uns zurück zum jüngsten männlichen Erben brachte, der sich wahrscheinlich mittlerweile seine Zunge entzweigebissen hatte. Während der Fahrt von Terris Stadion zurück zum Flughafen plauderten ich und der Uber-Fahrer die ganze Zeit über. Dann hielt die Eile am Flughafen, unseren Flug nach Nevada zu erwischen, ihn davon ab, auf mich loszugehen. Natürlich musste er im Flugzeug höflich sein, genau wie in dem winzigen Pfützenspringer von einem Flugzeug, das ich gebucht hatte, um uns vom Reno-Tahoe International an den winzig kleinen Flughafen zwanzig Kilometer von Loveland, Nevada entfernt, zu bringen. Einwohnerzahl eintausendneunhundert, laut Internet.

Mark stieg aus und drehte sich einmal, seine Tasche saß auf seiner linken Schulter. Ein heißer Wind zauste seine dunklen Locken.

„Es gibt hier nur zwei Bahnen", bemerkte er und schaute mich um Bestätigung an, weil seine Gedanken an dieser Tatsache festzuhängen schienen.

„Man braucht eigentlich nur eine, oder?", erwiderte ich und marschierte an ihm vorbei in die Kühle des kleinen, aber netten Flughafens. Ich konnte hören, wie er murmelte, aber was auch immer er sagte, er behielt es für sich. Ein Auto zu mieten war einfach und innerhalb kürzester Zeit saß ich in einem wunderbaren blauen Pontiac Grand Prix und nippte an einem Dr Pepper, während Mark endlich detonierte.

„... Vertrag mag Ihnen ja die endgültige Entscheidung überlassen, wen dieses Team anstellen wird. Das gibt Ihnen nicht das Recht, Verträge aufzusetzen! Außerdem ist Terri eine Frau. Ich bin ganz dafür, Glasdecken zu durchbrechen, aber-"

Ich senkte die Flasche von meinem Mund und unsere Blicke begegneten sich. „Wenn Sie ein ‚aber‘ Ihrer Aussage hinzufügen müssen, dann sind Sie nicht wirklich für das, was Sie behaupten zu unterstützen."

Er gab eine sehr gute Guppy-auf-dem-Teppich-Pantomime. Ich lächelte und drehte die Klimaanlage auf, hoffte, dass sie schon bald anfangen würde, kühle Luft zu blasen.

„Okay, einfach nur zur Hölle mit Ihnen. Zur Hölle mit ihnen! Als schwuler Mann, der sich sein Leben lang Homophobie vonseiten der Welt und seiner eigenen Familie stellen musste, bin ich absolut beleidigt von Ihrer beiläufigen Annahme, dass ich irgendein sexistisches Schwein bin!"

„Dann hören Sie auf, wie eines zu klingen." Ich legte den Rückwärtsgang ein und manövrierte aus unserem Parkplatz am Flughafen.

„Sie sind ein egoistischer Arsch. Das wissen Sie, oder?" Ich nickte und stellte den Pontiac auf Fahren, wollte endlich loskommen. Wir hatten eine lange Nacht vor uns, würden versuchen, einen Spieler zu umwerben, der vielleicht nicht umworben werden wollte und dieses Mal hatte ich keine Kopie eines Vertrags, den ich irgendjemandem unter die Nase halten konnte. Spieler-Akquise fiel voll und ganz an die Eigentümer und das Management des Teams. „Nur zu Ihrer Information, Coach, im oberen Management von Gilded Treasures gibt es mehr

Frauen und People of Color als weiße männliche Angestellte. Darauf bin ich stolz. Wenn Sie mich zu Ende hätten sprechen lassen, anstatt dazwischenzugehen, wie ein … ein …"

„Bulle?" Ich warf einen Blick auf ihn, als wir uns dem Ausgang des Flughafenparkplatzes näherten. Er war so richtig in Fahrt und das war ein wahrlich wunderbarer Anblick. Die Wangen rosig und die Nasenflügel gebläht. Der Mann war wunderschön, wenn er sich aufregte. *Stell dir vor, wie er unter dir ausgebreitet im Bett aussehen würde, seine Haut gerötet und sein Schwanz Wichse verspritzend, während du ihn pflügst wie ein Maisfeld.*

Wow, okay. Das war unerwartet explizit, aber absolut erregend.

„Ja! Wie ein Bulle. Dann hätten Sie mich sagen hören, dass auch wenn ich ganz dafür bin, gläserne Decken zu durchbrechen und all das, dies ein harter Kampf werden wird, nicht nur mit den Anteilseignern des Teams, sondern auch mit dem oberen Management, den Spielern und den Fans."

„Das ist nicht mein Problem. Ich bin hier, um ein Team aufzubauen, nicht um Politik mit Ihren Brüdern oder anderen reichen Arschlöchern zu spielen, die sich Sorgen über Einbrüche im Aktienmarkt machen." Wir bogen auf eine zweispurige Straße, mein Schwanz ein wenig mehr involviert, als er das während einer geschäftlichen Diskussion sein sollte. „Ihr Vater hat mich angeheuert, um die Raptors auf Vordermann zu bringen, weil er gesehen hat, dass das Team stirbt. Ein Fisch verrottet vom Kopf her und wenn Teams ganz unten sind, verschwinden die Coaches zuerst."

Er starrte mich für eine sehr lange Zeit an. „Und bestimmte Spieler."

„Nun, ja, und bestimmte Spieler, aber in der Regel wird der Head Coach zuerst gefeuert."

„Was ist an dieser Frau so verdammt besonders?"

„Schauen Sie auf YouTube nach. Suchen Sie nach der Vancouver Olympics Frauen Eishockey-Serie und dann dem Finalspiel zwischen Team USA und Team Kanada. Achten Sie besonders auf die junge blonde Frau mit ‚Anderson' auf ihrem Rücken. Sie wird einfach zu entdecken sein. Sie ist diejenige, die den Hattrick macht, der ihr Team zur Goldmedaille führt. Wenn Sie all Ihre Hausaufgaben gemacht haben, dann kommen Sie wieder und wir reden darüber, warum Terri die perfekte Person für diese Stelle ist."

Er nickte, seine Lippen waren schmal, was verdammt schade war, weil sie so voll und zum Knabbern einladend waren, wenn er sie nicht zusammenpresste. Ich verband mein Handy mit den Lautsprechern und füllte das schön abkühlende Auto mit „Lyin' Eyes" von dem Album *Take it to the Limit*.

Diese verführerischen Lippen spitzten sich, als hätte er gerade an einer Zitrone gesaugt. „The Eagles?"

„Dass Sie überhaupt fragen müssen, macht mich traurig für Sie."

Das Augenverdrehen war episch und ziemlich königlich. Ich verbiss mir ein Lächeln, während wir auf Loveland zufuhren und die Silver Newt Lounge im Außenbereich der Stadt. Als wir vor dem zweitklassigen Saloon anhielten, wechselten Mark und ich einen Blick. Eine große Anzahl Harleys war vor dem Gebäude geparkt. Und nicht die bequemen Roadster, auf denen die meisten älteren Fahrer durch die Gegend kurvten. Das hier waren bösartig aussehende Bikes, mit dazu passenden Fahrern, nahm ich zumindest an. Der Parkplatz war voll. So voll, dass Autos und Motorräder und Trucks so weit das lange gerade Stück Wüstenstraße entlang geparkt hatten, wie ich sehen konnte.

„Und wir gehen warum da rein?", fragte er, musterte dabei das Ziegelgebäude mit dem flackernden C ORS LIGH Schild in dem einsamen Fenster wie einen Tiger, der gleich losspringen würde.

„Hier finden wir Colorado", antwortete ich, schaltete den Motor aus und verließ das Auto. Eine kleine Böe fuhr über den Parkplatz, die Staubhose nahm Kaugummipapier und Teile toter Blätter mit, als sie an unserem Auto vorbei und über die Straße raste.

Mark stieg ebenfalls aus und traf mich an der Tür. „Wir finden Colorado in Nevada?"

"Das tun wir, mein junger Prinz." Ich schlug ihm auf die Schulter und betrat die Biker-Bar, die ersten Riffs eines Metallica-Covers von der Vorband so laut, dass es mir beinahe die Tür aus der Hand gerissen hätte. Mark zögerte. Ich nahm ihn am Handgelenk und schubste ihn in die Zuschauer, die alle standen. Wir suchten uns einen Weg durch die Menge, bis wir es schafften, in die Nähe der Bar zu kommen. Ich hob zwei Finger und deutete auf den Zapfhahn mit dem Coors. Die Barkeeperin, eine junge Frau mit einem rosa Irokesen und mehreren Ringen in ihren Ohren, der Nase und den Brauen, nickte und schenkte uns zwei Gläser kaltes Bier ein.

„Ich mag dieses Bier nicht", schrie Mark, als ich ihm sein Glas reichte.

„Pech." Ich lehnte mich an die Bar. „Wann fangen Chaotic Furballs an?", schrie ich, während die Vorband auf der Bühne brüllte und tobte. Ich reichte einen Zehner und nickte, als sie fünf Finger in die Höhe hielt. Ich stieß Mark an und ruckte mit meinem Kopf in Richtung der Ecke am anderen Ende des Saloons. Wir wanden uns durch ein Meer aus schwarzem Leder und langen Haaren, bis wir ungefähr vier Schritte vor einem Turm aus Amps standen. Mark wirkte angespannt und vollkommen fehl am Platz in seinen Gucci Leder-Loafern und den hochgerollten Hosenbeinen. Ich hatte mich wenigstens im Alt-Hippie-Stil gekleidet, lässig mit Jeans, Sneakern und einem alten T-Shirt mit *Takin' It on the Streets* der Doobie Brothers darauf. Wir bekamen jedenfalls einige bizarre Blicke.

Wir nuckelten an unseren Bieren und warteten, bis die Vorband fertig war, die wirklich nur zur Coverband taugte. Marks dunkler Blick huschte überall herum. Ich fragte mich, ob der reiche Junge jemals in einer zweitklassigen Biker-Bar gewesen war. Dann korrigierte ich mich selbst. Er hatte nicht immer von diesem silbernen Löffel gegessen, mit dem er geboren worden war. Er hatte auch harte Zeiten durchgemacht.

Es gab eine kurze Pause, als das Drumkit der ersten Band durch das von Chaotic Furballs ersetzt wurde. Junge Frauen begannen, nach vorn zu drängen, füllten die ersten Reihen vor der großzügigen Bühne. Plötzlich gingen die Lichter aus. Es war zu dunkel, um auch nur die Hand vor Augen zu sehen.

Dann trafen vier blaue Spotlights die Bühne, jedes ein glühender Strahl aus Saphir auf einem Mitglied der Furballs. Der Drummer, der Bassist und der Lead-Gitarrist schienen alle aus demselben Metal-Holz geschnitzt zu sein. Wilde lange Haare, Lederhosen, keine Oberteile und Tattoos auf jedem verfügbaren Stück Haut. Der Leadsänger aber, oh Mann, er war anders. Groß und schlank, hatte er schulterlange schwarze Haare und einen kleinen Ring in seinem Nasenflügel. Er trug ein schwarzes Tanktop zu einer schwarzen Jeans, die kunstvoll zerrissen worden war und schwarze hohe Stiefel. Silberne Armbänder an seinem linken Handgelenk glitzerten und funkelten im blauen Licht. Die Menge wurde totenstill. Dann erwachte die Band zum Leben, spielte vier Akkorde, die die Wände und den Boden zum Vibrieren brachten. Colorado Penn schnappte sich das Mikrofon und die Frauen, die sich aufgereiht hatten, fingen an, seinen Namen zu schreien, als er mit einem eigenen Song über Sex, der zum Verkauf stand, anfing, und der sehr an Pantera erinnerte.

Mark zeigte mit einem Finger auf Colorado und ich nickte. Er hob eine Braue, aber er blieb, nippte hin und wieder an seinem Bier und machte dabei jedes Mal ein lächerlich niedliches Gesicht.

Nach einer Stunde machte die Band eine Pause und Colorado watete durch seine bewundernden Fans, männliche und weibliche, zu uns in die Ecke. Die Jukebox neben uns erwachte zum Leben und ein AC/DC-Song hallte heraus.

„Draußen", schrie Colorado und wir folgten ihm ins

Hinterzimmer, dann hinaus in die jetzt dunkle Nacht in Nevada. „Na schön, ich habe zwanzig Minuten Zeit. Erzähl mir von Hockey."

Er zog sein Tanktop nach oben, um sich den Schweiß aus dem Gesicht zu wischen. Ich freute mich zu sehen, dass er in Form war. Nichts war schlimmer als ein talentierter Spieler, der lasch wurde.

„Ich möchte, dass du nach Arizona kommst und für die Raptors zur Probe spielst."

Colorado musterte mich misstrauisch. „Du erinnerst dich, dass ich für ein Jahr gesperrt wurde?"

„Und die Sperrung endete am vierten Juli dieses Jahres."

„Äh, wenn es niemanden stört, darf ich fragen, *warum* Sie vom Hockeyspielen gesperrt wurden?", fragte Mark, schob sein Gesicht zwischen uns und in das Gespräch. Klar, es war ein hübsches Gesicht, aber es war das Gesicht eines Eigentümers, darum sollte es woanders sein, während ich versuchte, diesen Mann zurück aufs Eis zu locken.

„Es kann sein, dass es ein Video gab, auf dem ein Hundertdollarschein und zwei Linien Koks zu sehen waren", antwortete Colorado und in seinen strahlend grünen Augen stand Trotz. Der Junge war ein Buschfeuer. Wild, ja, und manchmal chaotisch, aber einer der begehrtesten Rookie-Goalies, die je gedraftet wurden. Schade, dass seine Jugend und sein schlechtes Urteilsvermögen, was Freunde betraf, ihn mit nur knapp einem Jahr Erfahrung aus dem Spiel gekickt hatten. Mit dieser rechten Hand konnte er ein Vezina-Sieger werden, da hatte ich keine Zweifel. Er brauchte nur den richtigen Coach. Und der richtige Coach war ich. „Es war nicht meines. Ich nehme keine Drogen."

„Aber Sie wurden gesperrt", sagte Mark und sein Unterkiefer endete irgendwo auf Höhe seines Nabels.

„Das war eine schlechte Entscheidung. Ich war davor von einigen Spielen ausgeschlossen worden, und sie wollten mir eine Lektion erteilen." Er zuckte mit den Schultern und ich wartete darauf, dass Mark darauf reagierte und Colorado fragte, warum er ausgeschlossen worden war. Ich musste nicht lang warten.

„Und warum genau wurden Sie von Spielen ausgeschlossen?"

„Es kann sein, dass ich einem Schiedsrichter Wasser ins Gesicht gespuckt habe."

„Es *kann* sein?"

„Der Z hat es absolut verdient."

Mark schüttelte seinen Kopf. „Was zur Hölle ist ein ‚Z' und wie zur Hölle hat er es verdient …?" Er wedelte mit seinen Händen, schien nicht zu wissen, was er sagen sollte.

„Ein Z ist ein Schiedsrichter. Sie wissen schon, die Zebrastreifen", erklärte ich, als ich sah, wie Colorado bei der Frage die Stirn runzelte. Das Letzte, was ich brauchen konnte, war, dass er sich fragte, was um alles in der Welt Mark hier machte, wenn er sich nicht mit Hockeybegriffen auskannte.

Colorado seufzte. „Und wenn ein Z keine Goalie-Störung pfeift, wenn ein Typ dich in dein Netz knüppelt, dann muss er damit rechnen, angespuckt zu werden."

„Du wärst nicht ausgeschlossen worden, wenn du in

meinem Team gewesen wärst. Ein Coach steht zu seinen Spielern. Er wirft sie nicht den Wölfen zum Fraß vor."

Mark klappte seinen Mund zu, aber, oh, die Gedanken mahlten in seinem Kopf. Ich konnte es am Blubbern in seinen braunen Augen sehen.

„Ja?", fragte Colorado.

„Ja, aber das ist die Vergangenheit. Und jetzt sind wir hier. Die Raptors brauchen dich."

„Nein, tun sie nicht", sagte Mark.

Colorado schaute von mir zu Mark und zurück zu mir. „Wer ist dieser Calvin-Klein-Anbeter?"

„Zunächst einmal ist meine Kleidung nicht von Calvin Klein, sondern von Yamamoto", feuerte Mark zurück. „Und zweitens-"

„Zweitens sind wir nicht hier, um über Mode zu reden", unterbrach ich.

„Offensichtlich", gab Mark zurück, nachdem er Colorado und mich mit einem arroganten Blick bedacht hatte.

„Wir sind hier, um über Hockey zu reden. Ignoriere ihn." Ich deutete mit meinem Kinn auf Mark, der schnaubte. „Wir bezahlen deinen Flug nach Tucson, damit du zur Probe spielen kannst."

„Oh nein, das werden wir nicht!", mischte Mark sich schnell ein.

„Dann werde *ich* für die Flüge bezahlen. Du kannst während des Trainingscamps bei mir wohnen."

Colorado dachte für ein paar Augenblicke über mein Angebot nach. „Hör zu, ich weiß, dass du mit der Band gut fährst und die Musik ist gut." Er hob eine glatte schwarze Braue. „Na schön, besser als gut. Du könntest es als Sänger wahrscheinlich weit bringen, aber deine erste Liebe ist Hockey. Ich habe deine Geschichte gelesen. Ich weiß, dass du in Michigan im Netz gestanden bist, bevor du fünf Jahre alt warst. Wenn du es nicht noch einmal mit einem Team versuchst, das scharf darauf ist, frische neue Gesichter anzuheuern, dann wirst du für immer mit der unbeantworteten Frage leben, ob du wirklich so gut warst, wie sie alle behauptet haben."

„Ich werde darüber nachdenken."

Ich nickte und reichte Colorado eine meiner neuen Visitenkarten. „Das ist in Ordnung. Wenn du dich entscheidest, zu uns zu fliegen, lass es mich wissen und ich sorge für deine Unterkunft und dass du auf dem Eis stehst. Du hast immer noch deine Ausrüstung von deiner Zeit in Jersey?"

„Ja, habe ich noch." Colorado bot mir seine Hand. Ich nahm sie und dann trat er zurück, schenkte Mark ein vorsichtiges Lächeln, bevor er wieder in die Bar ging, um den Gig zu beenden.

„Das lief gut. Sollen wir auf unser Hotelzimmer gehen?" Ich marschierte los, die Hände in meinen vorderen Hosentaschen, wusste, dass er keine andere Wahl hatte, als zu folgen. „Hier draußen gibt es keine Taxis oder Fahrer", fügte ich hinzu, nur damit er es sicher wusste. „Wenn Sie Ihre Meinung ändern, hier die ganze Nacht zu stehen, unser Zimmer ist direkt über die Straße."

Ich ging weiter, ließ ihn auf dem Parkplatz stehen, schnappte mir meine Tasche aus dem Auto und schlenderte über die Straße zu dem Desert Dew Motel und meldete mich an. Als ich mit dem Zimmerschlüssel – Schlüssel, keine Karte – herauskam, stand Mark immer noch auf dem Parkplatz. Ich winkte. Er zeigte mir den Finger. Ich lachte in mich hinein und ging zu unserem Zimmer, sperrte auf und seufzte beim Anblick des Doppelbettes, das dort stand, obwohl ich ein Zimmer mit zwei separaten Betten reserviert hatte.

„Verdammt", sagte ich und trat dann in den stickigen Raum.

Die Klimaanlage sprang mit annehmbarer Geschwindigkeit an und ich zog meine Sneaker aus und stellte sie neben meiner Tasche auf den Boden. Die Tür flog auf und Mark wirbelte in das billige Motelzimmer wie ein Hurrikan. Er knallte die Tür zu und ging auf mich los, während ich meine Socken auszog.

„Sie sind wirklich der selbstsüchtigste, sturste, egozentrischste Keiler von einem Mann, den ich je das Pech hatte kennenzulernen! Wie können Sie es wagen, einem Spieler ein Tryout im Team anzubieten, ohne das mit irgendjemandem abzusprechen, der tatsächlich das Recht hat, Spieler anzuheuern oder zu feuern?"

Ich zog mir Socke Nummer Zwei aus, warf beide in Richtung meiner Sneaker und stand dann auf, um mich ihm zu stellen. Er zitterte vor Wut. Seine Locken waren vom Wind zerzaust, seine Wangen dicht mit frischen Stoppeln bewachsen und seine Augen funkelten.

„Sie hätten das Angebot nicht gemacht", bemerkte ich lässig, zog mir dann mein Oberteil über den Kopf.

In seinen Augen loderte es, dann fiel sein Blick auf meinen Brustkorb, bevor er wieder zu meinem Gesicht zurückkehrte. Er leckte sich die Lippen und ein Blitz aus reiner Lust durchfuhr mich.

„Natürlich nicht! Er ist ein absoluter Wildfang. Kokain?"

„Er hat es nicht genommen."

„Und Leute anzuspucken? Ist das auf dem Eis überhaupt erlaubt?"

„Nun, Goalies sind anders", sagte ich und meinte das nicht respektlos. Es war nur eine schlichte Wahrheit, der alle Goalies zustimmen würden. Ich machte noch einen Schritt auf den aufgebrachten Mann zu. Seine Zunge kam wieder heraus und leckte über seine Lippen. „Bei ihnen werden in der Regel Ausnahmen gemacht, weil sie so exzentrisch sind."

Er schüttelte seinen Kopf, als ich einen weiteren Schritt machte. Ich hielt inne und wartete darauf, dass er etwas sagte, oder blinzelte oder irgendetwas anderes machte, als nur dazustehen, keuchend, die Augen weit aufgerissen, die Hände sich ballend und wieder entspannend. Ich kam noch näher. Sein Blick wanderte nach unten und als seine Augen sich zu meinen hoben, loderte dort ein Feuer, aber nicht dasselbe wie gerade eben. „Warum lassen Sie sich von mir nicht ein paar Aufnahmen von seinen Spielen zeigen, bevor wir morgen nach Hause reisen und-"

Er sprang mich an, seine Hände klatschten gegen die Seiten meines Kopfes und seine Lippen rieben über meine. Das überraschte mich für eine Millisekunde, das Knirschen von Zähnen und der heiße Druck weicher Lippen, aber dann spürte ich, wie der Rausch der Lust durch mich hindurchraste. Ich packte seine schlanke

Taille und schob ihn ein paar Zentimeter zurück. Sein Rücken traf auf die Tür und er grunzte in meinen offenen Mund. Ich drang ein, leckte an seinen Zähnen, glitt mit meiner Zunge tief. Seine Reaktion auf meine Besitzergreifung war, seine Zunge mit meiner zu verwinden und an meinen Haaren zu ziehen. Ich lehnte mich gegen ihn, saugte hart an seiner Zunge und stieß meinen steifen Schwanz in seinen Bauch. Ein kleiner, süßer Laut der Kapitulation kam aus seiner Kehle, ließ meine Eier hart werden. Eine Kostprobe dieses Mannes und ich war kurz davor, in meinen Shorts zu kommen.

Dann, genauso plötzlich, wie er mich geküsst hatte, begann er, mich wegzustoßen. Ich hasste es, die heiße, feuchte Freude seines Mundes zu verlassen, aber er schlug mir fest genug auf den Brustkorb, um mir die Luft aus den Lungen zu drücken. Ich taumelte rückwärts, atmete schwer, sein Geschmack lag auf meiner Zunge und ich sah verwirrt zu, wie er die Tür aufriss und in die Nacht hinaus floh.

„Heilige Scheiße", flüsterte ich, als kühler Wind in das billige Zimmer wehte.

# SIEBEN

# Mark

Ich hatte mich noch nie so schnell bewegt, blieb nicht einmal stehen, um die Tür des Motels zu schließen. Ich war halb die Straße hinunter, bevor ich wieder anfing zu atmen und in einer Gasse, bevor ich aufhörte, zu laufen.

„Was zur Hölle habe ich gerade getan?", fragte ich die Wand, die mich stützte. „Warum, zur Hölle, habe ich das gemacht?"

„Redest du mit dir selbst oder mit mir?" Eine knurrende Stimme erschreckte mich und ich sprang ungefähr einen Kilometer weit in die Luft. Colorado trat aus den Schatten, seine Hände hatte er in seinen Taschen, seine langen Haare waren vom Wind zerzaust, der in der engen Gasse tanzte und drückte.

„Scheiße", rief ich und lehnte mich wieder an die Wand, eine Hand hatte ich gegen meinen Brustkorb gedrückt. „Schleich dich nicht an Leute ran."

Colorado verschränkte seine Arme über seinem Brustkorb. „Du bist voller Regeln, oder? Spuck keine Zs an, nimm kein Kokain und jetzt darf ich keine vollkommen normale Gasse zu meinem eigenen verdammten Apartment entlanggehen."

„Kokain ist schlecht", schnappte ich.

„Was du nicht sagst, Sherlock", konterte er.

Mein Kopf war ganz durcheinander vor Panik. Ich konnte nur daran denken, was mich geritten hatte, Rowen zu küssen, aber jetzt kam ein Drogen nehmender, spuckender, ehemaliger Hockey-Goalie auf mich zu und blockierte meinen Fluchtweg auf die dunkle Straße hinter ihm.

„Ich muss los", sagte ich mit meiner besten aufgesetzt normalen Stimme und stieß mich von der Wand ab, um an ihm vorbeizugehen.

Er hielt mich mit einer Hand an meinem Brustkorb auf. „Wer bist du?"

„Mark. Ich bin-"

„Rowens neuster Aufriss?"

„Nein, Himmel, nein!"

Irgendwo auf er Straße wurde eine Autotür zugeknallt und ich zuckte zusammen. Was zur Hölle machte ich, rannte vor einem Kuss davon, landete in einer Gasse und verriet seltsamen Goalies meinen Namen?

Es fing an zu regnen. Ich spürte den ersten Tropfen auf meiner Wange und dann riss der Himmel auf.

„Komm", sagte Colorado und stieß gegen eine Tür, die ich nicht einmal gesehen hatte, die zurück in die Bar führte, die wir erst vor Kurzem verlassen hatten. Ich tappte hinter ihm her und die Tür schloss sich hinter mir und für einen Moment fragte ich mich, wie weise es war, einem praktisch Fremden an einen dunklen Ort zu folgen. Erst als er die nächste Tür öffnete, sah ich, dass noch immer Leute in der Bar waren, obwohl die Menge mittlerweile sehr ausgedünnt war. Ich konnte nur die ewigen Trinker sehen und jetzt einen Mann hinter der Bar, der die Gläser wusch.

„Zwei", bedeutete Colorado dem Barkeeper, der keine Predigt hielt, dass die Bar schon geschlossen hatte oder dass er aufräumte, um nach Hause zu gehen. Ich fragte nicht nach, wovon Colorado zwei bestellt hatte, und setzte mich auf den nächsten Stuhl. Der bernsteinfarbene Whiskey brannte, als ich daran nippte, die Hitze des Drinks wärmte mich von innen.

Während ich trank, musterte Colorado mich mit einem fokussierten Blick, der mich nervös machte. „Mark wer?", fragte er.

„Westman-Reid." Ich wartete darauf, dass er auf den Namen reagierte, mir sein Beileid wegen meines Dads aussprach oder die Verbindung zu den Raptors erwähnte. Stattdessen zeigte er gar kein Erkennen und lehnte sich auf seinem Stuhl zurück, um an seinem Drink zu nippen. Er hörte nicht auf, mich anzustarren. „Was?", fragte ich, als klar wurde, dass er den Blick nicht abwenden würde.

„Nichts", murmelte er und trank den Whiskey in einem Zug aus. „Bleibst du heute Nacht in der Stadt?"

„Ja."

„Motel?"

„Uh-huh." Tatsächlich würde ich mir wahrscheinlich eine andere Bleibe suchen. Ein anderes Zimmer im Motel oder vielleicht irgendwo einen Türdurchgang, wer wusste das schon?

„Also, sag mir, was hat die Wand dir getan?"

„Huh?"

„Als ich in die Gasse gekommen bin, hast du mit der Wand gesprochen."

„Nicht mit der Wand, mit mir selbst."

Er schloss seine Augen halb und legte seine Hände auf seinen flachen Bauch. Wo das Tanktop sich dehnte, konnte ich die Muskeln sehen, aber ich konnte nur darüber nachdenken, wie jemand, der seit über einem Jahr nicht mehr professionell Hockey gespielt hatte, immer noch in Topform sein konnte, bereit, bei den Raptors auf Probe zu spielen. Nicht, dass irgendetwas, das mit den Raptors oder Hockey zu tun hatte, einen Logenplatz in meinen Gedanken hatte. Nein. Im Moment konnte ich nur an den demütigenden Kuss denken, den ich jemandem aufgedrückt hatte, der ihn nicht erwartet hatte.

„Was hast du getan?", fragte er.

„Wann getan?" Ich hätte wirklich mehr auf Colorado achten sollen, weil er mit mir redete. Ich war nicht die Art Mann, der sich geistig aus einem Gespräch verabschiedete. Ich war höflich, ich hörte zu.

„Du hast die Wand um Rat gefragt, was du gerade getan hast. Was hast du den getan?"

*Ganz einfach. Ich habe die Kontrolle über meinen Verstand verloren und mich auf den sexy Coach gestürzt, den ich nicht einmal hatte anstellen wollen und der mir mit seiner Arroganz den letzten Nerv raubt und der total heiß ausgesehen hat und ich bin einfach nur durchgedreht.* Das stand nicht auf meiner Liste für einen Gesprächsbeginn. Ich entschied mich, dass über Hockey zu reden sicherer war.

„Also, Hockey *und* Musik? Das ist eine interessante Kombination."

Er lachte. „Du wechselst das Thema. Mehr Whiskey?"

„Nein, danke." Ich drückte meinen halb vollen Tumbler an meinen Brustkorb und dachte darüber nach, was zur Hölle ich als Nächstes tun sollte. Ich war aus diesem Zimmer geflohen, als ob mein Hintern in Flammen stünde und jetzt musste ich zurückgehen und mich entweder dem, was ich getan hatte, sofort stellen oder mir ein anderes Zimmer in dem Motel suchen und dann vergessen, dass dies je passiert war. Ich wollte weglaufen, aber das lag nur daran, dass ich ein Feigling war. „Warum sollten die Raptors sich für dich interessieren?"

Er schaute von seinem leeren Glas auf und schüttelte seinen Kopf. „Anscheinend bin ich ein ungeschliffener Diamant, der Fähigkeiten hat, die in die richtigen Bahnen gelenkt werden müssen. Das haben zumindest einige der Journalisten behauptet, als sie gepostet haben, wie sehr sie bedauerten, dass ich so tief gefallen war." Er lachte, aber ohne jegliche Erheiterung. „Das waren die Netten, die gesagt haben, dass ich Potenzial habe. Der Rest der Hockey-Presse hat mich auf den Müll geworfen. Ich wurde von meinem Coach im Regen stehengelassen, genau zu der Zeit, als ein altes Video mit dem Kokain auftauchte. Dazu noch das Sex-Tape und es war die Heilige Dreifaltigkeit der Scheiße."

Ich schluckte. „Sex-Tape?"

Er beugte sich vor und stellte das Glas auf den Tisch. „Es war nicht wirklich ein Sex-Tape, mehr ein

Sex-Foto, nur dass es dem homophoben Arsch im Management gereicht hat, der entschieden hat zu sagen, dass es jetzt drei Kerben waren und ich darum fertig war." Er hielt für einen Moment inne. „Also, Mr Mir-gehören-die-Raptors, gibt es noch etwas, das du mich fragen möchtest?"

Okay, Scheiße und ich hatte gedacht, ich hätte hier in dieser Bar im Nirgendwo Anonymität. „Du weißt, wer ich bin?"

„Himmel, mir liegt Hockey im Blut und du bist ein Westman-Reid. Natürlich weiß ich, wer du bist, oder zumindest wusste ich, wer dein Dad war. Mein Beileid übrigens, auch wenn dein lieber verschiedener Vater nicht viel für Hockey getan hat. Nicht böse sein."

„Bin ich nicht."

„Was ich nicht weiß, ist, warum du für die Raptors mit Rowen hier bist, warum du nicht weißt, was ein Z ist und warum zur Hölle du mit einer Wand geredet hast."

Ich ignorierte das alles und ging direkt ans Eingemachte, auf die vernünftigste Art und Weise, die mir einfiel.

„Wenn du weißt, dass das Team mir gehört, dann verstehst du, dass ich das letzte Wort habe, was Anheuern und Feuern betrifft und ich werde dir hier und jetzt sagen, dass die Raptors dich nicht wollen." Ich hob mein Kinn, wartete darauf, dass er sich verteidigte, aber er saß für einen Moment einfach schweigend da.

„Möchtest du Spiele gewinnen, Mr Westman-Reid?"

„Natürlich. Das Team-"

„Ihr habt zu viel Geld, das an ehemalige große Namen und Arschlöcher gebunden ist, die die Raptors

zerstören. Nicht zu vergessen Verteidiger, die
Totgewichte sind und Tore durchlassen wie ein Sieb,
und die ich nirgendwo in meiner Nähe haben möchte.
Zudem bin ich das Beste, was du für das Geld, das du
noch hast, bekommen kannst. Ich habe Potenzial, mit
einer Beilage aus irrem Drama, dazu eine große Portion
Mangel an Kontrolle. Rowen sieht das. Er akzeptiert,
dass ich so bin und wenn die Raptors mich nehmen,
kann ich garantieren, dass ihr ein paar Spiele gewinnen
werdet."

*Ein paar Spiele?* Ich begegnete seinem ruhigen Blick.
„Scheint mir so, als ob jeder Goalie das sagen kann. Zur
Hölle, jeder Spieler kann zu mir kommen und sagen,
dass mit ihm im Team die Raptors ein paar Spiele
gewinnen werden. Das Glück kann sogar für das
beschissenste Team Spiele gewinnen."

„Touché", sagte der raue und wilde Rocker, hob
dabei seine linke Braue. Sein Blick musterte mich von
oben bis unten. „Willst du hier raus?"

„Um wohin zu gehen?", fragte ich und erkannte
dann sofort, dass er nicht vorschlug, dass wir uns einen
Coffeeshop suchten oder einen Spaziergang machten.
Der lustvolle Ausdruck auf seinem Gesicht war viel
zielgerichteter als das.

„Ich glaube nicht ... es wäre nicht ... nein, ich-"

Die Tür der Bar flog auf, Wind und Regen
peitschten zusammen mit einem genervt aussehenden
Rowen herein, dessen Blick auf mich fiel. Er kam direkt
zu uns.

„Was zur Hölle, Mark?", fragte er.

Ich deutete auf mein Glas. „Ich trinke mit unserem

Tryout-Goalie oder wie auch immer du es nennen willst, aber ihm ist jetzt bewusst, dass wir ihn nicht wollen." Ich stand auf, damit ich meiner Nemesis direkt in die Augen blicken konnte, sein Blick ruhte auf meinen Lippen und verharrte dort für einen Sekundenbruchteil zu lang. So viel dazu, dass er vergaß, dass der Kuss stattgefunden hatte.

„Ja, wir wollen ihn."

„Nein, tun wir nicht."

Wir befanden uns in einer Pattsituation, unsere Wut simmerte unter der Oberfläche.

Colorado stand auf und schob sich seine langen Haare aus dem Gesicht, schaute dabei von mir zu Rowen und wieder zurück.

„Oh, so ist das also", bemerkte er mit einem anzüglichen Augenzwinkern. „Wir sehen uns." Er schlenderte in Richtung der Hintertür und dann waren nur noch ich, Rowen, die Langzeitgäste und der Barkeeper übrig.

„Du willst wirklich ihn? Er hat gerade einen Whiskey auf Ex getrunken, er hat all diese Tattoos und was das Schlimmste ist, er hat mir vorgeschlagen-"

„Er ist genau das, was die Raptors brauchen", unterbrach Rowen mich.

„Er hatte ein Sex-Tape!"

„Ein Foto."

Soweit es mich betraf, war das genauso schlimm. „Und das Kokain-"

„War erfunden-"

„Jeder, den ich kenne, sagt, dass die Raptors Erfahrung brauchen-"

„Und die hat er, zumindest einen Teil und wir werden den Rest davon aus ihm herauskitzeln."

„Hör zu, Rowen-"

„Er könnte uns in die Top Zwanzig der Teams bringen, vielleicht die Top Fünfzehn", überschrie Rowen mich. „Und wer weiß, in zwei oder drei Jahren könnten wir Anwärter auf den Cup sein."

Ich schubste ihn. „Schrei nicht so. Ich bin mit diesem Thema durch. Meine Entscheidung steht."

„Wir sind noch nicht fertig." Er packte meine Hand, zog mich dann zur Tür, direkt hinaus in den kühlen Abend. „Er wird zur Probe spielen. Das ist nicht verhandelbar und während wir dabei sind, was zur Hölle sollte dieser Kuss?"

„Ich entschuldige mich." Ich benutzte meinen formellen Ton und endlich ließ er meine Hand los und nickte – das war also erledigt. Wir würden das Thema, Colorado anzuheuern, vergessen und die Tatsache, dass ich ihn geküsst hatte und es gab keinen Grund für mich, mir Sorgen zu machen, dass ich eine Grenze überschritten hatte. Er würde meine Argumente gegen Colorado einsehen und tun, was ich sagte. Wir gingen schweigend zurück ins Motel, beide mit hochgezogenen Schultern, um dem nachlassenden Regen zu entgehen. Er schloss die Tür auf und ließ mich zuerst eintreten. Das war alles sehr zivilisiert. *Ich schaffe das.*

Er schloss die Tür und kam betont ruhig auf mich zu. Er berührte mich nicht, aber für jeden Schritt, den ich rückwärts machte, machte er einen vorwärts, bis mein Rücken an die Wand gedrückt war und er nur einen Atemzug entfernt stand, seine Hand flach auf der

Tapete. Sein undurchdringlicher Blick verriet nichts. War er wütend? Erregt? *Ich weiß es nicht.*

„Hände an deine Seiten", befahl er leise.

„Was - ?"

„Kein Anfassen", knurrte er und benutzte seine freie Hand, um meine Hose zu öffnen, zog den Reißverschluss nach unten und berührte meinen Schwanz mit seinem Handrücken, als meine Hose sich lockerte. Ich war bereits hart. Zur Hölle, ich war hart, seit er mit dem Regen im Rücken in diese Bar gestürmt war, voller Leidenschaft und absolutem Fokus. Er schob meine Hose ein wenig nach unten und dann einen Finger unter den Bund meiner Unterwäsche. Nicht einmal unterbrach er den Blickkontakt, während er seine Hand tiefer gleiten ließ und seine Finger um meinen Schwanz schloss. Meine Beine zitterten, aber ich hielt still. „In Ordnung?", fragte er mich und ich nahm an, das war meine Gelegenheit, ihn zu bitten, aufzuhören. Ich wollte nicht, dass er aufhörte.

„Ja."

Er kam ein wenig näher, berührte mich nirgendwo außer an meinem Schwanz und dann drehte er seine Hand von der Basis bis zur Spitze und ich stand nur davon peinlich kurz davor.

„Du hast mich geküsst", sagte er und ich spürte seinen Atem an meinen Lippen. „Du bist gefährlich", fügte er hinzu und glitt mit seiner Hand über meine gesamte Länge. „Wir werden uns streiten und uns die Schädel einrennen und du wirst alles hassen, was ich tue, aber nach all dem kann ich dich gegen eine Wand drücken, dir einen herunterholen und du wirst nicht Nein sagen."

„Das sollte ich." Meine Stimme klang rau, ein wenig gebrochen und ich befeuchtete meine Lippen in der vergeblichen Hoffnung, dass er mich küssen würde. Stattdessen lehnte er seine Stirn an meine.

„Nur einmal", sagte er und erhöhte sein Tempo. Ich ballte meine Hände an meinen Seiten zu Fäusten und schloss meine Augen, als Druck sich in mir aufbaute, herrlicher, brennender Druck.

„Härter", wimmerte ich praktisch und wünschte mir, ich könnte das Wort zurücknehmen, weil ich verzweifelt klang. Seine Lippen befanden sich jetzt kurz vor meinen und ich musste mich nur einen halben Zentimeter vorbeugen, und dann würden wir uns küssen.

„Ich bringe dich dorthin", flüsterte er und seine Stimme und seine Hand, sein Geruch, das alles schickte mich über den Rand und erst als mein Orgasmus vorüber war, küsste er mich so hart und fokussiert, wie ich ihn geküsst hatte. Ich legte meine Hände auf seine Hüften und suchte dann nach seinem Schwanz, um ihn ebenfalls kommen zu lassen, aber er lachte in den Kuss hinein. „Denkst du wirklich, dass ich mir nicht sofort einen heruntergeholt habe, nachdem du weg warst?"

Plötzlich war ich schüchtern. Ich.

Ich schob meine Hände nach oben und um seinen Hals, verflocht meine Finger und hielt ihn für einen Kuss fest. Jeder Muskel in meinem Körper entspannt.

„Erste Lektion im Hockey. Weißt du, wie Hockeyspieler es nennen, wenn wir unterwegs einen Aufriss machen?"

„Wie?"

„Stressabbau-über-den-nie-wieder-gesprochen-wird." Er löste meine Hände und marschierte in Richtung Bad. „Ich dusche." Er schloss die Tür fest hinter sich und ich hörte das Schloss. Ich nahm an, das bedeutete, dass keine Chance auf mehr bestand. Nass, glitschig, heiß, sexy.

„Mach dir keine Sorgen. Ich werde nie wieder darüber reden", erklärte ich dem Zimmer. Zum Glück war niemand da, der mich dabei beobachten konnte.

Ich zog mich aus und wischte mich dann mit meiner Unterwäsche sauber, bevor ich meine weiche Baumwollhose zum Schlafen anzog. Ich wählte die linke Seite des Bettes und kletterte hinein, zog die Decke über mein Kinn und drehte mich auf die Seite, sodass ich zur Wand schaute. Ich hörte, wie die Dusche ausging, schloss meine Augen und lauschte, wie er aus dem Bad kam und ins Bett. Ich dachte nicht für eine Minute, dass er mich zum Kuscheln an sich ziehen würde – schließlich war das hier nur Stressabbau, wie er es genannt hatte.

Jedenfalls war ich sowieso müde und es war nicht so, dass ich mich zu ihm hingezogen fühlte.

*Lügner.*

# ACHT

# Rowen

---

Es war einer dieser Tage …

Ich hatte mir den Zeh angestoßen, nachdem ich aus dem Bett gestiegen war, war bei meiner Joggingrunde über ein hochstehendes Stück Gehweg gestolpert und hatte mir das Knie aufgeschlagen, hatte meinen Toast verbrannt, unter der Dusche Seife ins Auge bekommen und von dem Getränkeautomaten im Aufenthaltsraum der Spieler eine verdammte Pepsi anstatt eines Dr Pepper bekommen. Oh, und Colorados Flug hatte Verspätung, darum würde er wahrscheinlich das erste Vorspiel gegen Dallas verpassen. Das einzig Gute bis jetzt war die Ankunft meiner neuen Assistenztrainerin, die ich dem Team vorstellen würde, sobald ich meinen dämlichen Laptop dazu bringen konnte, aufzuhören Updates zu machen.

„Okay, dann zur Hölle mit meinem kleinen Willkommenstext für die Pressemitteilung." Ich schlug den Deckel zu und zeigte den Updates meinen Mittelfinger. Dann marschierte ich aus meinem Büro, um Terri zu suchen und sie vorzustellen. Sie befand sich in ihrem Büro, packte persönliche Gegenstände aus, als ich an die offene Tür klopfte. „Bist du bereit?"

„Natürlich." Sie kaute auf ihrer Unterlippe, als wir zur Umkleide der Raptors gingen.

„Was es auch wert sein mag, du siehst großartig in den Farben der Raptors aus", bemerkte ich und lächelte sie an. Es stimmte. Die Hockeywelt würde sie lieben, sobald sie sich wieder beruhigt hatte.

Sie zog ihre schöne neue rote Raptors-Jacke nach unten, nickte und hörte damit auf, ihre Lippe abzukauen. Wir kamen um die Ecke und blieben dann abrupt stehen, als zwei Spieler mit fliegenden Fäusten auf den Flur rollten. Ich schubste Terri hinter mich, sprintete dann den Flur entlang und packte Alejandro, riss ihn von Aarni Lankinen fort. Beide Männer waren halb angezogen, Hockeyhosen und Pads, ohne Jerseys und Schlittschuhe und Ryker Madsen war mitten im Getümmel und versuchte, die beiden dazu zu bringen, sich zu beruhigen.

Alex war außer sich. Mit geblähten Nasenflügeln, heftiger Atmung und weit aufgerissenen braunen Augen ging er erneut auf Lankinen los, kam auf die Beine und schaffte es, ihn an der Seite des Kopfes zu erwischen. Aarni sprang Alex an und es brauchte alles, was ich hatte, um sie getrennt zu halten, bis vier weitere Spieler sich einmischten.

„Was zur *Hölle* ist hier los?", bellte ich. Meine Arme hatte ich immer noch um Alex geschlungen, um ihn davon abzuhalten, wieder zuzuschlagen. Ich führte den zornigen Rookie mehrere Schritte rückwärts und drückte ihn gegen die Betonwand.

Ein Strom schnellen Spanischs flog über meine Schulter in Aarnis Richtung. Ich stieß den Jungen noch einmal hart an, gerade genug, um ihn aus diesem Zustand zu reißen, hoffte ich.

„Fucker, widerliches, verficktes Arschloch", knurrte Alex durch zusammengebissene Zähne. Ich drückte ihn erneut gegen die Wand, eine Hand an seiner Schulter, die andere zeigte auf das Handgemenge mit Aarni, das hinter mir stattfand.

„Irgendjemand sollte besser etwas sagen, und zwar auf der Stelle!", schrie ich und diese erhobene Stimme schien zumindest in ein Hirn zu sinken.

„Wir haben uns eine von Alex' Playlists angehört, während wir uns angezogen haben", erklärte Madsen, seine Stimme ruhig und stark in dem vollen Flur. „Nichts Schlimmes oder Unhöfliches, nur etwas Aventura, Luis Fonsi, Daddy Yankee ..."

„Dieses Arschloch", knurrte Alex, deutete auf Aarni, wie ich annahm. „Er hat gesagt, dass wenn ich mir Bohnenfressermusik anhören will, ich meinen Hintern wieder nach Mexiko befördern und mich beeilen soll, bevor die Mauer fertig gebaut ist und sie mich niemals wieder reinlassen!"

Mein Kiefer hätte meinen Brustkorb getroffen, wenn ich die Muskeln nicht so fest angespannt hätte. Genau dieser Scheiß war der Grund, warum Aarni wegmusste. Er war ein toxischer See, der jeden vergiftete, der mit seinen verseuchten Ufern in Kontakt kam. Aber oh nein, der über allem stehende Mark Westman-Reid und seine Milliardär-Geschwister waren zu sehr damit beschäftigt, wer weiß was zu tun, um uns in der letzten Woche überhaupt mit einem Besuch hier unten im Graben zu ehren. Klar, sie schauten von hoch oben herunter, versteckt in der Loge der Eigentümer, während die Idioten die harte Arbeit machten, und versuchten, diesen Scheißhaufen eines Teams zu polieren. Wahrscheinlich saßen sie da oben und tranken teuren Champagner und redeten mit der Führung der Jungen Republikaner über Tarife und Steuerentlastungen. Zur Hölle, vielleicht versuchten sie, einen neuen Manager herzulocken, um den zu ersetzen, der vor zwei Tagen gekündigt hatte, weil es „interne Differenzen mit den neuen Eigentümern" gegeben hatte.

„Das habe ich nie gesagt", schrie Aarni hinter mir. Ich schüttelte diesen Finger erneut, warf keinen Blick zurück auf das sprechende Geschwür. „Das habe ich nicht. Er ist ein verdammter Lügner."

Alex wand sich frei. Ich drückte härter gegen seine Schulter und starrte ihn finster an. Das schien seine gerechtfertigte Wut für einen Moment abzukühlen.

„Ihr beide werdet heute Abend nicht spielen", informierte ich sie.

„Was? Warum werde *ich* auf die Bank gesetzt? Er war derjenige, der mich beleidigt hat!", wütete Alex.

„Das hat er und du bist auf ihn losgegangen, anstatt zu mir oder einem der anderen Coaches zu gehen, um seine beleidigenden Worte zu melden. Dinge durch Kampf zu lösen, mag unter eurem alten Coach funktioniert haben, aber bei mir passiert das nicht", erklärte ich den Spielern, die sich im Flur drängten. Ich forderte Alex mit meinen absolut wütenden Augenbrauen heraus, auch nur ein Wort zu sagen. Er wollte es, das konnte ich sehen, aber er schluckte, was ihm auf der Zunge lag, dann nickte er. Aarni, der Vollidiot, konnte sein Maul nicht halten. Ich schaute über meine Schulter zu ihm und warf ihm denselben Blick zu, mit dem ich Alex zum Schweigen gebracht hatte. Er verstummte, aber ich konnte seine Feindseligkeit unter der Oberfläche simmern sehen. Je eher dieses Stück auf Kufen stehender Scheiße aus diesem Team verschwand, umso besser. Zeit, dass Mark und ich eine weitere Unterhaltung führten und dieses Mal würde es keinen verdammten Handjob oder feuchte Küsse geben. „Ich werde in diesem Gebäude keinen Rassismus, keine Homophobie und keinen Sexismus dulden."

Ich trat von Alex weg, der, obwohl er immer noch keuchte und angespannt war, sich wieder gefangen hatte.

„Das ist das erste und einzige Mal, dass ich das sage. Jedes Mal, wenn ich höre, dass etwas Beleidigendes über die Herkunft, Religion oder sexuelle Orientierung eines Teamkollegen gesagt wird, werde ich denjenigen so schmerzhaft in seine Schranken verweisen, dass es auch seine Urenkel noch spüren werden."

Die Spieler murmelten und nickten, schlichen zurück in die Umkleide. Madsen legte einen Arm um Alex' Schultern und führte ihn davon. Als der Flur leer war, verbrachte ich eine komplette Minute damit, meine Finger durch meine Haare zu kämmen, drehte mich dann um und sah Terri in der Ecke neben einer Kaffeemaschine stehen, die blauen Augen weit aufgerissen. Scheiße. Was für ein wunderbarer erster Eindruck.

„Ist es zu spät, meine Meinung zu ändern?", fragte sie, stieß sich von der Wand ab und kam mit einem gewissen Schwung in ihren Schritten auf mich zu.

„Du hast die Verträge unterzeichnet, also ja – es ist zu spät."

„Verdammt. Dann sollte ich mich dem Team wohl besser vorstellen." Sie straffte ihre Schultern und schwang ihren Pferdeschwanz nach hinten. „Frau in der Umkleide! Lasst eure Socken fallen und bedeckt eure Schwänze!"

Und schon schlenderte sie in die Umkleide, absolut selbstbewusst. Ich lachte über die Schreie und das Keuchen und das Quietschen der Männer, blieb dann in der Tür stehen, mit verschränkten Armen, während sie sich den Jungs vorstellte. Mein Blick ruhte auf Aarni, weil er kochte und bösartig dreinschaute. Klugerweise behielt er seine Kommentare, wenn er welche zu machen hatte, für sich. Die meisten der Männer stolperten durch eine schüchterne Begrüßung, die Augen in offensichtlichem Schock weit aufgerissen.

„Ich glaube, sie mögen mich", meinte Terri nach dem kurzen Treffen. „Sollen wir den Rest der Coaches finden und zusehen, wie sie auch nach Worten suchen?"

Ich verfiel in meine beste Bogie-Darstellung. „Louis, ich glaube, dies ist der Beginn einer wunderbaren Freundschaft."

Sie lachte, fing dann an „As Time Goes By" zu

summen, was die ganze Sache mit der Freundschaft an Ort und Stelle zementierte.

---

UM EHRLICH ZU SEIN, so wie dieser Dienstag angefangen hatte, hätte ich davon ausgehen sollen, dass der Scheiß sich direkt bis in unser erstes Spiel der Saison durchziehen würde. Niemand erwartete von diesen Spielen vor der eigentlichen Saison viel. Sie waren im Grunde gefilmte Testspiele, während wir Coaches daran arbeiteten, unsere Aufstellung von ungefähr vierzig Hoffnungsträgern auf unsere finalen dreiundzwanzig herunterzubrechen, die wir dann bei der Liga als unsere „Opening Day Playing Aufstellungen" einreichen mussten. Was alles schön und gut war, weil wir ungefähr drei Wochen Zeit hatten, um alles zu verschlanken. Ich hatte bereits eine geistige Checkliste problematischer Spieler und hatte mir eine Notiz gemacht, Mark zu finden und so schnell wie möglich mit ihm zu reden.

Mir kam es seltsam vor, dass zwei Männer im selben Gebäude arbeiten und sich überhaupt nicht treffen konnten. Nicht, dass ich Mark sehen wollte. Klar, wir hatten ein wenig Spaß gehabt auf diesem Ausflug, bei dem wir Terri und Colorado getroffen hatten. Wir hatten herumgemacht und er war mit einem weichen Seufzen gegen diese Wand gesunken, das ich immer noch hörte und abspielte, wann immer ich mit einem steifen Schwanz unter der Dusche stand. Traurigerweise gehörte dieser steife Schwanz mir. Es hatte viel mehr Spaß gemacht, Marks Schwanz zu streicheln, aber das war alles, was es gewesen war – Spaß. Nicht mehr und nicht weniger. Zwei geile Männer in einem heruntergekommenen Motel. Leidenschaft und Wut waren hochgekocht. Er hatte mich geküsst. Ich hatte ihm einen heruntergeholt. Wir waren ins Bett gegangen. Einfach und sauber, ohne Schnörkel. Mark war auf dem Flug nach Hause still gewesen, was mir gut in den Kram passte, weil ich ein Team aufzubauen hatte und keine Zeit für Beziehungen. Ich blinzelte, als das B-Wort durch meine Gedanken zischte. Die Stimme der Frau, die die Nationalhymne sang, wurde für ein oder zwei Sekunden zu weißem Rauschen. Ein heißer Handjob machte noch keine Beziehung. Oder auch nur eine Freundschaft. In Wahrheit konnte ich den Mann nicht ausstehen. Er war zu hübsch, zu reich, zu gut angezogen, zu reich, zu anfällig, ein Snob zu sein, zu reich und zu gut zu küssen. Was der Fall bei den meisten dieser Model-Typen zu sein schien. Lippen, für die man sterben könnte, aber ein Charakter, den man besser mied. Wie auch immer. Wen kümmerte er? Mich nicht. Ich musste ein Team aufbauen und hatte keine Zeit für Models, die wie Honig frisch aus der Wabe schmeckten. Nicht, dass ich Honig sonderlich mochte. Oder Waben. Ich hasste Waben. Ich schloss meine Augen, atmete tief ein und vertrieb seine Hoheit aus meinen Gedanken.

Ich stand hinter meinen Spielern, meine Nerven waren ein wenig angeschlagen, obwohl ich versuchte, ganz ruhig zu erscheinen – das hier *war* mein erstes Spiel als Coach in der Profi-Liga – mit einer Frau als meiner rechten Hand. Ihre kurze Pressekonferenz mit Jason Westman-Reid nach dem Mittagessen hatte

Schockwellen durch die Welt des Sports geschickt. Das Büro der Raptors war mit E-Mails und Textnachrichten von Männern geflutet worden, die absolut außer sich waren wegen dieser Frau, die es wagte, in diese letzte Bastion von Männlichkeit und Testosteron einzudringen. Ich hoffte, dass Terri keinen der Kommentare zu irgendeinem der Posts des Teams in den Sozialen Medien gelesen hatte, die ziemlich beschissen waren, um ehrlich zu sein. Der Umbau würde wohl auch neues Blut für Twitter, Instagram und Facebook-Follower bedeuten, aber das war nicht mein Problem.

Dallas war im ersten Drittel genauso eingerostet und schlecht wie wir. Wir hatten gemeinsam einige Nachforschungen über das Team betrieben, nachdem Terri von Art, Craig und Todd in der Coaching-Familie der Raptors willkommen geheißen worden war. Sie hatte schnell begriffen, gesehen, was ich von den Spielern wollte, und war begierig darauf, die feineren Punkte meines Coaching-Stils und meiner Vorstellungen von Teamdynamik, ausgehend von Geschwindigkeit der Hand, Geschwindigkeit des Fußes und Geschwindigkeit des Geistes, weiterzugeben. Meine beiden Ausfälle, Alex und Aarni, saßen oben in der Loge der Eigentümer, was in Ordnung war. Terri flitzte bereits herum, gab meine Gedanken weiter und kritzelte neue Spielzüge auf ihr Whiteboard. Die Fans waren lauwarm und nur vereinzelt anwesend, nur die Hälfte der Sitze war gefüllt, aber auch das war normal für Spiele in der Vorsaison.

Im zweiten Drittel zog es ein wenig an, nachdem wir wieder aufs Eis kamen. Es gab kleine Blitzer von

Persönlichkeit und Talent hier und da. Die Neulinge waren nervös und ich konnte sehen, dass sie Probleme hatten, sich an den Unterschied zwischen College-Hockey und Profi-Hockey zu gewöhnen. Die unterschiedlichen Stadiongrößen in der NCAA und der College-Liga waren ein Beispiel. Andere waren Unterschiede in den Regeln, wie Handpässe in der Defensivzone, Puckschüsse direkt aus dem Spiel heraus in der Defensivzone, Tore, die während eines späten Penaltys gemacht wurden und Verlängerung sowie Varianten, wenn das Spiel unentschieden stand.

Ich hatte das alles selbst sehr intensiv studiert, seit ich meinen Namen unter diesen Vertrag gesetzt hatte und ich erwartete, dass die Jungs diese Unterschiede ebenfalls kannten.

„Gut gemacht", erklärte ich dem zweiten Block, als sie auf die Bank kamen. „Ich will sehen, dass du dir mehr Mühe mit der defensiven Seite deines Spiels gibst, Sam." Er nickte, während ihm der Schweiß von der Nase tropfte. „Wenn ich sehe, dass du mit durchgedrückten Knien rückwärtsfährst, weiß ich, dass du dich nicht genügend anstrengst. Dein ganzer Block spielt defensiv, richtig? Das sind nicht nur die beiden Verteidiger da draußen. Wenn der Puck in deiner Zone ist, kannst du die Verteidigung nicht zu einem Nachgedanken werden lassen. Werde beim Forecheck nicht langsamer."

Ryker, der vorerst mit Sam Bennett und Lucas Polinski im zweiten Block spielte, nickte zustimmend mit dem Kopf, beugte sich dann zu Sam und fing an, mit ihm über diese Sache zu reden, die Tennant Rowe ihm gesagt hatte, dass alle Coaches faules Spiel sahen und es hassten. Was stimmte. Ich konnte einen faulen Spieler auf einen Kilometer Entfernung sehen und faule Spieler schafften es nicht in meine Teams.

„Coach, hier ist ein Anruf von der Security für dich", sagte Terri und reichte mir ihr Handy. Ich weigerte mich, während eines Spiels mein Handy zu tragen. Jeder, der mich kannte, wusste, dass ich Handys im Stadion beinahe so sehr hasste wie faule Spieler.

Ich nahm das Handy aus ihrer Hand, drehte mich von der Bank weg und hielt das Samsung an mein Ohr.

„Coach C, hier spricht Drew, Chef der Security. Wir haben hier am Spielereingang eine Person fragwürdigen Hintergrunds, die uns sagt, dass er heute Abend hier als Goalie spielen soll? Und klar, er hat tolle rote Goalie-Pads und einen Helm, aber, Coach, dieser Junge sieht so wenig wie ein Hockeyspieler aus, wie ich der Duchess von Sussex ähnele."

Ein geistiges Bild des riesigen dunkelhäutigen Mannes mit dem gewinnenden Lächeln, der manchmal am Spielereingang arbeitete, erschien vor mir und machte mich glücklich. Drew war ein guter Mann und besser als einige der anderen Wachmänner, die das Team hatte. Außerdem lächelte ich, weil mein neuer Goalie es irgendwie geschafft hatte, rechtzeitig für das letzte Drittel hierherzukommen. Gott sei Dank. Ich hatte seinen Namen nur für den Fall mit aufgeschrieben.

„Sieht er mürrisch aus, mit langen schwarzen Haaren und Tattoos und sagt er, dass er nach einem Staat benannt ist?", schrie ich über das Brüllen, weil jemand ein Tor gemacht hatte. Als ich kurz hinschaute, sah ich, dass es Dallas war, die vor unserem Netz feierten.

„Oh ja", antwortete Drew.

„Lass ihn rein und zeig ihm die Umkleide. Ich brauche ihn in sechs Minuten hier." Ich legte auf und gab Terri ihr Handy zurück. „Dieses Handy kommt nicht wieder mit dir zur Bank", informierte ich sie und bekam für eine Sekunde einen erstaunten Blick und dann ein knappes Nicken.

Andre Lemans, unser Mann im Netz, war ein wenig betroffen, aber nicht übermäßig aufgewühlt. Er war ein verlässlicher Mann, unauffällig, aber ein solider Ersatz-Goalie. Wenn wir Colorado bekommen und ihn dazu überreden konnten, den Ersatz zu machen, wäre das eines der Puzzlestücke, um dieses Team neu aufzustellen.

Der erste Block hatte eine gute Schicht, schaffte eine schöne Anzahl Schüsse auf das Tor, die aber nie an dem riesigen Mann vorbeikamen, der für Dallas im Netz stand. Der zweite Block sprang gleichzeitig über die Bande und ich beobachtete, wie die drei Stürmer und die beiden Verteidiger in ein hübsches, knackiges Forechecking-Muster fielen. Sam blieb an seinem Mann dran, als Dallas einen Vorstoß in unsere Zone machte. Ich hatte den Verdacht, dass Ryker und Alex zusammenzubringen ein hervorragendes Paar ergeben würde, aber das würden wir heute Abend nicht sehen, weil Alex auf der Bank saß. Der Puck wurde in die Ecke geschossen und ein kleines Handgemenge brach aus, als mehrere Spieler darum kämpften, den Puck zu bekommen. Sam bekam seine Schulter in den Rücken des Kapitäns von Dallas, drückte ihn gegen das Glas und schubste den Puck zu Ryker, der sich drehte und ihn zu Vladislav Nokikov passte, einem riesigen Bären von einem Russen, der in der Verteidigung mit einem Schwung spielte, der ihn legendär gemacht hatte. Er war ein älterer Spieler, angegraut und laut, der ein sauberes, aber physisches Spiel spielte. Seine größte Freude im Leben war es scheinbar, jeden, der es wagte, in seine Nähe zu fahren, mit gewaltigen Stößen und heftigen Schulter-Checks zu treffen.

Vlad fuhr das Eis hinunter, eine Lokomotive von einem Mann, die Augen auf das Netz von Dallas gerichtet und machte einen Slapshot, der von den Rohren abprallte und ein kleines „Ahhh" aus dem spärlichen Publikum provozierte. Die Stürmer erreichten die Seite von Dallas, Madsen stürzte sich auf den Puck, sobald er vor dem Torbereich von Dallas auf das Eis knallte. Er behielt seine Schulter unten und befreite den Puck von einem größeren und erfahreneren Flügelspieler von Dallas, kickte ihn von seinen Kufen auf seinen Schläger, rammte ihn dann mit reiner Entschlossenheit an dem Goalie vorbei. Die Tor-Hupe ertönte und Madsen warf seine Arme in die Luft, als seine Blockkollegen ihn umringten, um auf seinen Helm zu schlagen.

„Gut gemacht!", schrie ich dem Block zu, als sie auf die Bank zurückkehrten. Dann kam Colorado aus dem Tunnel und erstauntes Schweigen legte sich über das Stadion, als die Fans und der Sportsender für die Gegend von Tucson einen ersten Blick auf Colorado Penn auf der Bank der Raptors bekamen. Er saß dort für zwei Minuten, dann gab es ein TV-Timeout und wir wechselten den Goalie.

„Äh, Rowen?" Das war Art Schaffer, mein Goalie-Coach. „Ist das ein Überraschungsgeburtstagsgeschenk für mich? Denn wenn Ja, dann werde ich ehrlich sein und sagen, dass ich wünschte, du hättest in einem anderen Laden eingekauft."

Ich warf einen Blick auf Art. „Hast du heute Geburtstag?"

„Nein, im Mai."

Ich grinste und schlug ihm auf den Rücken. „Nun, dann verfrühten herzlichen Glückwunsch zum Geburtstag. Lass uns sehen, was er kann, ja?"

Art sah zögerlich aus, um es milde auszudrücken. Ich verlagerte mein Gewicht auf meine Fersen, schaute über meine Schulter in die Loge der Eigentümer und grüßte die hochnäsigen Snobs, die dort herumlungerten, kurz mit der Hand, während Colorado Penn sich in sein Netz begab. Jetzt kam der königliche Zusammenbruch auf den teuren Plätzen. Das würde gut werden.

NEUN

# Mark

———————

„Was zur Hölle?" Ich stand so schnell von meinem Sitz auf, dass ich nach vorn stolperte und das Geländer vor der Loge packen musste. Ich konnte nicht glauben, was ich da sah. Als ich den Namen auf dem Jumbotron bemerkt hatte, war mir nicht gleich klargewesen, was vor sich ging und dann war das TV-Timeout vorbei und plötzlich stellten die Raptors einen neuen Goalie auf.

Nicht nur einen neuen Goalie.

Den *verdammten* Colorado Penn.

„Was ist los?", fragte Leigh. Sie war in eine Ecke mit beschränkter Sicht gequetscht – wie es schien, hatten die vorherigen Eigentümer nicht sonderlich viel auf Barrierefreiheit gegeben. Ich hatte mir bereits eine geistige Notiz gemacht, dass dies zu ändern eine Priorität war, aber gerade im Moment wurde das weit nach hinten gedrängt von meinem Schock, diesen langhaarigen Rocker auf *unser* Eis fahren zu sehen. Nicht zu vergessen, dass Rowen nach oben schaute und zu uns gestikulierte. Oder mir. Wie auch immer. Dieser forsche Bastard hob tatsächlich seine Hand an seinen Kopf und salutierte zur Loge.

„Darf er das machen?", schnappte ich und drehte mich zu Jason und Cam um. „Habt ihr diesen Scheiß autorisiert?"

Cam warf mir mit gelangweiltem Gesichtsausdruck einen Blick zu. „Wie bitte?"

„Haben wir was getan?", fragte Jason.

Ich deutet wortlos auf das Eis, unfähig, einen Satz zu formen, in dem der Name unseres Coaches oder der unseres neuen Goalies vorkam.

Jason runzelte die Stirn und starrte nach unten. „Was?", fragte er erneut.

„Ich habe ihm ausdrücklich gesagt – ich habe ihm gesagt – und ihr – habt ihr -?"

„Benutz deine Worte, Marky-Mark", sagte Cam und starrte wieder auf sein Handy.

„Nenn mich ja nicht so", schnappte ich. Er wusste ganz genau, dass ich es hasste, wenn er diesen Spitznamen benutzte, den er als Kind für mich gehabt hatte.

„Wie du meinst", erwiderte er und gähnte theatralisch. Arschloch.

„Rede mit mir", bat Jason und berührte meine Schulter. Ich schüttelte ihn ab und sah das Aufblitzen von Schmerz in seinen Augen. Nun, ich war nicht hier, um die Dinge angenehm für meine Arschloch-Brüder zu machen, darum konnte er es vergessen, wenn er dachte, dass ich mich von ihm würde berühren lassen.

„Wisst ihr was", sagte ich voller Emotion, „wenn ihr drei das alles mir überlasst, dann bin ich hier raus."

Jason wollte meinen Arm packen, aber ich entschlüpfte seinem Griff und verließ die Loge.

„Mark, warte!" Ich wich Jason aus und ging die Treppe zum Hauptflur hinunter, verließ den Security-Bereich und folgte den Schildern weiter in die Menge. Meine Karte brachte mich überallhin und als das Spiel zu Ende war, eine nicht inspirierende Vier-zu-eins-Niederlage, wobei der neue Goalie drei Pucks durchgelassen hatte, war ich in Rowens Büro, lehnte an seinem Schreibtisch und wartete auf ihn. Ich hatte mich entschlossen, ruhig dazusitzen und alles zu verarbeiten, damit ich in einem besseren geistigen Zustand war, wenn er ankam. Es spielte keine Rolle, wie lang er brauchte, seinen Arsch hierher zu schwingen, nachdem er seine Motivationsrede oder welchen Mist auch immer er den Spielern eintrichterte, damit sie sich besser fühlten, als sie waren, gehalten hatte.

Ich rief erneut die Finanzen auf meinem Handy auf. Ich hatte den ganzen Tag damit zugebracht, sie mir anzusehen, hatte versucht, ein Gefühl dafür zu bekommen, wo die Lecks sich befanden, und ich musste kein Finanz-Genie sein, um zu sehen, dass wir Geld bluteten. Kein Geschäft überlebte, wenn die Ausgaben das Einkommen überstiegen. Zwei der größten Sponsoren, Maddock Foods und Phoenix Datacom, hatten ihre Werbung und Sponsorenverträge gekündigt und wir hatten nichts in der Pipeline, um sie zu ersetzen.

Ich hatte die Einzelheiten an Cam, Jason und Leigh weitergeleitet. Ich hatte von Cam eine detaillierte Antwort mit positiven Formulierungen erhalten und ein GIF mit einem Strauß, der seinen Kopf in den Sand steckte von Jason. Leigh hatte mir wenigstens die Wahrheit geschickt, mit einer sehr direkt formulierten Wir-wissen-dass-wir-in-der-Scheiße-Stecken-E-Mail. So ziemlich das Einzige, was ich aus den Reaktionen meiner Familie ableiten konnte, war, dass Cam voller Hoffnung war, Leigh eine Realistin und Jason ein idiotisches Arschloch.

Wut begann, sich wieder in mir aufzubauen. Ich hätte in New York bleiben sollen. Das Team bedeutete mir nichts. Genaugenommen bedeutete mir niemand hier irgendetwas. Diese Familie wollte mich nicht, nicht wirklich, außer vielleicht Leigh.

*Atme. Beruhige dich, verdammt noch mal.* Ich atmete durch meine Wut, erinnerte mich an die Momente der Ruhe, die ich gehabt hatte, konzentrierte mich und endlich hatte ich alles geordnet. Meine Familie und dieses Team würden nicht das Leben zerstören, dass ich so mühevoll für mich selbst gebaut hatte. Noch wichtiger, Rowen Carmichael musste aufhören, mich durcheinanderzubringen, und das musste ich ihm jetzt sagen.

„Nein, atme, Ruhe … Frieden …", murmelte ich und zählte von Hundert rückwärts.

Ich war bei siebenunddreißig angelangt, als er hereinkam und in dem Moment, als ich ihn sah, verpuffte all meine Ruhe und meine Wut quoll heraus, um mein schmerzendes Herz zu verteidigen.

„Ich hatte dir ausdrücklich gesagt, dass Colorado kein Tryout bekommt."

Er trat um mich herum und hinter seinen Schreibtisch, zog seine Anzugjacke aus und hängte sie auf die Lehne seines Stuhls. „Uh-huh", sagte er in diesem aufreizend lässigen Ton, der mich unter Garantie auf die Palme brachte.

„Aber du hast es dennoch gemacht."

Er warf mir einen Blick zu. „Bist du fertig?"

Was? Fertig? Ich war nicht einmal annähernd fertig und die letzten Reste Kontrolle verabschiedeten sich.

„Als ob es nicht schon schlimm genug wäre, dass er mit Drogen gefilmt wurde, er hat auch in der Bar Whiskey getrunken, als wäre es Wasser, er passt nicht in dieses Team und wenn du nicht auf meine wertvollen Einsichten hören willst, warum zur Hölle bist du überhaupt hier? Deine Arroganz, dass du denkst, du weißt es besser, ist nicht zu glauben. Hast du die Tore nicht gesehen, die er zugelassen hat?" Ich wedelte mit meinem Handy. „Glaub mir, ich habe nicht einmal dabei sein müssen, um sie zu sehen, weil sie in all ihrer Herrlichkeit auf Twitter gepostet wurden. Weißt du, wie die Hashtags lauten? Weißt du es?"

„Ich möchte wetten, dass du es mir erzählen wirst."

„Verlierer. Versager. Kokain. Drogen. Und mein absoluter Favorit? Craptors."

Er nickte. „Ich kann sehen, was sie da gemacht haben." Er klang amüsiert.

„Was? Du findest das lustig?"

Er schnaubte und sah nachdenklich aus. „Nun, es ist nicht wirklich genial, ein C vor Raptors zu setzen, aber-"

„Um Himmels willen, ist dir nicht klar, dass die Sozialen Medien genauso gut unser Feind sein können wie unser Freund? Willst du überhaupt, dass dieses

Team überlebt? Wie kannst du Colorado zur Probe spielen lassen?"

„Na schön, willst du das hier machen? Hast du tatsächlich den Vertrag zwischen mir und den Raptors gelesen?", fragte er in einem Tonfall, der unheimlich sanft war.

„Jedes einzelne Mal, wenn du einen Fehler machst, hältst du mir das unter die Nase-"

„Dein Vater schien mehr als froh zu sein-"

„Mein Vater war ein Arschloch, das einen Puck nicht von seinem letzten Fick unterscheiden konnte."

*Fuck, jetzt werde ich vulgär.* Ich marschierte zu ihm und stieß mit meinem Finger gegen seinen Brustkorb. „Für ihn war dieses Team nur eine Steuerersparnis und die Klausel in seinem Testament war eine Möglichkeit, mich dahingehend zu manipulieren, zurückzukommen. Dieses Team ist nichts Besonderes und es wird nicht besser werden, wenn du solchen Mist machst."

„Colorado anzuheuern ist kein Mist", entgegnete Rowen und stieß meine Hand weg. „Du musst jetzt gehen, bevor ich etwas tue, das ich bedauern werde." Seine Augen glitzerten gefährlich, aber auf gar keinen Fall würde ich dieses Büro verlassen, bevor wir die Hierarchie nicht in Stein gemeißelt hatten.

„Du bist unser Untergebener, wir haben dich angestellt, um einen Job zu erledigen, und bis jetzt hast du einen neuen Coach unter Vertrag genommen, der sich als Belastung herausstellen könnte, wenn man sich ansieht, wie viele negative Reaktionen wir in den Sozialen Medien bekommen haben, weil sie eine Frau ist. Du hast einem Alkoholiker-Goalie, der Drogen nimmt, ein Tryout angeboten, der nicht einmal Pucks halten könnte, wenn das Netz nur acht Zentimeter breit und in seinem Hintern versteckt wäre. Und was dich betrifft? Du hast keinen vernünftigen Plan und überhaupt keine Ahnung, was du tust."

Meine Hände hatte ich an meinen Seiten zu Fäusten geballt. Ich atmete schwer. Ich war durchgedreht, aber es war nicht nur Rowen, der mich an die Decke gebracht hatte. Es war Cam mit seinem dämlichen Spitznamen, der mangelnde Respekt von ihm und dunkle Erinnerungen an meine nicht wirklich schöne Kindheit, die auf mich einprasselten. Dann waren da noch Jason und sein verletzter Gesichtsausdruck und die Tatsache, dass ich müde war und ich musste zurück nach New York und der Mann vor mir brachte mein inneres Gleichgewicht durcheinander. Alles türmte sich vor mir auf und ich hatte sogar gedacht, es wäre eine gute Idee, ihn zu küssen. Ich war außer Kontrolle und er tat nichts, um zu helfen.

„Bist du fertig? Weil du jetzt gehen kannst." Er war täuschend ruhig. Ich konnte die Wut in seinen Augen blitzen sehen, aber er war entspannt und seine Hände waren nicht zu Fäusten geballt.

„Das ist alles?" Ich konnte nicht glauben, was ich da hörte. „Du wirst dich nicht verteidigen?"

Er neigte seinen Kopf ein wenig und runzelte die Stirn. „Oh, ist es das, was du von mir willst? Brauchst du es, dass ich meine Position verteidige? Möchtest du die Statistiken, die Nachforschungen, die Berichte der Scouts, die Drogentests, die Erfahrung, die persönlichen Empfehlungen und vor allem eine detaillierte Liste meiner Instinkte? Würde dir das helfen, dich wie der bessere Mann zu fühlen?"

Die Tatsache, dass er so ruhig war, war, als würde man ein rotes Tuch vor einem Bullen schwenken. Ich wollte, dass er seine Kontrolle verlor. Ich wollte, dass er mich gegen die Tür stieß und verlangte, dass ich zurücknahm, was ich gesagt hatte und mir dann erklärte, dass ich mich irrte. Zumindest wären Wut und Vorwürfe Reaktionen, mit denen ich umgehen konnte.

„Coach?" Ich fuhr herum zu der Person, die es wagte, in das Büro zu kommen, während ich dort war, erkannte zu spät, dass die Tür weit offenstand und dass jeder unsere Diskussion hatte hören können. Es war nicht nur eine Person. Es war Terri, die Augen geweitet und ihre Lippen zu einer schmalen Linie gepresst und neben ihr Colorado selbst. Er sah aus wie ein Reh im Scheinwerferlicht, ein wenig trotzig, aber wie vom Donner gerührt.

Sehr nachdrücklich schob Terri Colorado ins Büro und schloss die Tür hinter ihnen.

„Zunächst einmal, an euch beide, macht die verdammte Tür zu, wenn ihr euch kabbelt oder ihr werdet zerstören, was von der Moral des Teams noch übrig ist", schnappte sie. „Colorado ist hier, um seine neuesten Testresultate abzugeben." Sie legte einen Ausdruck auf Rowens Schreibtisch. „Die Tests, die er selbst freiwillig vorgeschlagen hat, mindestens einmal pro Tag zu machen, solange er hier ist, damit es für das Team absolut keine Probleme gibt wegen der Dinge, an denen er angeblich beteiligt gewesen ist."

„Und nur fürs Protokoll, ich habe kein Groupie

angeheuert, um auf mich oder für mich in einen Becher zu pinkeln", warf Colorado ziemlich unbekümmert ein. „Das heben wir uns für den Tourbus auf. Nicht dass Binks, der Drummer, es mögen würde, wenn ich über seinen Kink rede, aber was solls." Er zuckte mit einer gut gepolsterten Schulter.

„Es gab-"

„Ich bin noch nicht fertig", unterbrach sie mich und stellte sich direkt vor mich. Sie war fünfzehn Zentimeter kleiner als ich, aber ich hatte keine Zweifel, dass sie mich in diesem Moment fertigmachen könnte. „Mr Westman-Reid, was ich zwischen meinen Beinen habe, hat keine Aussagekraft über meine Fähigkeit, meinen Job zu machen. Wenn ich so etwas noch einmal von Ihnen oder irgendjemandem aus dem Management-Team, den Spielern oder den Angestellten höre, werde ich Sie und dieses traurige Team auf jeden Cent verklagen, den Sie haben."

„Ich habe über Ihren Eindruck in den Sozialen Medien gesprochen-"

Sie ignorierte mich, packte Colorados Arm und zog ihn nach draußen, knallte die Tür hinter sich zu. Rowen starrte mich an, sein Gesichtsausdruck war verschlossen und mir ging der Dampf aus. Etwas an der Art, wie Terri mit mir gesprochen, wie sie Respekt verlangt hatte, machte mich ganz heiß und kalt vor Elend und Scham.

„Du kannst gehen", wiederholte Rowen, schickte mich fort und nahm Colorados Testergebnisse, heftete sie in einen Ordner mit dem Logo der Raptors darauf. Ich hatte immer gefunden, dass das Logo ziemlich cool war, der Adler, oder was immer es war, der einen Hockeyschläger hielt, aber das sagte ich nicht.

Tatsächlich konnte ich gar nichts sagen.

Ich ging wortlos, suchte mir meinen Weg zurück zum Angestelltenparkplatz und marschierte zu meinem Auto.

„Es tut Cam leid", sagte Jason aus den Schatten neben dem Auto.

„Es tut mir nicht-", fing Cam an, hörte aber mit einem gedämpften „Umph" auf, weil Jason, wie ich annahm, ihm eine verpasste. „Es tut mir leid, dass ich dich Marky-Mark genannt habe", schloss Cam nach einem Moment Pause. Ein Hauch Langeweile lag in seiner Stimme. Marky-Mark hatte sein Leben als liebevoller Spitzname begonnen, als Cam und ich uns nahegestanden waren. Er hatte mich Monkey genannt, ich ihn Cools. Da wir kurz nacheinander auf die Welt gekommen waren, hatten wir als Kinder alles zusammen gemacht, hatten uns damit abgewechselt, Jason zu ärgern und zu quälen, weil er vier Jahre älter war als Cam.

Monkey und Cools – das waren wir, unzertrennlich, bis ich anfing zu akzeptieren, wer ich wirklich war. Dann wurde Monkey zu Marky und Schlimmeres und plötzlich bekam ich von Cam nichts anderes mehr als Abscheu.

„Es ist mir vollkommen egal, wie du mich nennst, Arschloch." Ich ging weiter auf mein Auto zu, Jason folgte mir.

„Bitte, geh nicht", bat er.

„Ich bin müde. Ich muss schlafen." *Ich muss diese*

*unkalkulierbare Wut verarbeiten, die in mir ist, den Hass und die Frustration, die in jedem meiner Moleküle hochkochen. Aber vor allem muss ich über die chaotischen Gefühle nachdenken, die ich habe, nur weil ich Rowen gesehen habe.*

„Du kannst noch nicht zurück nach New York gehen", sagte Jason. Aber es war kein Befehl. Es war eine Bitte. „Gib dem Team eine Chance, etwas zu hinterlassen, das Wert hat."

Ich blieb stehen. „Ich habe nie gesagt, dass ich zurück nach New York gehe."

Jason kam näher und ich konnte die Verwirrung in seinem Blick sehen. „Du hast in der Loge gesagt, dass du gehen würdest …"

„Nein, ich habe gesagt … Scheiße … ich bin müde und ich fahre zurück ins Hotel."

Ich war schon beinahe bei meinem Auto, als Jason mich mit etwas aufhielt, das ich niemals gedacht hatte zu hören. „Du kannst gern das Haus benutzen. Ich bin nicht dort, Cam auch nicht und da Mom weg ist, wären es nur du und Leigh."

„Es geht mir gut, wo ich bin", log ich. Obwohl es ein nettes Hotel war, war es nicht das Zuhause, das ich in meinem Stadtapartment hatte, mit den Dingen, die ich für mich ausgesucht hatte. Ich hatte mir dort ein Leben aufgebaut. Ich hatte als ehemaliges Model, das zum Eigentümer einer eigenen Firma geworden war, nicht so viele Freunde. Die Modelgeschäft war launisch und Freundschaften kamen selten vor.

„Wenn du nicht im Haus bleiben möchtest, ich habe bei mir ein freies Zimmer", fuhr Jason fort. „Amelia würde sich freuen, wenn du unser Gast bist und du könntest die Kinder kennenlernen. Lewis hat gestern Abend nach dir gefragt."

„Wow, du musst verzweifelt sein, wenn du deine Kinder benutzt, um mich dazu zu bringen, zu bleiben."

„Das ist es nicht. Himmel, Mark, was auch in der Vergangenheit passiert ist, wir sind deine Brüder."

Ich schnaubte ungläubig. „Schade, dass ihr euch erst jetzt daran, weil ihr mich für etwas braucht."

Ich setzte mich in meinen tiefen Autositz und schloss die Tür, schaute nicht einmal in den Rückspiegel, als ich Cam und Jason verließ. Der Lamborghini fraß die Kilometer zu meinem Hotel, aber ich fand keine Freude darin.

Ich konnte nur daran denken, dass ich irgendwann an diesem Abend zugelassen hatte, dass die Vergangenheit sich in meinen Kopf geschlichen hatte. Ich hatte mich wie ein pompöses Arschloch aufgeführt und ich war die letzte Person, die herabwürdigte, was eine Frau für dieses Team tun konnte. Ich hatte nicht gewollt, dass es wie misogyner Mist klang. Ich war nur derjenige, der das Geld sehen konnte. Erwähnungen auf Twitter bedeuteten Einkommen, so einfach war das. Eine Runde beschissener Tweets und wir würden vielleicht Tickets nicht verkaufen können und wir krallten uns bereits mit den Fingerspitzen fest, während der Schuldenberg täglich wuchs. Wir brauchten Investoren, und zwar schnell, wenn wir unsere vertraglichen Verpflichtungen erfüllen wollten. Ansonsten würde es am Ende dieser Saison kein Raptors-Team mehr geben.

Ich konnte nur das Negative sehen und darum warf

ich den Motor erneut an und fuhr vom Hotel weg, in Richtung der Ausläufer des Catalina-Gebirges. Nach einer Stunde ziellosen Fahrens, in Gedanken verloren, spürte ich, wie meine Schultern sich ein wenig lockerten und der Spannungskopfschmerz wurde leichter. Als ich wieder im Hotel war, hatte ich eine Liste an Dingen, die ich erledigen musste.

Das Wichtigste war, mich bei Terri zu entschuldigen und das, was sie erreicht hatte, zu respektieren. Alle hatten gesagt, dass ein ehemaliges Model nicht den Verstand hatte, seine eigene Agentur zu gründen, und ich hatte ihnen gezeigt, dass ich nicht die Person war, als die sie mich abgestempelt hatten. Ich hatte um Respekt gekämpft und sie musste dasselbe tun. Ich musste mir nur die Kommentare in den Sozialen Medien ansehen, um zu verstehen, mit welchem Hass sie konfrontiert wurde. Ich musste verstehen, dass sie ein verdammt guter Coach war und sonst nichts.

Ich sollte wohl auch Colorado etwas Nachsicht zeigen, für mindestens ein weiteres Spiel. Vielleicht würde er das nächste Mal, wenn er auf dem Eis war, glänzen, auch wenn ich nicht daran glaubte.

Ich musste mich hinsetzen und ein ruhiges Gespräch mit Rowen führen, ihn dazu bringen, meine Sorgen zu sehen und versuchen, mir seine Antworten anzuhören. Dann musste ich ihn in einen Anzug stecken und ein paar Sponsoren-Meetings organisieren, bevor es überhaupt keine Rolle mehr spielte, was das Team auf dem Eis machte.

Ich legte meinen Kopf auf meine verschränkten Arme, atmete den Lederduft des Autos ein und erkannte, dass ich mir einen Weg zurück zu meiner Familie erarbeiten musste.

Es könnte sein, dass Jason seinen Sohn Lewis nicht nur als Köder benutzte.

Es könnte sein, dass Lewis mich kennenlernen wollte und vielleicht könnte ich ein echter Onkel sein.

*Ich habe solche Angst.*

# ZEHN

## Rowen

---

„… Präsenz vor dem Netz ist niedrig. Ich sehe einfach nicht den Ehrgeiz, den ich gern hätte, aber die Entscheidung liegt bei dir, Rowen."

Ich kehrte abrupt von einem mentalen Ausflug zurück, den ich gemacht hatte, mein ansonsten fokussierter Verstand war zu dieser kryptischen Nachricht des Prinzchens gewandert, die ich letzte Nacht für ein verdammtes Meeting heute Morgen bekommen hatte.

„Es tut mir leid, ich habe über etwas nachgedacht." Ich hob die neuesten Analysen hoch und überflog sie. „Ich stimme zu, wir können Henry Laboutin nach Tampa schicken, wenn wir im dritten Spiel keine echte Verbesserung sehen. Mir gefällt, was Madsen und Garcia zeigen." Ich reichte Terri die Papiere, die gähnte und die Ausdrucke benutzte, um ihren offenen Mund zu verstecken, bevor sie sie an Art weitergab, der ein paar neue Statistiken über die Goalies im Camp las. „Was ich im Moment bei ihnen sehen möchte, sind Können,

Einstellung, Bereitschaft und der Wille, meinem Programm zu folgen." Ich warf einen Blick auf meine Uhr. Ich hatte zehn Minuten, um dieses Meeting zu beenden, bevor ich in den Aufzug hinauf zu den Suiten der Manager stieg, um einen potenziellen Sponsor zu treffen. „Ich sehe keine dieser Qualitäten bei Lankinen."

Alle in dem kleinen Raum grunzten zustimmend. Terri gähnte erneut, flüsterte dann eine Entschuldigung. „Es war spät gestern." Sie grinste und zwinkerte.

„Ja, für mich auch. Ich habe bis zehn Uhr durchgehalten, bevor ich auf dem Sofa eingeschlafen bin. Man kann nicht behaupten, dass verheiratet zu sein nicht komplett aus Glitter und Paparazzi besteht", sagte Art, bekam dafür von uns eine Runde Gelächter. „Da wir gerade von Glitter und Paparazzi reden." Mein Goalie-Coach schaute mich direkt an.

Ich hob eine Hand. „Lass mich raten, Colorado Penn?"

"Der Jared Leto des Netzes", gab Art trocken zurück. Terri, Craig und Todd schnaubten zusammen mit mir vor Erheiterung. „Der Junge ist in letzter Zeit ein Sieb, aber ich glaube, ich kann sehen, wo seine Probleme liegen."

„Mm, tun wir das nicht alle? Er hat eine großartige Handschuhhand, aber seine Reaktionen sind so langsam wie Melasse im Januar. Das wird sich bessern, je mehr Zeit er wieder auf Kufen verbringt", sagte ich.

„Da stimme ich zu, aber er ist zu beweglich. Ich sehe hin und wieder gern einen aggressiven Goalie, aber er ist wie ein Blatt im Wind. Er muss ein wenig statischer werden. Mir gefällt, wie er den Puck im Griff hat, er ist verdammt gut und wird ein Gewinn sein, aber er muss seinen Hintern im Netz lassen. Ich werde anfangen, mit ihm daran zu arbeiten. Außerdem neigt er dazu, zu schnell auf die Knie zu gehen, aber das ist nichts, was wir nicht in Ordnung bringen können. Seine Gedanken sind präsent und auf das Spiel gerichtet, trotz der vielen Groupies, die beim Morgentraining auftauchen."

Ja, die Penn Patrol. Eine wachsende Anzahl junger Frauen – und vieler Männer – die sich jedes Mal am Stadion versammelten, wenn die Spieler auftauchten. Es handelte sich um eine wild aussehende Gruppe, die jetzt immer, wenn Colorado aufs Eis fuhr, Lieder von John Denver oder Joe Walsh sangen. Das gebrüllte „COLORADO", wann immer sie den Refrain von „Rocky Mountain High" erreichten, hallte durch das Stadion, wenn Penn etwas machte. Ich fand es auf gewisse Weise amüsant. Rock-Groupies, die bei Hockeyspielen schrien und Schilder hochhielten, zu der Musik tanzten, die sie dabeihatten – Songs von den Chaotic Furballs, da war ich mir sicher – waren einmalig, aber harmlos. Penn genoss offensichtlich die Aufmerksamkeit und ein paar örtliche Nachrichtensender hatten darüber berichtet, das musste also gut sein, oder?

„Okay, wir sind uns also einig, dass Penn beim nächsten Spiel anfängt?", fragte ich und bekam ein Nicken von meinem Goalie-Coach. „Wie es scheint, wird das Team verkünden, dass Jason Westman-Reid der neue Interims-Manager sein wird." Ich verdrehte die Augen, schaute dann von Terri zu Art, zu Craig und dann zu Todd.

Todd seufzte theatralisch. „Gibt es nicht ein Gesetz gegen Vetternwirtschaft?", erkundigte sich unser schlaksiger Video-Coach.

„Wenn dem nur so wäre", antwortete ich, streckte meine Beine unter dem runden Tisch aus. „Wir werden uns damit abfinden müssen, dass die Drei Stooges herumeiern, bis sie jemanden mit einem Hauch Verstand finden können, der den Job übernimmt."

„Nun, um ganz ehrlich zu sein", fing Craig an, hielt dann inne, um einen mit Zucker bedeckten Donut aus der Schachtel in der Mitte des Tisches zu holen. „Er kann keine schlechteren Entscheidungen treffen als der alte Idiot Bergner. Ich hatte die zweifelhafte Ehre, mit einigen der verbrauchten Deppen zu arbeiten, die er in den letzten zehn Jahren angeheuert hat. Übertriebene Verträge, die unser Budget geschreddert haben, weil er alte Spieler ausgesucht hat, die ihren Höhepunkt schon überschritten hatten, in der vergeblichen Hoffnung, dass wir es in die Play-offs schaffen. Außerdem war Bergner, wie ich betonen möchte, der geniale Trottel, der Aarni nicht nur ausgewählt, sondern ihm auch die Nicht-Verkaufsklausel angeboten hat."

Craig nahm einen großen Bissen von seinem Donut und kaute aggressiv. Seine Abneigung für einen seiner Kernverteidiger sprach Bände. Craig Millerson war ein großer, jovialer Mann, der seine Verteidiger so sehr liebte, wie sie ihn. Er hatte das Spiel beinahe zwanzig Jahre gespielt und er kannte sich aus. Nicht, dass man das Können der Coaches sehen konnte, wenn man sich einige der bösartigen und fehlgeleiteten Spieler anschaute, mit denen wir uns herumschlagen mussten.

„Nun, Lankinen ist ein aktives Furunkel an meinen Eiern, aber – was?", fragte ich, als Terri sich mit einem Ausdruck des Entsetzens zurücklehnte.

„Das ist für mein verschlafenes Hirn ein viel zu detailliertes Bild", erklärte sie. Die Männer lachten zustimmend mit ihr. „Ich denke, wir sind uns alle einig, dass, je früher wir Aarni loswerden, umso besser. Können wir ihn in die Minors schicken?"

„Klar, wenn er sich ausreichend aufführt, um eine Disziplinarstrafe zu rechtfertigen. Terri, ich möchte, dass du im Stadion in einem String-Bikini herumläufst, bis er etwas Sexistisches sagt", zog ich sie auf.

„Gerüchten zufolge mag er die Jungs genauso sehr wie die Mädels, warum läufst *du* also nicht in einer Badehose herum, bis er sein Maul aufreißt?", feuerte sie zurück. Ich liebte diese Frau.

„Wenn ich hetero wäre, würde ich dich heiraten", erklärte ich ihr, was ein etwas peinliches Schweigen hervorrief. „Okay, ich habe mich also gerade irgendwie geoutet. Diese Information bleibt hier in diesem Raum." Ich schaute von einem geweiteten Augenpaar zum nächsten. Sie alle nickten. „Danke. Es ist nicht so, dass ich mich schäme, schwul zu sein. Es ist nur, dass das Team keinen Medienfeuersturm braucht, wie er auf Tennant Rowe niedergegangen ist, als er sich geoutet hat."

„Wäre es in Ordnung, wenn ich hier etwas gestehen würde?", fragte Todd und wir alle nickten. „Wenn ich schwul wäre, würde ich dich heiraten, nur um unser erstes Kind Hoagy zu nennen."

„Arsch", sagte ich, nachdem ich aufhören konnte zu

lachen. Jemandes Handy klingelte. Ich schaute mich finster im Raum um. Ich hasste Handys manchmal wirklich. Als es weiter piepte, verstärkte ich meinen bösen Blick.

„Es ist deins", sagte Terri und deutete auf mein Handy, das neben der Kaffeekanne in der Ecke des Aufenthaltsraums der Coaches lag.

„Das wusste ich. Ich habe nur mein finsteres Coach-Gesicht geübt." Ich hustete, lächelte über das Kichern und stand dann auf, um an mein verdammtes Handy zu gehen.

„Du bist zu spät", schnappte Mark in mein Ohr.

„Ich bin in fünf Minuten da", erklärte ich ihm und beendete den Anruf. Das war das erste Mal, dass ich seit beinahe einer Woche seine Stimme gehört hatte. Er hatte nach seiner Explosion nach unserem ersten Spiel die unteren Ebenen des Stadions gemieden. Ich hatte gedacht, dass er uns nach unserer zweiten Niederlage mit seiner Anwesenheit beehren würde, aber nein. „Ich muss etwas erledigen."

Ich nahm meine Raptors-Jacke von der Lehne meines Stuhls. Die anderen standen ebenfalls auf und wir traten in den Flur, kamen an Spielern vorbei, die auf dem Weg zum Morgentraining waren. T-Shirts, Laufshorts und Turnschuhe waren die Norm. Wenn sie zu den Spielen kamen, mussten sie Anzüge tragen, aber nicht für das Training oder andere informelle Treffen.

„Wir werden sie rannehmen", versicherte Terri mir, als wir uns auf den Weg zum Aufzug machten, der mich in den Himmel tragen würde, also zur Loge der Eigentümer und den Suiten der Manager. „Vielleicht suchst du dir da oben einen Sitzplatz, wenn das Meet and Greet vorbei ist, und schaust dir die Sache aus dieser Perspektive an?"

„Das hatte ich vor." Ich zwinkerte ihr zu und trat in den Aufzug, als die Tür aufging. Ich beneidete sie um die Zeit auf dem Eis. Mich an reiche Leute ranzuwanzen war nicht mein Ding. Ich wünschte, ich hätte mir auf dem Weg zum Aufzug ein Dr Pepper mitgenommen. Die Türen öffneten sich und ich trat auf einen dicken Teppich in tiefstem Rot. Die harten Zeiten für das Team zeigten sich unten, aber hier oben war es der übliche Luxus. Private Türen, die alle fest verschlossen waren, verbargen Firmen-Suiten, die hunderttausende Dollar kosteten. Einige hatten Bars und Kellner und Buffets. Aber das war in Ordnung. Diese Anzugträger zahlten das große Geld, um hier oben zu sitzen und so zu tun, als würden sie Hockey schauen. Es war die Pracht der Loge der Eigentümer, die mich wie angewurzelt stehen bleiben ließ, als ich unangekündigt hineinschlenderte.

Die Loge war atemberaubend. Sanfte Wüstenfarben in gedecktem Rost und Braun und tiefem Rot beherrschten den Teppich und die Designersofas. Es gab eine komplette Bar mit einem Barkeeper und eine Küche mit einem Koch, der Crêpes zubereitete, so wie es aussah. Eine Wand bestand aus dickem Glas, von wo aus man auf das Eis sehen konnte. An der anderen hing ein riesiger Bildschirm. An einem der massiven Eichentische neben der Glaswand saßen Mark und zwei ältere weiße Männer in dunklen Anzügen.

„Es tut mir leid, dass ich zu spät bin. Ich habe

meinen Job gemacht", sagte ich, während ich an dem schlanken dunkelhäutigen Mann in weißer Kochkleidung vorbeiging, der Eier mit gehackten Schalotten verquirlte.

„Genau wie ich", antwortete Mark und sie alle erhoben sich. „Rowen Carmichael, das sind Robert und Clark Lake. Ihnen gehört Catalina Foothills Chrysler Plymouth. Sie sind daran interessiert, Sponsoren zu werden, und haben den Wunsch geäußert, unseren neuen Coach bei einem Frühstück kennenzulernen."

„Ah", meinte ich und wechselte vom Coach-Modus zum Arschkriecher-Modus, ganz sicher mein verhasstester Modus. Ich wusste aber, dass dies alles zum Spiel gehörte. Sogar auf College-Niveau hatten wir uns vor dem allmächtigen Dollar verneigen müssen. „Ich habe Ihre Werbung gesehen."

„Ich hoffe, Sie denken an uns, wenn Sie nach einem neuen Auto suchen. Uns gehören vierzehn Autohäuser überall im Staat und dazu zehn in New Mexico", bemerkte Robert, als wir uns die Hände schüttelten.

„Ich brauche tatsächlich ein Auto. Ich habe meines verkauft, bevor ich hierhergezogen bin, und hatte schon immer eine Schwäche für Chryslers. Mein Großvater hatte einen himmelblauen 56er Chrysler Imperial, von dem er gesagt hat, dass er darin begraben werden möchte. Großmutter hatte natürlich andere Pläne."

Das brachte die Auto-Jungs zum Lachen und sie schlugen mir auf die Schulter. Die Spannung um Marks Augen und Mund ließ nach und als wir unsere Crêpes gegessen hatten, wirkte Mark beinahe entspannt. Das hielt an, bis unsere Sponsoren gingen und ich und Mark allein in der Loge der Eigentümer saßen. Der Geruch von gebratenen Zwiebeln und frischem Kaffee hing immer noch schwer in der Luft.

Ich saß da und trank unglaublich guten Kaffee mit Milch, während meine Jungs unter mir trainierten. Mark rutschte auf seinem Platz herum und tippte dabei in sein Handy.

„Ryker Madsen kommt jeden Tag zu mir und fragt, was er für das Team tun kann", sagte ich in meinen Kaffee, während Terri und die Raptors daran arbeiteten, unseren Forecheck zu verbessern. Mark schaute von seinem Handy auf, seine dunklen Augen blickten vorsichtig und er nickte.

„Das ist gut."

„Mm, ja, das ist es. Alejandro schaut sich jeden Tag Videos von seiner Zeit auf dem Eis an."

„Das ist auch gut."

„Ist es. Würdest du gerne wissen, was Aarni Lankinen macht, um sich zu verbessern?"

Sein Blick begegnete kurz meinem. Er kannte die Antwort. Sie lautete nichts. Aarni machte nichts, das über das Nötigste hinausging. Ja, er war ein guter Spieler, aber das Gift, das er versprühte, wog, zumindest für mich, schwerer als die hübschen Tor-Statistiken, die er sich aufgebaut hatte.

„Seine Situation ist nicht so eindeutig, wie du es gern hättest. Er hat einen Vertrag und wie du gern bei jeder sich bietenden Gelegenheit betonst, ist der ziemlich in Stein gemeißelt, genau wie deiner. Aber wir hoffen, dass wir anfangen können, mit seinem Agenten zu reden, um zu sehen, ob wir ihn vielleicht in ein anderes Team versetzen können, bevor der Vertrag ausläuft."

„Und wann läuft der Vertrag aus?"

„In zwei Jahren."

„Verdammt", stöhnte ich. „Dein Vater und der ehemalige Manager waren Arschlöcher. Das einzig Kluge, was dein Vater getan hat, war, mich herzuholen."

„Sind wir eingebildet?"

„Ehrlich." Ich musterte sein Gesicht eingehend. Seine Augen waren faszinierend, so dunkel und ausdrucksstark. Und sein Mund war verlockend. „Hier ist noch ein Stück Ehrlichkeit für dich. Ich denke jede Nacht an unseren Aufriss in diesem billigen Motelzimmer."

Seine Augen blitzten auf und etwas Farbe schoss ihm ins Gesicht. „Nein, tust du nicht."

Das brachte mich dazu, leise zu schnauben. „Du solltest dich hören, so ein Autokrat, der mir sagt, dass ich nicht an dich denke, wenn ich mir in der Nacht einen runterhole, wo du doch weißt, dass ich das tue, weil du genau dasselbe machst. Du denkst an mich, wenn du allein im Bett liegst, deinen Schwanz in der Hand. Du denkst an mich und fragst dich, wie es sein würde. Du denkst gerade jetzt daran. Du fragst dich, wie es wäre, wenn ich deinen Rücken auf diesen Tisch drücke, mir deine Knöchel über die Schultern lege und dich so gut und hart ficke, dass du dich nicht einmal mehr an deinen Namen erinnern kannst."

Er leckte sich die Oberlippe und schüttelte seinen Kopf, aber keine Worte entkamen ihm. Ich lehnte mich zurück, um den Druck meines harten Schwanzes am kalten Reißverschluss zu lindern.

„Wir sind hier, um über Hockey zu reden. Colorado Penn ist ein-"

„Ein wahnsinnig talentierter Goalie, der seit einem Jahr kein Hockey mehr gespielt hat. Gib ihm Zeit, wieder reinzukommen. Er testet auch jeden Tag und ist sauber, was, wenn du mich fragst, mehr ist, als der Mann tun müsste und dennoch bringst du seine Anwesenheit im Team immer wieder aufs Tapet. Hör auf, Penn zu benutzen, um diese Diskussion von dir, mir und diesem Tisch abzulenken." Ich streckte die Hand aus, um auf die robuste Holzoberfläche zu klopfen und seine Augen wurden irgendwie noch größer.

Er stand eilig auf, fummelte mit seinem Telefon herum, fluchte dann, als es auf den Boden fiel und unter den Tisch rutschte. Ich hob eine Braue, als ich spürte, wie das Handy gegen meinen Sneaker prallte und zwischen meinen Beinen landete.

„Könntest du mir mein Handy geben?" Seine Worte kamen knapp und eisig heraus, aber die fette Schwellung seines Schwanzes in seiner seidenen Hose strafte all die Kälte und Arroganz Lügen, die er auffuhr.

„Nein, ich denke nicht. Warum kriechst du nicht unter den Tisch und holst es? Was du willst, befindet sich direkt zwischen meinen Beinen", gab ich zurück, hob dann meine Tasse an meine Lippen, um einen Schluck zu nehmen. Er focht eindeutig einen inneren Kampf aus, aber sein Rückgrat blieb steif und seine Knie durchgedrückt. Mehrere lange Momente vergingen, sein wunderschönes Gesicht wechselte mit solcher Geschwindigkeit von einer Emotion zur anderen, dass es schwer war, darüber auf dem Laufenden zu bleiben, was er dachte. Dann ging Mark Westman-Reid in einer Bewegung, die mich sprachlos machte, auf seine Hände und Knie. Ich verlor ihn aus den Augen. Meine Eier wurden schwer vor Erregung. Würde er mich berühren? Oder nicht? Würde er einfach sein Telefon nehmen und in einem Anfall von Wut davonstürmen?

Ich erschrak, als seine Hände über meine Oberschenkel nach oben glitten. Kaffee schwappte über meine Tasse auf das saubere weiße T-Shirt mit dem Logo der Raptors über meinem Herzen. Ich fluchte und wischte über den braunen Fleck, stellte dann die Tasse zurück auf den Tisch, gerade als seine Finger meinen Reißverschluss fanden.

Ich lehnte mich auf meinem Stuhl zurück und schaute zu dem Mann hinunter, der meinen Schwanz befreite. Ich konnte nur sein Kinn sehen, seine feuchten Lippen und seine Nasenspitze. Ich brauchte mehr. Ich musste in seine Augen blicken, während er mir einen blies. Seine Finger gruben sich in meine Oberschenkel, als ich seine Haare ein wenig nach hinten schob.

„Nein, bleib so", befahl er nachdrücklich, rieb dann seine weiche Wange an meinem Schwanz. Ich holte laut Luft, packte die Lehnen meines Stuhls und blieb, wo ich war. „Wenn du mich ansiehst ..."

Er beendete diesen Satz nicht, weil er meinen Schwanz in seinen Mund genommen hatte. Einen Moment lang saugte er hart und schnell, packte mich dann an der Basis und kehrte zur Spitze zurück. Dort wirbelte er mit seiner rosigen Zunge um die Eichel, presste sie in den Schlitz, rieb dann seine Lippen an beiden Seiten auf und ab.

Mein Kopf rollte nach hinten und ich ließ ein langes, heißes Knurren hören, das Mark zum Stöhnen brachte. Er leckte und knabberte an meinem Schaft entlang, nahm mich dann wieder in seine Kehle auf. Er fing an, mich heftig zu bearbeiten, mit Mund und Hand, bis ich kurz davorstand, zu explodieren. Himmel, aber der Mann wusste, wie man einen Schwanz lutschte. Seine Zunge kreiste immer wieder über die Eichel, seine Finger, eng und glitschig von Speichel, pumpten gnadenlos. Ich öffnete meine Augen und schaute nach unten, sah, wie seine Lippen um mich gedehnt und seine verführerischen braunen Augen auf mein Gesicht gerichtet waren. Ich rutschte ein wenig nach unten.

Ich rollte meine Hüften auf, um ihm mehr von meinem Schwanz zu geben, und Mark schluckte alles, bis zu seinen Fingern. Dann ließ er meinen Schwanz los und nahm weitere sechs Zentimeter auf. Seine dichten Wimpern senkten sich flatternd und meine Eier wurden hart. Mein Orgasmus krachte in mich wie ein russischer Verteidiger, drückte mir die Luft aus den Lungen. Ich wölbte mich auf und zerrte an den Stuhllehnen, hörte das Knacken von Holz und dann wurde die linke Lehne schlaff in meiner Hand. Ich ließ das zerbrochene Stück stoffbespannten Holzes fallen, schob meine Finger in Marks Haare, um ihn an Ort und Stelle zu halten, während ich seine Kehle mit Wichse bedeckte. Er würgte und stöhnte und glitt herunter, um Luft zu holen, sein Kinn war mit Speichel bedeckt. Eine dünne Schnur

Wichse hing von seiner Unterlippe und er leckte sie auf, seine Augen verbrannten mich.

Ich hätte wahrscheinlich etwas sagen sollen, aber ausnahmsweise fand ich keine Worte. Ich lag einfach nur da, auf dem kaputten Stuhl, keuchend, mein Schaft pulsierte und ich starrte in seine Augen.

Er hob sein Handy auf, rutschte unter dem Tisch heraus, benutzte seine vornehme rostfarbene Stoffserviette, um sich Speichel und Wichse von den Lippen zu wischen, und marschierte dann aus der Loge der Eigentümer, hübsch wie der angehende Tag in seiner seidenen Hose und dem luftigen Sommerhemd.

Ich räusperte mich und schob meinen weichen Schwanz zurück in meine Jeans, zog den Reißverschluss nach oben. Irgendwie und ich war mir nicht sicher wie, hatte ich das Gefühl, dass er mich gerade bei meinem eigenen Spiel geschlagen hatte. Und verdammt wollte ich sein, wenn dieser aufreizende Abgang nicht ein tiefes Sehnen in mir weckte, mir den Mann zu schnappen, vorzugsweise auf dem nächsten Tisch, um zu sehen, ob ich die Dynamik wieder so drehen konnte, dass ich das Sagen hatte.

Da wir gerade davon sprachen, ich hatte unten auf dem Eis ein Team, das ich beobachten und zu dem ich mir geistige Notizen machen sollte.

„Ja, das machen wir, sobald ich keine Gummiknie mehr habe", erklärte ich der jetzt leeren Loge. Ich wollte wetten, dass mein Kaffee auch kalt war.

# ELF

# Mark

Unser erstes Spiel der Saison, ein Nachmittagsspiel, war spektakulär schlecht.

Drei Tore im ersten Drittel durchzulassen war eine Sache, aber ich hatte Robert und Clark Lake hier, die über Chryslers redeten und sich das Spiel mit mir anschauten. Ich war zutiefst beschämt, denn wie zur Hölle sollte ich einem potenziellen Sponsor ein Sieger-Team verkaufen, wenn besagtes Team verlor. Ich wusste nicht, was ich sagen sollte, und ich konnte mich normalerweise aus den meisten Dingen herausreden. Nicht, dass Jason irgendwie besser war. Der neue Interims-Manager des Teams war sehr gut darin, vollkommen still zu sein.

„Mir gefällt dieser Junge im Netz", bemerkte Robert zu seinem Bruder. „Penn, der mit dem Kokain."

Ich stöhnte innerlich. Die Aussichten standen nicht gut, wenn die beiden Männer Colorado mit Kokain in Verbindung brachten und nicht mit einem möglichen Goalie-Vertrag.

„Es ist nur ein Tryout", verteidigte ich, so gut ich konnte, ohne direkt zu sagen, dass der Coach irre war und keine Ahnung hatte, was er tat.

Clark warf mir einen Blick zu. „Ernsthaft? Sie müssen ihn sofort binden. Noch ein paar Spiele und Sie haben da unten eine Bank. Dazu noch Madsen und diesen Alejandro-Jungen und wir haben einen starken Start in diese Saison." Die Brüder wechselten einen Blick. „Wir würden aber gern sehen, dass Aarni Lankinen geht. Er ist eine Belastung."

Ich gab ihnen mein patentiertes Nicken absoluten Verstehens und wünschte, ich könnte einen Zauberstab schwingen, um das geschehen zu lassen. Die Torhupe erklang und ich starrte auf das Eis, erwartete, dass auf der Anzeige ein weiteres Tor für Vancouver auftauchte.

Das war nicht der Fall. Das wurde mir klar, als Robert, Clark und das gesamte verdammte Stadion aufstanden und in die Luft boxten.

Die Menge brüllte Ry-ker, Ry-ker und ich stand auf, als sie das Tor noch einmal abspielten. Alles hatte bei Colorado angefangen. Er hatte den Puck nach einem gehaltenen Schuss behalten, ihn zu einem Verteidiger gepasst, der ihn einem anderen Verteidiger zugespielt hatte, der irgendwie an drei Jungs aus Vancouver vorbeigefahren war, zu Alejandro gepasst hatte, der diesen beeindruckenden Stopp auf dem Eis hingelegt hatte, rückwärts gefahren war und blind zu Ryker gespielt hatte, der, und nur Gott wusste, wie er das geschafft hatte, um den Goalie von Vancouver herumgekommen war und den Puck so hart schoss, dass ich schwören konnte, eine flammende Spur zu sehen. Wir hatten ein Tor gemacht.

Unter uns verlor die Menge ihre Zurückhaltung, tanzte und umarmte sich und für einen Moment löste sich die Spannung in mir. Und damit hörte es nicht auf.

Colorado blockte die nächsten drei Schüsse, so leicht, als würde jemand ihm einen Tennisball zuwerfen. Selbstbewusst und gefasst, bewachte er das Netz wie ein Drache seinen Schatz und Rykers Block leuchtete wie die Sonne und als am Ende des Drittels die Hupe erklang, hatte Vancouver kein weiteres Tor erzielt.

Am Ende des zweiten Drittels hatten wir zwei weitere Tore geschafft und zu Beginn des dritten hatten beide Teams drei Tore. So hatte ich dieses Spiel nicht kommen sehen. Ich kannte mich mit Hockey nicht aus, aber sogar ich konnte sehen, dass Vancouver nervös war, Schüsse versuchte, bei denen sie wahrscheinlich keine Chance hatten und sich auf Handgemenge einließen.

„Wir könnten das gewinnen", bemerkte Robert und tanzte dabei beinahe. In meinem Kopf unterzeichneten sie den Sponsorenvertrag direkt nach diesem Spiel und das lag verführerisch in Reichweite.

„Was zur Hölle?", fragte Clark und trat nahe ans Glas, seine Hände hatte er flach dagegen gedrückt.

Ich wollte nicht hinschauen, aber ich musste. Ein Streit zwischen dem Goalie von Vancouver und einem unserer Stürmer wurde zu einer Auseinandersetzung und dann zu einem Kampf, als beide Teams sich in einer Art krankem Tanz zu Paaren fanden. Die Schiedsrichter waren mittendrin, zwangen Männer auseinander und dann wurde offensichtlich, wer im Mittelpunkt des Kampfes stand.

Aarni Lankinen. Er schrie, als die Kamera auf ihn zoomte, verteilte Schläge, die niemand stoppen zu können schien und Vancouver klebte an ihm wie eine Klette. Als die Masse der Spieler sich endlich trennte, bekam Aarni ein Penalty für Anstiftung eines Kampfes und wurde, zusammen mit zwei Spielern von Vancouver, in die Box gebracht. Das Einzige, was die drei trennte, war das Plexiglas zwischen dem Strafbereich für die Raptors und Vancouver und Aarni war auf den Beinen, schlug mit seinen Fäusten gegen das Glas.

Der Rest des Spiels ging den Bach hinunter und das musste man klar sagen, Colorado war der Hauptgrund, warum wir nicht haushoch verloren. Er ließ nur noch ein Tor durch, aber das reichte, um Vancouver den Sieg zu sichern, und das war es. Spiel vorbei.

Ich schüttelte Robert und Clark die Hände, aber ich konnte spüren, dass es hier ein Gespräch gab, das sie führen wollten.

„Wir würden sehr gern unterschreiben …", fing Robert an, aber ich feierte nicht, als er zu seinem Bruder blickte und eine Braue hob.

„Aber wir wollen nicht mit einem Team in Verbindung gebracht werden, das an der Vergangenheit festhält. Wir wollen Teil des neuen Teams sein, dass Sie uns versprochen haben", beendete Clark den gemeinsamen Gedanken. Unausgesprochen blieb der Name Aarni, aber ich wusste, was sie meinten. Sie gingen nach dem Versprechen, in

Kontakt zu bleiben und ich setzte mich auf den nächsten Stuhl und starrte auf das sich leerende Stadion.

Jason setzte sich neben mich. „Werden sie unterschreiben?", fragte er und bot mir ein Bier an.

Ich konnte mich nicht erinnern, je ein Bier von meinem großen Bruder bekommen zu haben. Ich war von zu Hause weggegangen, bevor ich legal trinken durfte, aber wir hatten es nicht einmal geschafft, verbotenes Trinken auf die Liste brüderlicher Dinge, die man gemacht haben sollte, zu setzen. Ich nahm die Flasche und hielt sie, konnte mich aber nicht überwinden, zu trinken. Ich war verwirrt. Colorado hatte gut gespielt. So gut, dass er zum Star des Spieles gemacht wurde, zusammen mit Ryker Madsen und einem Spieler aus Vancouver, der ebenfalls erwähnt wurde.

Es war seltsam, zu denken, dass ich Colorado als Ärgernis abgetan hatte, mit dem ich mich herumschlagen musste und überzeugt gewesen war, dass Aarni kein Arschloch sein würde und dann heute Abend zu sehen, dass ich mich bei beidem geirrt hatte. Mich zu irren war verwirrend und zu wissen, dass ich mit Rowen reden musste, nachdem ich ihn mehrere Tage gemieden hatte, war wie Säure in meinem Magen.

„Sie unterschreiben noch nicht", sagte ich seufzend. „Sie sind nicht dumm und sie haben es nicht direkt gesagt, aber sie wollen ein Team unterstützen, das in die Zukunft blickt. Nicht eines, das von Spielern mit übertrieben guten Verträgen zurückgehalten wird, die nur Totgewicht sind."

„Die Verträge, die wir geerbt haben", murmelte Jason.

„Vor allem Aarni."

Jason schüttelte seinen Kopf und schluckte den Rest seines Biers. „Das Problem wird morgen auch noch da sein." Er stand auf und streckte sich. „Ich muss los. Lewis muss dieses Diorama für die Wissenschaftsausstellung fertigmachen und ich habe versprochen, dass ich ihm helfen werde. Du weißt, die Einladung bei uns steht. Hotels können langweilig sein und ich weiß, dass Lewis dir sehr gern sein Projekt zeigen würde."

Ich stand auf und strich über meinen Hosenboden, ließ das Bier stehen. „Du musst damit aufhören, Jason", warnte ich. „Mich zu einem Besuch zu erpressen, wird nichts in Ordnung bringen."

Jason blinzelte mich an, verletzt, überrascht, aber ich blieb nicht, um weiter zu reden. Stattdessen verließ ich die Loge vor ihm und ging in mein Büro, um die Liste mit anderen potenziellen Sponsoren zu holen. Dummerweise fing ich dann an, E-Mails zu beantworten und telefonierte dann noch mit Lucas in New York. Als ich zum Parkplatz ging, war das Stadion still und es war leicht, das Geschrei zu hören, bevor ich um die Ecke bog.

„... wäre das nicht passiert."

„Ich weiß."

„Ich bin so verdammt enttäuscht von dir und du weißt warum, richtig?"

„Es tut mir leid."

Ich erkannte Aarni Lankinen und einen der jungen

Spieler, die für die Tryouts hier waren. Henry, wenn ich mich richtig erinnerte. Sie hörten mich kommen. Aarni richtete sich auf und trat von dem anderen Spieler weg.

„Mr Westman-Reid", sagte er.

Mit großen Augen starrte Henry mich an und nickte. Hier ging irgendetwas vor sich und es gefiel mir nicht.

„Ist alles in Ordnung?", fragte ich beiläufig.

„Ja", antwortete Aarni schnell.

Henry ebenfalls. „Ja, Sir."

Mir entging nicht die besitzergreifende Hand auf Henrys Arm und der kalkulierende Gesichtsausdruck von Aarni. Was zur Hölle ging war hier los?

„Gute Nacht", sagte ich, wartete dann aber neben meinem Auto und tat so, als würde ich auf meinem Handy irgendetwas nachsehen. Aarni und Henry gingen in verschiedene Richtungen davon, aber ich merkte mir genau, was ich gesehen hatte und entschied, mit Rowen darüber zu sprechen.

Sollte ich ihm je wieder in die Augen blicken können, nach dem, was ich getan hatte. Einfach so auf meine Knie zu gehen, ihn zu schlucken, zuzulassen, dass er seine Hände in meine Haare grub – was hatte ich mir nur gedacht?

Oh, ja, ich hatte *überhaupt nicht* gedacht. Ich schloss mich im Auto ein, rückte dann meine Erektion zurecht bei der Erinnerung an all die Laute, die Rowen von sich gegeben hatte, als er gekommen war. Ich wollte so viel mehr davon.

Mehr? Wie was? Ein Fick über einem Büroschreibtisch?

Ich konnte es mir vorstellen. Ich konnte seine Küsse schmecken und spüren, wie er in mich stieß. Ich wurde von dem Gedanken allein richtig hart und es dauerte eine Weile, bis ich mich soweit beruhigt hatte, dass ich zurück zum Hotel fahren konnte.

*Es ist nur Sex. Sex ist gut. Du musst jemanden nicht mögen, um Sex mit ihm zu haben.*

DAS KLOPFEN früh am nächsten Morgen kam unerwartet. Ich hatte keinen Zimmerservice bestellt und brauchte auch keine Handtücher. Ich schaute durch das Guckloch und sah Jason vor meiner Tür, darum öffnete ich mit einem irritierten Schnauben. Was machte Jason hier um diese Uhrzeit?

„Mark."

Es stand nicht nur Jason da, sondern auch Cam und Leigh und vor Cam stand Mom.

Sie sah älter aus, aber wir hatten einander auch seit zehn Jahren nicht mehr gesehen. Leigh hatte hin und wieder Fotos geschickt, aber wenn man jemanden persönlich sah, bemerkte man alle Falten. Es schien ihr gut zu gehen, trotz des Krebses und sie trug einen kompliziert gebundenen Schal um den Kopf, der zu ihrem blumigen Kleid und der dicken Jacke passte.

„Mom", sagte ich, machte aber keine Anstalten, sie zu berühren, bis ich schließlich neben ihrer Wange einen Kuss platzierte und dann wieder zurücktrat. Sie versuchte, mich zu erwischen und zu halten, aber ich wich ihr aus und ignorierte den Schmerz in ihren Augen. Warum waren meine Mom und meine Brüder scheinbar die ganze Zeit so verdammt traurig? Ich war nicht derjenige, der sie verlassen hatte. *Sie* hatten mich rausgeworfen. Ich war derjenige, der sich verletzt fühlen sollte.

„Wie geht es dir?", fragte sie und schob ihre Hand unter Jasons Arm, sah so aus der Nähe ein wenig wackelig aus.

„Mir geht es gut", antwortete ich und sah dann, wie Cam seufzte.

„Wirst du uns hereinbitten?", fragte er.

„Nicht wirklich."

„Mark, bitte", mischte Leigh sich ein und ich konnte zu ihr nicht Nein sagen, der Einzigen in der Familie, der ich irgendetwas schuldete.

„Wir sollten reden", fügte Jason hinzu.

„Worüber wollt ihr reden?"

„Himmel, können wir einfach nur reingehen?", schnappte Cam und schaute den leeren Flur entlang. Hier befanden sich nur zwei Suiten und ich war mir sicher, dass die neben meiner im Moment leer stand. Aber ja, ein Familienshowdown oder eine Intervention oder was auch immer zur Hölle das hier war, sollte privat stattfinden. Die Westman-Reids führten in der Öffentlichkeit kein Drama auf.

Ich trat von der Tür weg und ließ sie herein. Die Suite war nicht groß, hatte aber ein separates Wohnzimmer und eine kleine Küche und war vorläufig mein Zuhause. Ich hatte mir immer noch keine richtige Wohnung gesucht, aber andererseits hatte ich auch noch nicht *wirklich* entschieden, dass ich in Tucson bleiben würde.

„Warum wohnst du immer noch im Hotel?", fragte Mom. „Im Haus gibt es jede Menge Schlafzimmer."

„Ja, das mache ich nicht", antwortete ich und verdrehte dramatisch die Augen.

„Dein Zimmer ist immer noch so wie früher", meinte Jason.

„Tut mir leid, ich habe aufgehört, Poster von One Direction anzustarren, als ich erwachsen werden musste." Ich war bitter und jedes Gramm Gift lag in dieser Aussage.

„Verdammt noch mal", schnappte Cam.

Ich ging sofort auf ihn los. „Möchtest du etwas sagen?"

Jason schob sich zwischen uns. „Stopp."

„Arschloch", murmelte ich.

„Fick dich", gab Cam zurück.

Mom gab einen kleinen Laut des Unwohlseins von sich und Cam war sofort an ihrer Seite, alle Forschheit war auf einen Schlag verschwunden, als er sie zum Sofa führte und sie begluckte. Sie sah blass aus und ich verspürte so viel Schuld, dass ich nicht wusste, was ich mit diesem Gefühl anfangen sollte.

„Es ist wahrscheinlich eine gute Idee, einige Dinge zu klären", fing Leigh in der Rolle der Mediatorin an.

„Er schuldet mir eine Entschuldigung", murmelte Cam.

Ich setzte mich auf den Stuhl gegenüber von Mom, meine Brüder lehnten an der Wand und Leigh befand sich neben mir.

„Nicht jetzt, Cam", warnte Leigh.

Ich konnte diesen Kommentar nicht einfach so

durchgehen lassen. „Nein, bitte, erklär mir, warum du denkst, dass ich *dir* eine Entschuldigung schulde, Cam."

Er starrte mich an und sein Gesichtsausdruck zeigte eine Mischung aus Verwirrung, dann Wut und schließlich eine ordentliche Portion Animosität.

„Ich fange an", sagte Mom.

Cam glitt an der Wand nach unten und setzte sich auf den Boden, hielt den Mund, und als Jason es ihm nachtat, wartete ich darauf, dass, was immer das hier sein sollte, anfing.

„Mark, ich habe mich geirrt, war schwach und ich hätte deinen Dad davon abhalten sollen, dich aus unserem Leben zu verbannen. Ich habe keine Entschuldigung." Sie hustete und Cam hob die Hand und drückte ihren Arm. Sie schenkte ihm ein dankbares Lächeln und schaute dann zu mir. „Er war ein gefährlicher Mann", sagte sie und mir entging nicht, wie sie die Ärmel ihres Kleides über ihre Handgelenke zog. „Ich habe mich nicht so um meine Kinder gekümmert, wie ich das hätte tun sollen. Ich weiß das und ich hoffe, dass wir uns eines Tages hinsetzen und über alles reden können, weil ich dich immer lieben werde." Sie schaute zu Jason und nickte.

„Jetzt bin ich dran, huh?" Er räusperte sich. „Ich war älter als du und ich wollte eine Möglichkeit finden, alles in Ordnung zu bringen und als ich das nicht konnte, war ich in der Lage, mich ans College zurückzuziehen und dort hat mich dein Weggehen nicht berührt. Ich hatte mir sogar eingeredet, dass du es schon schaffen würdest. Und dann, als ich aktiv nach dir gesucht habe, konnte ich keinen Grund sehen, warum du irgendjemanden von uns in deinem Leben wollen solltest. Du warst glücklich, erfolgreich, hattest Freunde und ich habe mich zu sehr geschämt, um den ersten Schritt zu machen. Ich liebe dich und es tut mir leid, dass das alles passiert ist, und Lewis will dich wirklich kennenlernen, weil ich ständig von dir erzähle."

„Uh-huh", sagte ich und sah, wie Jason zusammenzuckte. „Und welche großartigen Worte der Weisheit möchtest du mir mitgeben, Cam?"

Cam schaute mich mit stürmischem Gesichtsausdruck an und für ein paar Momente war die Wut, die in seinen Augen loderte, schwer zu ertragen.

„Du hast es mir nie gesagt!", schrie er, senkte dann seine Stimme. „Du warst mein bester Freund, nicht nur mein Bruder und du hast mir nie erzählt, wer du bist oder wie du empfindest. Ich musste herausfinden, dass du schwul bist, als Dad dich rausgeworfen hat. Zur Hölle, als du gegangen bist, war es dir egal, du hast nicht zurückgeschaut und ich habe dir E-Mails geschrieben, ich habe dir verdammte Briefe geschrieben. Ich habe dir Nachrichten geschickt, dich angerufen. Ich habe dich sogar besucht und du hast dich geweigert, mich zu sehen? Erinnerst du dich daran?"

Er kam auf die Füße und ich sah, dass er die Fäuste geballt hatte. Erwartete er, dass ich irgendetwas davon abstritt? Ich konnte mich an diesen Tag sehr gut erinnern. Ich hatte mich geweigert, ihn zu sehen, war zu sehr mit meinem neuen Leben beschäftigt, einem sicheren Leben, in dem die Menschen mich so akzeptierten, wie ich war. Ich wollte die Nachrichten nicht oder die Bitten oder die Anrufe oder auch die verdammten, handgeschriebenen Briefe, wo das doch nur Lügen waren.

„Du bist neben Dad gestanden und du hast mich nicht abgehalten zu gehen." Ich versuchte, ruhig zu sprechen, aber meine Stimme hatte ein Beben, das mehr enthüllte, als ich zeigen wollte.

„Weil ich nicht wusste, was los war. Ich wusste nur, dass Dad dich hasst und dass es besser für dich wäre, weit weg von ihm zu sein. Von uns. Und du hast bewiesen, dass du allein zurechtkommst."

„Wusstet ihr, dass ich eine Woche lang auf der Straße geschlafen habe? Als ich in die Stadt gekommen bin und keinerlei Geld hatte? Hat es euch gekümmert?" Ich blieb sehr ruhig, spie die Worte nicht aus. Genaugenommen zeigte ich nicht einen Moment des Schmerzes in mir.

Schweigen. Niemand sagte ein Wort.

„Es hat dich nicht gekümmert, nicht wahr, Mom?", fragte ich mit gebrochenem Herzen. Es war nur das, was ich bereits wusste, aber sie hatte es mir noch nie ins Gesicht gesagt.

„Nein, ich habe mich nicht gekümmert. Nicht um dich oder eines meiner anderen Kinder", sagte Mom. Tränen liefen ihr das Gesicht hinunter und sie hustete erneut, ihre Hand presste sie gegen ihren Brustkorb. „Ich wollte nur, dass das Geschrei aufhört. Schau." Sie streckte ihre Hände aus und drehte sie mit den Handflächen nach oben, die Bewegung zog ihre Ärmel nach hinten. Ich war nicht nahe genug, um zu sehen, was sie mir zeigen wollte, und dann wurde mir klar, was sie beabsichtigte. Ich beugte mich näher, sah die Narben, parallele Linien, die von ihren Ellbogen bis zu ihren Handgelenken verliefen.

„Mom?"

„Siehst du, mich hat weder dein Wohlergehen noch das von irgendjemand anderem gekümmert. Mir war Jason egal, Cameron und Leigh, warum sollte es bei dir anders gewesen sein?" Sie richtete sich auf und hatte den Ausdruck von jemandem, der darauf wartete, dass eine Strafe verhängt wurde. Einhundert grauenvolle Gedanken gingen mir durch den Kopf, aber ich verließ meinen Stuhl und ging vor ihr in die Hocke, ignorierte meine Geschwister und konzentrierte mich nur auf sie.

„Du wolltest so unbedingt entkommen?", fragte ich sie sanft.

„Dein Dad ... er hat mir Angst gemacht. Er hat mich nie physisch verletzt, aber er hat dafür gesorgt, dass ich an mir selbst zweifelte, bis an den Punkt, dass ich für niemanden leben konnte. Er hat mit allen möglichen Dingen gedroht, nachdem er dich gezwungen hat zu gehen, Dinge, die mich denken ließen, dass es besser für dich war, nicht mehr hier zu sein. Wusstest du, dass er dich zur Konversionstherapie zwingen wollte? Mark, er war außer Kontrolle."

„Scheiße", murmelte Cam.

Mom fuhr fort. „Ich kann all die Jahre, die du auf dich allein gestellt warst, nicht wiedergutmachen, aber vielleicht können wir versuchen, etwas mehr miteinander zu reden?"

Sie flehte mich an. Das konnte ich sehen. Ich konnte

mich nicht an viel von ihrer und Dads Ehe erinnern, nur, dass es sehr ordentlich und streng im Haus zuging. Ich war nur wirklich glücklich, wenn ich mit Cam im Garten war, und ich konnte mich nicht erinnern, Mom als irgendetwas anderes als einen Geist in ihrem eigenen Haus wahrgenommen zu haben.

„Wir könnten uns am Sonntag zum Abendessen im Haus treffen?", schlug Jason vor. „Wir sollten alle kommen und vielleicht können wir anfangen …" Er zuckte mit den Schultern, als ob ihm die Worte ausgegangen wären. *Ich kenne das Gefühl.*

Ich begegnete Cams stählernem Blick. Abendessen im Haus des Schreckens? Mit all diesen Erinnerungen? Ich war mir nicht sicher, ob ich damit klarkam.

Ich packte Moms Hand, wusste, dass wir über eine Menge Dinge reden mussten, dass die Heilung nur beginnen konnte, wenn wir die Wunde aufstachen und das Gift herausließen.

„Na gut", stimmte ich zögernd zu. „Abendessen. Sonntag. Aber erwartet nicht, dass ich lange bleibe. Ich hasse dieses verdammte Haus."

Meine Familie ging so leise, wie sie gekommen war und ich saß eine Ewigkeit da, starrte die Wände an. War es falsch von mir, sie jetzt aus meinem Leben auszusperren? Sie waren hierhergekommen und hatten mir nichts als Ehrlichkeit gezeigt, hatten sich vor mir entblößt. Konnte ich das, was vor all diesen Jahren geschehen war, überwinden? Die Gewaltigkeit dessen, was sie mir gerade erzählt hatten, was Mom erklärt hatte, war ein schweres Gewicht und ich schloss meine

Augen und erinnerte mich an den Tag, als Dad mich aus dem Haus geworfen hatte.

Ich erinnerte mich an die Tränen, von mir und meiner Mom und die harten Worte, aber sie waren von Dad gekommen, von niemandem sonst. Ich erinnerte mich, dass ich unter Schock stand, schreckliche Angst vor dem hatte, was passieren würde, nicht gewusst hatte, wohin ich gehen würde, mit nur sehr wenig Geld oder Hoffnung, dass irgendeiner meiner Freunde mich aufnehmen würde.

Ihre Eltern waren alle mit meinen befreundet und keiner von ihnen hätte sich gegen Dad gestellt, weil er so viel Einfluss hatte, und zu Hause hatte er bei allem das letzte Wort.

Ich hatte so lange Zeit damit verbracht, ihn zu hassen, aber auch genauso viel Zeit, meine Brüder und Mom zu hassen. Ich musste lernen zu vertrauen, aber ich konnte meine Gedanken nicht ordnen, während ich hier saß, meine Augen vor der Welt verschlossen.

*Ich muss hier raus.*

Es war zwölf Uhr, als ich ging, losfuhr, aber nicht wusste, wohin, bis das Stadion in Sicht kam und dorthin war ich die ganze Zeit unterwegs gewesen. Ich kam an der Parkplatz-Security vorbei und fuhr auf den Parkplatz.

„Hey, Mr Westman-Reid", schrie Ryker mir zu, der Mann neben ihm, Alejandro, stieß ihn mit dem Ellbogen an.

Ich ging zu ihnen. „Mark. Nennt mich Mark. Ist Coach Carmichael noch da?"

„Als ich ihn das letzte Mal gesehen habe, hat er sich in seinem Büro versteckt und ein Dr Pepper getrunken", antwortete Ryker.

„Es schien ernst zu sein", fügte Alejandro hinzu.

„Danke, Jungs." Ich betrat das Stadion, zeigte meinen Pass und ging direkt zu den Büros der Coaches, klopfte nicht einmal an, sondern betrat direkt Rowens Zimmer, schloss die Tür hinter mir. Rowen lehnte sich in seinem Stuhl zurück, sagte aber kein Wort. Ich musste derjenige sein, der etwas sagte, Begehren juckte unter meiner Haut, mein Brustkorb war eng, meine Emotionen auf Anschlag.

„Ich wollte dich nicht mögen", gestand ich müde.

Er schüttelte seinen Kopf. „Wer hat behauptet, dass ich überhaupt möchte, dass du mich magst?"

All die Emotionen der letzten paar Tage bauten sich auf, Schicht um Schicht und ich wusste nicht, was ich sagen sollte und war mir nicht einmal sicher, warum ich überhaupt in seinem verdammten Büro stand.

Ein Klopfen an der Tür unterbrach meine außer Kontrolle geratenen Gedanken und ich öffnete sie. Terri stand mit einem Ordner in der Hand davor. Sie schaute von mir zu Rowen und ihre Augen wurden schmal.

„Was ist los?", fragte sie.

„Nichts", entgegnete Rowen und streckte seine Hand aus. „Ist das der Scouting-Bericht über die Railers?"

Sie reichte den Ordner weiter und starrte mich dann noch einmal einschüchternd an, als sie an mir vorbeiging und die Tür schloss.

Ich lehnte mich dagegen, um weitere

Unterbrechungen zu verhindern, und Rowen verschränkte seine Arme über seinem Brustkorb.

„Was hast du?", fragte er.

„Alles." Ich strich mit meiner Hand durch meine Locken. „Willst du hier raus?"

ZWÖLF

## Rowen

---

Um es einmal bildlich auszudrücken, man hätte mich mit einer Feder umhauen können. Ich war es mittlerweile gewöhnt, eine Menge Dinge von Mark Westman-Reid zu erwarten, aber nicht, dass er mich bat, irgendwohin zu gehen. Dass er mir sagte, ich sollte irgendwohin gehen, ja, aber eine ernst gemeinte Einladung, mit ihm an meiner Seite von hier zu verschwinden? In einhundert Jahren nicht. Aber hier waren wir. Die Einladung lag auf dem Tisch und meine Neugierde war geweckt, um es milde auszudrücken.

„Klar." Das schien ihn seltsam zu erfreuen, was die ganze Sache nur noch bizarrer, aber auch faszinierender machte. „Ich muss noch zwei Anrufe erledigen, dann treffen wir uns auf dem Parkplatz."

Er warf mir einen wirklich eigenartigen Blick zu, neigte aber seinen Kopf und schlich davon, sein Gang der eines absolut besiegten Mannes. Es wurde immer interessanter …

Ich rief meine Mutter zurück, aber sie war nicht zu

Hause, machte Tai-Chi, wollte ich wetten. Das war ihr neues Hobby. Ich hinterließ eine Nachricht, rief dann bei Catalina Foothills Chrysler Plymouth an, um ein Datum für eine Werbeaufnahme auszumachen, mit der sie mich gelockt hatten. Zwei Werbefilme im Tausch für ein beliebiges Auto aus ihrem Bestand. Äh, ja, bitte und danke. Meine Agentin, Danielle Turner von Norwood & Turner Sports and Entertainment in L.A. war begeistert gewesen. NHL-Coaches mit Agenten war eine neue Nische, aber es ergab Sinn, jemanden zu haben, der einen repräsentieren konnte. Wir bekamen Verträge über mehrere Millionen und es gab Werbedeals, dieser von den Lake-Brüdern war ein perfektes Beispiel dafür. Sie hatte mir geholfen, meinen Vertrag mit dem alten Westman-Reid auszuhandeln, für sehr gutes Geld und das letzte Wort bei Neueinstellungen und Entlassungen der Coaches. Mit der Billigung meiner Agentin war ich ganz dabei, ein Sprecher für Catalina Foothills zu sein. Der wunderschöne weiße Chrysler 300 S AWD mit dunkelbronzenen Aluminiumrädern, mit Titanium verstärkten Auspuffrohren, bronzenen Plaketten, legierten Bodenmatten, schwarzem Kühlergrill mit einer bronzenen Einfassung, Sonnendach und einem Soundsystem, das die Engel zum Weinen bringen konnte, war die sexy Kirsche auf diesem Kuchen.

Ich fand Mark, der an seinem Lamborghini lehnte, mit einem Ausdruck absoluter Reicher-Junge-Langeweile. Er trug eine dunkle Sonnenbrille und kühle Wüstentöne. Goldener Schmuck passte zu seinem kalten Gesichtsausdruck. Der warme Wind zupfte an seinen weichen Locken.

„Wir nehmen mein neues Auto", erklärte ich und ich ging an ihm vorbei, blieb neben meinem Auto stehen. Sein Mund klappte zwei Zentimeter auf, bevor er ihn wieder schloss.

„Wann hast du das bekommen?" Er strich bewundernd mit der Hand über den schneeweißen Kühler. „Das Letzte, was ich gehört habe, war, dass du nach einem Auto suchst."

„Wie es aussieht, habe ich eins gefunden." Ich drückte auf den Auto-Startknopf an meinem Schlüssel und es sprang mit einem kurzen Hupen an, die Klimaanlage blies im Inneren auf höchster Stufe. „Die Lake-Brüder haben mich umworben, ein paar Fernsehspots für sie zu drehen."

Ich sah, wie eine schlanke Braue sich über die Oberkante der runden Sonnenbrille hob. „Ist das hier Teil des Werbens?"

„Ist es. Offensichtlich bin ich eine billige Hure. Steig ein." Ich öffnete die Fahrerseite und „Heartache Tonight" dröhne aus dem Auto. Ich grinste und zwinkerte Mark zu, der eine Grimasse zog. „Rock'n'Roll, Kumpel!"

„Wenn du das sagst", schnaubte er und glitt auf seinen Sitz, schnallte sich an, während die Lautsprecher dröhnten. „Sind sie die einzige Band, die du dir anhörst?", schrie er, um gehört zu werden. Ich schüttelte meinen Kopf und drückte auf den Suchknopf, um eine andere Lieblingsband von mir zu finden. „Long Train Running" von den Doobie Brothers drang an unsere Trommelfelle.

„Ich liebe den Bass in diesem Song. Und dieses

Harmonika-Solo? Eines der besten in der Geschichte des Rock'n'Roll, eh?"

„Wenn du das sagst", meinte er erneut.

Ich lachte über sein saures Gesicht, als wir mit brüllendem Motor aus dem Parkplatz fuhren, das Sonnendach offen, um den wunderbaren Wüstenwind um uns wirbeln und mit seinen verdammten Locken spielen zu lassen. Er schwieg, während ich uns aus der Stadt fuhr. Wir waren über eine Stunde unterwegs, kamen an mehreren dubios aussehenden Hotels und Imbissrestaurants vorbei, bis wir in der Sonora-Wüste waren. Ich verließ die AZ-86 W und schaltete den Motor aus, brachte die Doobie Brothers zum Schweigen.

„Lass uns einen Spaziergang machen", verkündete ich, öffnete die Tür, verzog dann das Gesicht, als die Hitze mir entgegenschlug. Trotzdem, ich hatte uns hierhergefahren, damit wir reden konnten und spazieren gehen war die beste Art, Leute zum Reden zu bringen. Mark verließ den kühlen Luxus meines Autos. Ich ging zum Kofferraum, um eine Decke zu holen, auf die wir uns setzen konnten, als er in meinem peripheren Blickfeld auftauchte.

„Das mit dem Spazieren gehen meinst du nicht ernst, oder? Das hier ist nicht der Mount Lemmon Scenic Byway. Es ist die Wüste. Es gibt hier nichts außer Klapperschlangen, Skorpione, Kakteen, Melanome und Roadrunner."

„Beep, beep", zog ich ihn auf, schlug den Kofferraum zu und marschierte mit der bunten Decke unter meinem Arm los. Er folgte, seine Sandalen füllten sich schnell mit Sand. Meine Sneaker waren gut, aber heilige Scheiße, war es heiß. Ich war in kürzester Zeit durchgeschwitzt. Mark schien es ein wenig besser zu gehen. „Na schön, ich werde eingestehen, dass das hier vielleicht keine so gute Idee war", gab ich zu, als wir ungefähr einen halben Kilometer vom Auto entfernt waren. Wieder zeigte er mir die gewölbte Braue über seiner runden Sonnenbrille.

„Ich habe versucht, es dir zu sagen. Wenn du in der Wüste spielen willst, musst du dich entsprechend kleiden. Das hier ist nicht Ontario. Es ist Arizona. Oktoberspaziergänge in Kanada sind anders als hier. Du brauchst helle, lockere Kleidung, einen Hut, eine Sonnenbrille und Sonnencreme. Oh, und ein Kit mit Gegengiften." Er schaute nach unten zu unseren Füßen. Ich hielt meinen unruhigen Atem an, um auf ein warnendes Klappern zu lauschen, hörte aber nichts.

„Ich dachte, es wäre …" *Was, Rowen? Was genau dachtest du, würde es sein? Romantisch?* Himmel, nein. Nicht romantisch. Diese Sache mit Mark hatte nichts mit Romantik zu tun. Es war Sex. Bedürfnisse befriedigen. Schmutziges Rammeln und heimliche Blowjobs. Gefühle für Mark mussten nicht mit dazukommen. „Helfen, darüber zu reden, was dich beschäftigt."

Er seufzte und schaute nach oben in die heiße Sonne. Wie konnte es im Oktober über dreißig Grad haben? *Äh, weil das hier eine Wüste ist, Arschloch.*

„Meine Familie und ich hatten diese Interventionssache", fing er mit einem leisen Flüstern an, das ein trockener Wind wegzutragen versuchte. „Es war grauenhaft und hoffnungsvoll."

„Ah, nun, das ist gut, oder?" Ich wusste nur wenig über die Dynamik in der Westman-Reid-Familie, abgesehen von dem, was ich selbst erlebt hatte. Die anderen Brüder kamen mir wie ziemliche Deppen vor, aber seine Schwester war eine reine Freude. Ich hatte die Matriarchin noch nicht kennengelernt. Das würde ich wahrscheinlich nächste Woche bei der Desert Nights Krebs-Gala, die das Team in irgendeinem vornehmen Hotel sponserte. Alle Spieler der Raptors und alle Coaches mussten in Abendkleidung teilnehmen. Der Gedanke, mit reichen Menschen reden zu müssen, ließ mich unruhig zucken.

Er nickte, seine Brauen waren feucht von Schweiß. Meine waren durchtränkt. Schweiß lief in meine Augen, an meinem Hals hinunter und in meine Poritze. Kanadische Jungs wurden in der Wüstensonne schnell unglücklich. Was hatte ich mir nur dabei gedacht?

*Du hast gedacht, eine Oase zu finden und Mark auf dieser falschen Navajo-Decke ausbreiten zu können, um seinen Körper viel, viel besser kennenzulernen.*

Okay, ja, das mochte ein kleiner Teil meines Plans gewesen sein, als wir losgezogen waren, aber –

„… haben sie mir den Rücken zugewandt. Wie soll ich einfach Jahre der Einsamkeit vergessen?"

Ich starrte den Mann an, der mich anstarrte. „Ich bin in dem Haus neben meinem Cousin aufgewachsen. Wir waren die allerbesten Freunde, spielten Hockey zusammen, gerieten gemeinsam in Schwierigkeiten. Als er erfuhr, dass ich schwul bin, hat er sich von mir zurückgezogen und wir haben nie wieder miteinander geredet. Eines Tages hat er angerufen, aber ich war zu wütend, um den Anruf anzunehmen, mein Schmerz war zu groß, um dieses Friedensangebot zu akzeptieren. Ich habe ihn nie zurückgerufen. Während seines letzten Jahrs auf dem College hatte er einen Autounfall und ist gestorben. Es war … ziemlich grauenvoll. Ich war am Boden zerstört und von Schuld zerfressen. Ich hätte meinen Stolz hinunterschlucken sollen. Ich hätte seinen Anruf annehmen sollen. Jetzt konnte ich nicht mehr zurück. Wir können das Leben nicht zurückspulen. Wenn deine Familie versucht, die Vergangenheit zu überbrücken, dann musst du ihnen zumindest auf halbem Weg entgegenkommen."

Ein langes Schweigen umhüllte uns. „Das ist das erste Mal, dass ich dich über etwas Persönliches habe reden hören."

Ich zuckte mit den Schultern, mein Nacken war unglaublich heiß und kribbelte. „Ich bin nicht hier, um über mein Leben zu reden. Ich bin hier, um dein Hockey-Team zu coachen."

„Bist du mit jemandem zusammen?"

Ich blinzelte wegen des Salzes in meinen Augen und der Direktheit seiner Frage. „Wenn ich jemanden hätte, hätte ich nicht gestattet, dass diese Dinge zwischen uns passieren. Für was für einen Mann hältst du mich?"

„Ich habe keine Ahnung, was für ein Mann du bist, abgesehen von dem, was ich online gelesen habe. Du bist unglaublich verschlossen und zurückhaltend. Nirgendwo im Internet wird erwähnt, dass du schwul bist."

„Wen ich in mein Bett nehme, geht niemanden etwas an", antwortete ich schnell.

„Ja, das ist fair. Was ist das hier also?" Er deutete mit einer Hand auf mich, tätschelte dann meinen Brustkorb. „Was machen wir hier?"

„Wir haben Sex. Warum muss es mehr als das sein? Wir mögen einander nicht einmal sonderlich, aber da *ist* eine überwältigende, animalische Attraktion, die uns dazu bringt, einander wie geile Ziegen zu umkreisen." Er befeuchtete seine Lippen und ich wusste, dass ich ihn hatte. Ich war mir jedenfalls ziemlich sicher, dass ich ihn hatte. Er konnte auch einfach nur durstig sein, denn heilige verdammte Hölle, die Wüste war *heiß*. Ich machte ein paar Schritte auf ihn zu, damit ich das Aroma von Schweiß, der sich mit seinem teuren Rasierwasser mischte, einatmen konnte. Mein Schwanz begann sich zu füllen, sobald ich diesen süßen, sexy Duft roch. „Wir haben hier vier Möglichkeiten. Wir können Sex auf der Rückbank des Autos haben. Wir können Sex auf dem Boden haben. Wir können Sex auf der Motorhaube des Autos haben. Oder wir können zurück zu diesem heruntergekommenen Motel fahren, an dem wir vorbeigekommen sind, dem Gila Monster Motor Court, und dort Sex in einem schäbigen Zimmer haben. Ich lasse dich entscheiden, aber sei dir bitte klar darüber, dass jedes dieser Szenarien damit endet, dass ich dich wie eine Stockente ficke."

„Ich ... eine Ente?"

„*South Park* Referenz. Unwichtig."

Ein schiefes kleines Lächeln umspielte seine Lippen. „Schäbige Motels scheinen unser Ding zu sein ..."

Oh ja, ich hatte ihn. Wir rannten zurück zum Auto, sprangen hinein und rasten zum Gila Monster Motor

Court. Der Check-in war einfach und angsteinflößend billig. Zwei Stunden für vierzig Dollar. Als wir zu unserem Zimmer gingen, schaute ich mir die Autos auf dem Parkplatz an. Es gab eine Menge. Ich hatte den Verdacht, dass wir über einen sicheren Hafen für Sexarbeiter gestolpert waren. Zimmer Zehn war stickig, mies beleuchtet und hatte ein Bett. Ein großes Bett. Keinen Schrank. Die Klimaanlage war schlecht. Das Zimmer roch nach alten Zigarren, schlechtem Whiskey und billigem Parfüm. Es war perfekt.

Mark war entsetzt, das konnte ich sehen, darum drückte ich seinen Rücken gegen die Tür, lehnte meinen Körper an seinen und küsste diesen Ausdruck des Abscheus von seinen sinnlichen Lippen. Er reagierte wie ein Mann, der besessen war. Seine Finger packten meine Haare, seine Hüften rollten, seine Zunge schlang sich um und glitt über meine. Der Mann machte mich wahnsinnig und nicht nur auf die schlechte Art. Ich musste ihn schmecken. Alles von ihm, darum fing ich an, an seiner Kleidung zu reißen. Er stöhnte und wimmerte in meinen Mund, als Knöpfe flogen und Gürtel an die Wand geworfen wurden. Sein Begehren war so wild wie meines und schon bald waren wir nackt, unsere tropfenden Schwänze aneinandergepresst, meine Hände auf seinem knackigen kleinen Hintern. Wir tanzten zum Bett und ich fiel auf ihn, legte meine Lippen fest auf seine, während ich seine Oberschenkel auseinanderdrückte. Er traf auf die Matratze und seine Beine klappten auseinander.

„Oh, verdammt, dieses Bett ...“ Er schnaubte, als

ich einen braunen Nippel mit der Zunge liebkoste. „Ich kann nicht, dieses Bett ist wahrscheinlich voller …"

„Denk nicht darüber nach", keuchte ich, nahm seinen Nippel dann zwischen meine Zähne. Er keuchte, stöhnte und wand sich.

„Ich kann nicht *nicht* darüber nachdenken."

Ich griff zwischen uns, balancierte auf einem Arm und fand sein Loch. Sein Rückgrat wölbte sich auf wie ein handgeschnitzter Bogen, als ich einen trockenen Finger an seinen Hintern drückte.

„Denk daran, wie ich deinen Arsch nehme."

„Ja, mmm, fuck, ja", wimmerte er, krallte sich in das fragwürdige Bettzeug, alle Sorgen darüber, ob die Decke sauber oder schmutzig war, waren jetzt vergessen, wie es schien. „Fick mich, fick mich, fick mich."

„Roll dich herum." Ich musste das nicht zweimal sagen – oder darum bitten. Er drehte sich schnell um. Auf seine Ellbogen gestützt, bot er mir hungrig seinen Hintern an, bewegte sich vor und zurück, als würde er einen hungrigen Hund mit einem Knochen locken. Ich spuckte auf meinen Finger, drückte ihn dann in seinen Hintern, beugte mich vor, um in seine linke Pobacke zu beißen. Der Mann fing an zu singen. Mehr Spucke, mehr Finger, weiteres Beißen und heftiges Saugen an seinen Pobacken brachte ihn so in Fahrt, dass er kaum zwei Worte aneinanderreihen konnte.

„Fick mich!"

Da hatte ich mich wohl geirrt. Er konnte zwei Worte aneinanderreihen. Ich zog meine Finger heraus und bearbeitete sein Loch mit meiner Zunge, lag auf dem Bauch auf der hässlichen, mit Blumen bedruckten

Decke. Ich spreizte ihn weit mit meinen Händen, stach immer und immer wieder in sein Loch, wanderte dann zu seinen Eiern und saugte nachdrücklich an ihnen. Sein Schwanz baumelte vor mir, glitschig von Liebestropfen, darum packte ich ihn und zog ihn nach hinten an meine Lippen.

„Ah … fick … mich … Scheiße … beeil dich", schrie Mark, war jetzt darauf reduziert, nur noch einzelne Worte zu schreien, um sich auszudrücken. Ich ließ seinen wunderbaren Schwanz los, glitt dann vom Bett, suchte meine Hose und die Geldbörse, eilte dann zurück zu ihm. „Himmel, ich stehe so kurz davor", wimmerte er, als ich das Kondom über meinen Schwanz rollte, dann die Packung mit dem Gleitgel mit meinen Zähnen aufriss.

„Komm noch nicht. Ich möchte, dass du kommst, wenn ich in dir bin, nicht vorher."

„Mmmm Mmmm." Er summte und sein Hintern bewegte sich von einer Seite zur anderen. Ich überflutete sein mit Spucke bedecktes Loch mit Gleitgel, arbeitete es dann langsam ein, benutzte meine Finger, um ihn innen zu reiben und zu bedecken. Als er gut feucht war und nur noch einzelne Vokale murmelte, nahm ich seine Hüften in meine Hände und zog ihn rückwärts auf mich, Zentimeter für Zentimeter, gab ihm eine Sekunde, um sich an mich zu gewöhnen. Herr im Himmel, er war heiß und eng. Ich beugte mich über seinen Rücken, knabberte an seiner Schulter, lehnte mich dann zurück und pumpte leidenschaftlich. Er jaulte, als ich tief eindrang, meine Finger sich tief in sein Fleisch gruben, ihn festhielten, während ich das Gefühl seines Körpers genoss, der sich um mich herum dehnte, mich akzeptierte und sich dann sachte zusammenzog.

„Ah … Oh … mehr. Mehr. Ahh, Himmel … mehr! Fick mich härter. Rowen, oh, Scheiße, das ist … ja!"

Er schrie jetzt. Ich hatte noch nie die Freude gehabt, mit einem lauteren, schöneren Bottom zusammen zu sein. Der Mann war absolut leidenschaftlich, seine Schreie und sein Wimmern spornten mich an. Ich gab ihm härter und schneller, rammte mit solcher Wucht in ihn, dass er jetzt gegen das Kopfteil gedrückt war, seine Finger gruben sich in und zerfledderten die alte Tapete über dem Bett. Jemand im nächsten Zimmer schrie, dass wir leise sein sollten, darum fickte ich Mark härter. Er schlug gegen die Wand, seine Brauen ruhten auf dem Kopfteil. Meine Eier wurden hart und ich stieß noch ein letztes Mal zu, so tief ich konnte. Ein leiser, wimmernder Laut entkam ihm. Ich tastete unter ihn, fand seinen Schwanz. Er fickte für einen Moment meine Hand, spritzte dann über die Kissen und Decke. Ich wischte meine Finger an seiner Kehle und seinem Kiefer ab, riss ihn nach oben und leckte die dicken, warmen Linien seiner Wichse von seiner überhitzten Haut. Er war salzig und moschusartig, ein wunderbarer Geschmack. Ich holte mir mehr, säuberte seinen Hals und seinen Kiefer. Mark sackte in meinen Armen zusammen, befriedigt und schweißbedeckt. Wir taumelten auf die Seite, mein Schwanz glitt aus seinem Hintern. Er gab einen traurigen kleinen Laut von sich.

Ich bedeckte sein Kinn und seine Augenlider mit Küssen, zog ihn enger an mich. Ich spürte, wie etwas durch meine Haare drang und meine Kopfhaut nässte.

„Ich glaube, ich liege in deiner Wichse", informierte ich ihn. Er schnaubte schwach, kämpfte darum, wieder zu Atem zu kommen. Ich war zu befriedigt, als dass es mich groß gestört hätte. „Du bist ein wilder kleiner Bottom, nicht wahr?" Ich rollte meinen Kopf, um sein Profil zu genießen.

„Manchmal", gab er zu, wand sich, bis er mich ansehen konnte. „Bist du immer der Top?"

„Mm, in der Regel. Ist das für dich in Ordnung?"

„Ja, ist es." Er stützte sich auf seinen Ellbogen, seine Hand hatte er unter seinem Kopf. „Können wir das wieder machen?"

„Gib mir ungefähr zehn Minuten. Ein wenig Wasser wäre schön." Ich zwinkerte ihm zu, verließ dann das Bett, tappte in das Bad und spülte das Kondom hinunter. So sehr ich auch eine Dusche brauchte, der Dreckfilm an der Duschtür ließ mich das noch einmal überdenken. Die Wichse, die in meinen Haaren trocknete, übertrumpfte die Seifenreste an der Dusche und ich sprang unter das Wasser, benutzte ein kleines Stück Seife, um meinen Körper und meine Haare zu waschen, weil jemand kein Shampoo bereitgestellt hatte. Das Handtuch roch ein wenig seltsam, als ich mir das Gesicht trocknete. Ich fand eine kleine Tube Zahnpasta, von der ich hoffte, dass sie vom Motel hier deponiert worden war, und putzte meine Zähne mit meinem Zeigefinger. Ich befestigte das Handtuch um meine Taille und kehrte zurück ins Zimmer, fand Mark auf dem Bett sitzend, herrlich nackt, seine langen Beine vor sich ausgestreckt und mit einer Flasche kalten Wassers in der Hand. „Woher hast du die?"

„Von dem Automaten draußen."

Ich warf das Handtuch auf den Boden und kroch neben ihn auf das Bett. Wir hatten immer noch eine Stunde Zeit. „Bist du mit wehenden Eiern da rausgelaufen?"

„Nein, ich habe meine Hose angezogen. Dann habe ich sie wieder ausgezogen, weil ich mir dachte, dass ich dich vielleicht noch einmal möchte." Er reichte mir die Flasche, seine braunen Augen machten alle möglichen fleischlichen Versprechen, von denen ich hoffte, dass seine Hände, sein Mund und sein Hintern vorhatten, sie zu halten. „Machst du das oft? Aufrisse in fragwürdigen Motels mit Männern, die du nicht magst?"

Ich trank den Großteil des Wassers, reichte es ihm dann wieder und strich mit einem Finger über seinen immer noch verschwitzten Brustkorb. Er hatte eine dünne Linie Haare, die zwischen seinen Brustmuskeln hinunter zu seinem flachen Bauch verliefen und in einem ordentlich getrimmten Busch dunkler Locken endeten.

„Nicht wirklich. Ich habe nicht viele Dates."

„Bist du zu beschäftigt mit Hockey?" Er leerte die Flasche, warf sie dann neben das nasse Handtuch auf den Boden.

„Nein, zu sehr damit beschäftigt, mir nichts daraus zu machen."

Seine Brauen tanzten an seiner Stirn nach oben und verloren sich in seinen feuchten Locken. Wie niedlich. „Erholst du dich von einem gebrochenen Herzen?"

Ich umfasste sein Kinn, hoffte, so die Inquisition zu stoppen, und führte seinen Mund zu meinem. Er öffnete ihn willig, hob sich nach oben und in den Kuss, seine Arme legten sich langsam um meinen Hals. Ich nahm ihn mit hinunter auf das Bett, schob ein Bein zwischen uns und leckte mit träger Leidenschaft in seinen Mund.

„Erzähl es mir." Er seufzte, als meine Lippen an seiner Kehle nach unten wanderten. „Erzähl mir, warum du nicht datest. Bist du ein gebranntes Kind?"

Ich hielt in meiner Verführung inne, hob meinen Kopf von der Freude, die sein Schlüsselbein war. „Können wir das auf später verschieben? Wir haben jetzt weniger als fünfzig Minuten und ich kann mir viel bessere Arten vorstellen, diese Zeit zu verbringen, als alte Romanzen aufzuwärmen, die in Flammen aufgegangen sind."

„Du willst also keine Romantik, weil du verletzt wurdest. Siehst du, das ergibt – wo gehst du hin?" Er setzte sich auf, als ich das Bett verließ, um meine Hose zu finden. „Ich wollte keine Wunden aufreißen, die vielleicht nie heilen. Ich will nur mehr über dich erfahren."

Ich trat in meine Unterwäsche, riss mir dann meine Jeans mit Schwung über meinen Hintern. „Alles, was du über mich wissen musst, ist das, was ich in meinen Lebenslauf geschrieben habe."

„Du hast nie einen Lebenslauf abgegeben. Du hast einen Vertrag unterschrieben, der zwischen meinem Vater und dir und einer Agentin ausgehandelt wurde, von der ich den Verdacht habe, dass sie ihren Charme bei meinem Vater hat spielen lassen, um dir einige der unglaublichsten Konzessionen zu verschaffen, die je im

Vertrag eines NHL-Coaches gestanden sind." Er sprang vom Bett, während er mich anbellte.

„Was weißt du wirklich über Coaching-Verträge im Hockey? Oder Hockey, wenn wir gerade dabei sind."

„Ich weiß genug, um zu sehen, dass deiner der Todesstoß für dieses Team sein wird", schnappte er zurück.

Oh, ich liebte es, dieses Feuer in seinen Augen zu sehen. So ein sexy Mann, wenn er sich aufregte. Wo wir gerade dabei waren, mein Schwanz wurde richtig hart. Ich öffnete meinen Reißverschluss, schob meine Hose und Unterwäsche zu meinen Knöcheln und nahm meinen Schwanz in die Hand. Marks Blick flog zu meinem Schaft und er fuhr mit seiner Zunge über seine Unterlippe.

„Noch vierzig Minuten", bemerkte ich und er nickte, sein Blick wanderte über meinen Brustkorb, schloss sich dann langsam, als er zurück ins Bett kroch, sich auf seinen Rücken legte und zwischen seine Beine griff, um mit seinem glänzenden, feuchten Loch zu spielen. Ich fiel über ihn her, ausgehungert, beanspruchte seinen Mund und seinen Hintern noch einmal im Bett und dann unter der Dusche, die er benutzte, aber unter starkem Protest.

Wir waren für den Check-out eine Stunde zu spät. Ich schnappte mir eine Zündholzschachtel und warf sie Mark zu, als wir zu meinem Auto gingen. „Ruf sie an, wenn wir zu Hause sind. Mach einen wöchentlichen Termin für uns aus. Und das nächste Mal bring jede Menge Kondome, Gleitgel und Spielzeug mit."

Er warf mir einen sauren Blick zu, aber ich wusste,

dass er anrufen würde. „Wenn du Spielzeug sagst, meinst du damit Seile?"

Jetzt war ich an der Reihe eine Braue zu heben. „*Willst* du, dass ich Seile meine?"

Er lächelte dieses Teufelslächeln und stieg ins Auto. Ich grinste die Sonne an, die langsam hinter einen wunderschönen lila und rosa Wüstenhorizont sank. Ich hatte den Verdacht, dass dieser Mann mich auf Trab halten würde. Ich konnte es nicht erwarten, nächste Woche zum Gila Monster Motor Court zurückzukehren, um zu sehen, in welchen Tanz er mich dann führen würde.

# DREIZEHN

## Mark

Ich mochte es nicht, ausgelacht zu werden. Ich war daran gewöhnt, aber ich mochte es nicht.

In New York hatten alle über das neue Model gelacht, das es allein versuchen wollte. In meiner Familie war ich immer der Jüngste, das Baby und wurde von allen gehänselt. Zudem war ich mir sicher, dass da draußen im Hockeyland die Tatsache, dass ein ehemaliges Model Teil des Teams war, das versuchte, die Raptors wieder auf Vordermann zu bringen, der Grund für laute Lachanfälle war.

Also ja, ich hatte eine dicke Haut, durch die nicht viel drang, aber was ich gerade mitbekommen hatte, reichte aus, mich rot sehen zu lassen.

„Du kannst gehen", sagte ich zu Henry.

Aarni warf einen Blick auf mich und grinste, bevor er seine Aufmerksamkeit wieder auf Henry richtete. „Du kannst bleiben."

„Henry …", warnte ich und starrte, bis ihm klar wurde, auf wen er hören sollte.

Henry löste sich von der Stelle, wo Aarni ihn in eine Ecke gedrängt hatte, und eilte, so schnell er konnte, auf seinen Schlittschuhen und mit seinen Schienbeinschützern zurück in Richtung Umkleide, ohne noch einmal zurückzuschauen. Aarni drehte sich ganz zu mir, lehnte an der Wand, war so verdammt selbstgefällig.

„Kann ich Ihnen helfen, Mr Westman-Reid?"

„Möchtest du wiederholen, was du gerade gesagt hast?", fragte ich und verschränkte meine Arme vor meinem Brustkorb. Ich war bereits kleiner als Aarni und weil er auf seinen Kufen stand, ragte er über mir auf.

Er neigte seinen Kopf, als würde er mich mustern und er hatte immer noch dieses selbstgefällige Grinsen im Gesicht.

„Welchen Teil?", fragte er.

„Den Teil über Mark, den hübschen Schwuchtel-Jungen, der denkt, er kann bestimmen, obwohl er eine verdammte Platzverschwendung ist?"

Oh ja. Ich hatte alles gehört oder zumindest den letzten Teil des Giftes, das Aarni in Henrys Ohren goss. Ich hätte nicht einmal hier unten sein sollen, doch als ich von Rowen eine E-Mail mit einem weiteren Wechsel beim Coaching-Team erhalten hatte, könnt ihr glauben, dass ich so richtig in Fahrt gekommen war und direkt zu seinem Büro aufgebrochen war. Dabei war ich einmal falsch in diesem Labyrinth aus Fluren abgebogen, was mich direkt durch die Umkleide geführt hatte, was mir sehr peinlich war und dann auf die andere Seite zu was immer *das* hier war.

Ich wartete darauf, dass Aarni entsetzt war, peinlich

berührt und sich entschuldigte, aber er lachte mir ins Gesicht, stieß sich dann von der Wand ab und spiegelte meine Körperhaltung. Er forderte mich heraus, mehr zu sagen und ein kleiner Stich Unsicherheit ließ mich ein wenig wanken. Er war einschüchternd, lachte über mich und ich fühlte mich wie ein dummes kleines Kind. Dann beugte er sich vor und flüsterte: „Vielleicht könnten wir ein wenig Zeit im Gila Monster Motor Court verbringen, huh?"

Der Boden fiel aus meiner Welt und mein Schock musste ersichtlich gewesen sein, weil er zwinkerte und mich dann rückwärts drängte, genau wie er es bei Henry getan hatte.

„Geh weg", schaffte ich, aber er hörte nicht auf mich. Stattdessen starrte er auf mich herunter. Ich konnte aus dieser Nähe sein erstickendes Rasierwasser riechen und den Hohn in seinen Augen sehen. Er respektierte mich nicht. Er respektierte das Team nicht. Ich bezweifelte, dass er irgendjemanden außer sich selbst respektierte.

„Mr Westman-Reid?" Eine Stimme hinter uns brachte Aarni dazu, geschmeidig wegzutreten. Ryker Madsen stand da. „Henry ist gerade reingekommen und hat seltsam dreingeschaut. Ist alles in Ordnung?", fügte er hinzu.

Aarni lächelte mich an, aber das Lächeln erreichte seine Augen nicht und von der Feindseligkeit in seinem Blick fühlte ich mich bedroht.

„Management-Angelegenheiten", meinte Aarni abwertend und marschierte an Ryker vorbei, stieß den Arm des jüngeren Mannes mit genügend Druck an, dass Ryker sich auf seinen Schlittschuhen ausbalancieren musste. Für eine Sekunde spannte Ryker sich an und ich wartete darauf, dass diese beiden sich prügeln würden, aber dann schüttelte Ryker es ab.

„Geht es Ihnen gut, Sir?", fragte er erneut mit dem größten Respekt.

Ich nickte, denn das war im Moment das Limit meiner Kommunikationsfähigkeit und Ryker runzelte die Stirn.

„Soll ich jemanden holen?"

Ich schüttelte stumm meinen Kopf, zog dann meine Schultern zurück. Was sollte ich sagen? Dass ich mich gerade im Moment wie ein Idiot fühlte und ein großer Teil von mir wollte, dass Ryker Rowen holte, damit er mich beruhigen konnte?

„Es ist alles in Ordnung", sagte ich und klebte mir ein so selbstbewusstes Lächeln, wie ich nur konnte, ins Gesicht. Es musste überzeugend gewesen sein, denn Ryker kehrte zurück zur Umkleide, hielt kurz vor der Tür an und drehte sich zu mir.

„Aarni ist es nicht wert", murmelte Ryker. „Sie sollten bei ihm aufpassen, Sir."

„Danke, das werde ich."

Seit wann war ein Ratschlag von jemandem, der erst vor Kurzem die Zwanziger erreicht hatte, so einsichtsvoll? Ich ging weiter zu Rowens Büro, aber er war nicht da. Ich fand ihn auf dem Eis und ich wusste, dass ich ihn nicht stören konnte, wenn das Team sich zu einem Training am Spieltag traf. Er schaute nicht einmal in meine Richtung und ich war ruhelos und wütend und schämte mich, weil ich nicht in der Lage gewesen war, Aarnis Scheiß zu blocken.

Als Aarni vorbeifuhr und mir durch das Glas zuzwinkerte, drehte ich mich um und floh zurück in mein Büro wie ein Idiot.

„Was ist passiert?", fragte Jason, als ich bei der Kaffeemaschine im Management-Bereich an ihm vorbeikam. Er sah erschöpft aus, aber er musste auch seine Arbeit als Interim-Manager für das Team mit der für die Westman-Reid-Stiftung in Einklang bringen.

„Was?" Ich versuchte, unschuldig zu wirken, aber Jason bekam diesen Großer-Bruder-Ausdruck. Mit einem Seufzen gestand ich mir selbst ein, dass ich mit jemandem reden musste. „Können wir uns unterhalten?"

„Hier drin." Er deutete auf sein Büro und ich schlüpfte hinein und es fühlte sich richtig an, mit ihm reden zu wollen und vielleicht brauchte ich etwas Weisheit von meinem großen Bruder. Er folgte mir in sein Büro, reichte mir einen Kaffee und schloss die Tür dann mit seiner Ferse. „Du siehst aus, als ob du einen Geist gesehen hättest."

Wie viel sollte ich ihm erzählen? Wie wäre es mit der Tatsache, dass ich mit dem Head Coach schlief oder dass es, genau genommen, weniger schlafen als vielmehr uns gegenseitig in die Ohnmacht ficken war? Wir hatten gerade die dritte Woche hinter uns und ich musste erst noch Seile oder Spielsachen oder irgendetwas anderes zu unseren Treffen mitnehmen, das nicht vanilla war.

Nicht, dass das, was wir machten, so vanilla war, und ich wand mich auf meinem Sitz bei der Erinnerung an das letzte Mal. Ich, über dem Bett, unfähig, mich zu bewegen und Rowen, der mir detailliert erklärte, was er mit mir machte, während er mich hart fickte …

Nein, ich würde Jason nicht erzählen, was sein kleiner Bruder in einem schäbigen Motel mit schmutziger Decke anstellte. Wie also sollte ich Aarni und seine Einschüchterungstechnik erklären? Ich nippte an meinem Kaffee, das Koffein köstlich und dringend nötig. Zu trinken gab mir ein paar Momente, um nachzudenken und als ich meine Tasse halb ausgetrunken hatte, war ich bereit zu reden.

„Wir müssen den Vertrag von Aarni noch einmal durchgehen."

Da, das reichte. Keine Erwähnung von rauem und hartem Sex oder die Tatsache, dass ich dachte, Aarni hatte mir damit gedroht, zu enthüllen, was er wusste oder Fragen, wie zur Hölle er das überhaupt wusste.

Jason lehnte sich auf seinem Stuhl zurück, griff nach einem Ordner und legte ihn auf seinen Schreibtisch.

„Vier Millionen für jedes der zwei Jahre, die von seinem goldenen Vertrag mit der Nichtverkaufsklausel noch übrig sind. Was bedeutet, dass Aarni ohne seine Erlaubnis nicht verkauft oder in die Minors geschickt werden kann. Der einzige Ausweg ist, seinen Vertrag freizukaufen und ihn dann dazu zu bringen zu verzichten. Was er nicht tun wird, und wir haben nicht das Geld, um es zu tun. Das ist unser *einziger* Ausweg."

„Acht Millionen." Ich atmete lautstark aus, weil das für die Raptors im Moment unerschwinglich war. Wegen der sinkenden Ticketeinnahmen, der fehlenden Sponsoren und Investoren und einem versagenden

Team hatten wir nicht einmal achttausend Dollar übrig, ganz zu schweigen von acht Millionen.

„Und so klar wird es wohl nicht sein. Es könnte wirklich eine Menge kosten, dem Team Geld entziehen, das wir brauchen, um jemand Guten zu finden, der seinen Platz einnimmt." Er rieb sich über die Augen. „Ich habe mir die Regeln angeschaut – wir müssen das noch verbleibende Gehalt mit der Auszahlungssumme multiplizieren, was alles vom Alter abhängt, und daraus errechnet sich die Gesamtsumme, die wir gleichmäßig auf das Doppelte der noch verbleibenden Jahre im Vertrag aufteilen können, also vier Jahre." Er schaute auf das Blatt auf seinem Schreibtisch. „Hat irgendetwas damit zu tun, die jährlichen Auszahlungskosten vom Gehalt des Spielers abzuziehen, was uns die Endsumme sagt, die wir dann vom jährlichen Durchschnittsgehalt abziehen können. Ich habe keine verdammte Ahnung, wovon ich spreche."

„Was zur Hölle hat Dad sich gedacht?"

„Willst du wirklich damit anfangen?", fragte Jason und seufzte ebenfalls. „Und er hat nicht einmal eine Moralklausel in seinem Vertrag. Aber die würde ohnehin nicht wirken. Glaub mir, ich habe die Anwälte von Westman-Reid jede Einzelheit prüfen lassen. Sie haben mir erklärt, dass Hockey ein Spiel ist, bei dem Gewalt und Einschüchterung auf dem Eis nichts ist, was die Klausel in Kraft treten lassen würde, darum hat Dad sie nicht mit aufgenommen."

Ich sank in den weichen Stuhl und stellte meinen Kaffee auf meinen Bauch. Etwas an dem, was Jason gesagt hatte, machte mich nachdenklich. „Was ist mit einem Verbrechen? Was, wenn er jemanden angreift oder mit einem Angriff droht?"

Jason richtete sich auf seinem Stuhl auf und stellte seinen Kaffee sehr nachdrücklich auf einen Untersetzer mit dem Logo der Raptors. „Hat er dich bedroht?", fragte er. „Bist du darum so aufgewühlt?"

„Nein, aber er ..." Ich hielt inne, schaute hinter mich, um sicherzugehen, dass die Tür geschlossen war. „Ich glaube, dass er diese seltsame Kontrolle über Henry hat." Ich fügte nicht hinzu, dass ich gerade eine Kostprobe desselben Mistes bekommen hatte und beinahe zusammengebrochen wäre. Aarni war groß und einschüchternd und in seinem Gesichtsausdruck stand ein angsteinflößender Hass. Der Himmel wusste, was seine Wut und der Druck, den er ausübte, mit den jüngeren Jungs im Team anstellte.

„Du *glaubst*? Hast du einen Beweis?" Jason nahm einen Stift und ich dachte, dass er von mir erwartete, genau zu beschreiben, was ich wusste. Was nichts war außer dem, was ich instinktiv *dachte*.

„Ich habe nichts Explizites."

Jason legte den Stift weg, aber er schien nicht wütend zu sein, nur enttäuscht. „Vielleicht kann Coach Carmichael Aarni ändern und wir machen uns grundlos Sorgen?"

Ich dachte, dass Rowen den Mann umbringen, nicht ihn ändern wollte, was mich zu dem nächsten Problem führte, das ich meinem obersten Manager oder meinem Bruder oder welcher Person, die mein Bruder in diesem Zusammenhang auch darstellte, sagen musste.

„Rowen und ich treffen uns."

Jason hob eine Braue. „Definiere ‚treffen'."

*Heißer, schwitziger, verzweifelter Sex auf die schmutzigste, heftigste Art und Weise, oft drei Mal bei nur einem Treffen und ach ja, ich bin süchtig und ich glaube nicht, dass ich ihn noch hasse und es könnte sogar sein, dass ich ihn ein wenig mag.*

„Treffen", wiederholte ich bedeutungsschwer und fügte ein Nicken hinzu, dank dem Jason endlich zu verstehen schien.

„Nun, ähm. Okay", murmelte Jason und nahm seinen Stift wieder auf, tippte damit auf den Aarni-Lankinen-Ordner. „Pass auf dich auf und … ja." Er sah aus, als wäre es ihm peinlich, darum entschied ich mich, ihn vom Haken zu lassen.

„Es ist in Ordnung, großer Bruder. Ich habe weder um Erlaubnis gebeten noch um einen Ratschlag. Ich dachte nur, dass du es als oberster Manager wissen solltest."

Er plusterte sich ein wenig auf und seufzte dann reuevoll. „Sei einfach vorsichtig und ich meine damit nicht Kondome. Scheiße" – er rieb über seine Augen – „das hätte ich nicht dazusagen sollen, oder?"

„Nicht wirklich", stimmte ich zu und grinste ihn dann an. Warum reichte dieses brüderliche Gerede aus, dass ich lächelte? Da konnte man mal sehen.

Jason wechselte das Thema. „Du kommst morgen, oder?"

„Sonntagabendessen im Haus des Schreckens, um meinen Neffen richtig kennenzulernen und mir alle möglichen peinlichen Fragen stellen zu lassen und mit Cam am Tisch zu sitzen und so zu tun, als wäre ich nicht wütend auf ihn. Ja."

„Was Cam betrifft, es würde mich sehr freuen, wenn du bei ihm etwas Nachsicht zeigen könntest", sagte Jason ganz ernst. „Als du gegangen bist, hat ihm das das Herz gebrochen und dann hast du ihn aus deinem Leben ausgeschlossen."

Ich stand wütend auf. „Himmel-"

„Nein, warte, geh nicht. Ich verstehe, warum alles so gelaufen ist. Ich weiß, dass du dich selbst geschützt hast. Ich weiß, dass du uns gehasst hast, es ist nur … er ist dein Bruder und er liebt dich. Wenn du ihn auch nur ein wenig auch liebst, dann zeige es vielleicht ein bisschen? Für mich? Bitte?"

Ich wollte wütend sein, aber ich konnte keine Wut finden, nur die leise Entschlossenheit, dass ich vielleicht eine gemeinsame Basis mit meiner Familie finden musste. Schließlich war Dad jetzt fort und ein Abendessen war ein Anfang.

„Okay."

„Wenn du möchtest, kannst du Coach Carmichael als dein Date mitbringen."

Ich lachte schnaubend. „Es ist nicht *diese* Art Sache, die wir am Laufen haben."

Erst als ich mein eigenes Büro erreichte, wurde mir eines bewusst. Ich wünschte mir irgendwie, dass Rowen mit mir zum Abendessen ins Haus meiner Eltern kommen könnte. Nicht als feste Freunde, sondern weil er ein Mann war, der auf meiner Seite zu sein schien.

Und das brauchte ich.

. . .

ICH BLIEB für das Spiel an diesem Abend im Stadion. Florida war hier und das Management hatte bereits eine Warnung bekommen, dass dies bedeutete, dass Tennant Rowes Bruder im Stadion war. Spiele mit den Rowe-Brüdern, einer von ihnen war in Florida, der andere in Boston, waren immer hitzig. Vor allem wegen der Tatsache, dass Aarni Lankinen beinahe ihren kleinen Bruder umgebracht hätte. Die Hälfte der Fans hier, in den Farben von Florida, wollte ein sauberes, spannendes Spiel und die andere Hälfte, im Gold der Raptors, wollte, dass Aarni den Rowe-Bruder aus Florida umnietete. Sie wollten Blut und einige der Schilder um das Glas herum waren bösartig, drehten sich um die Homosexualität und die Tatsache, dass die Rowe-Familie infiziert war. Angesichts dieser Schilder stieg Übelkeit in mir auf und ich war mir nicht sicher, wer dafür verantwortlich war, dafür zu sorgen, dass sie heruntergenommen wurden. Waren das wir? Sollten wir etwas dagegen unternehmen?

Ich schaute von meiner hohen Position nach unten, sah die beiden Teams auf dem Eis, wie sie sich aufwärmten und noch keine Spur von Rowen. Die Menge war unruhig, ich hörte Buhrufe, aber ich konnte nicht sehen warum.

„Coach hat Lankinen für dieses Spiel anscheinend als Healthy Scratch gemeldet", erklärte Jason und steckte sein Handy ein.

„Was bedeutet?", fragte ich, als die Lautstärke der Buhrufe anstieg.

„Das bedeutet, er ist gesund und könnte spielen, aber der Coach hat ihn auf die Bank verbannt."

Ich beugte mich vor und versuchte zu sehen, wer in unserem Team spielte, aber die einzigen Namen, die ich erkennen konnte, waren die Nahaufnahmen auf dem riesigen Videobildschirm vor mir. Kein Lankinen.

„Kann er das einfach machen?"

„Ja, kann ich", sagte Rowen von der Tür aus und ich drehte mich zu ihm um. Sein gut aussehendes Gesicht war unheilvoll verzogen und seine Hände waren an seinen Seiten zu Fäusten geballt. Er starrte die anderen Anwesenden in der Loge an. „Ich brauche einen Moment", sagte er. Und alle mit Ausnahme von Jason und mir gingen ohne Protest. Ich blieb, weil ich dachte, dass ich es war, mit dem er eigentlich reden wollte und Jason, weil, zur Hölle, er hatte eindeutig die sturen Westman-Reid-Gene und er war zudem der oberste Manager. Er stand mit vor dem Brustkorb verschränkten Armen da, forderte Rowen heraus ihm zu sagen, dass er gehen sollte. Auf mich wirkte es so, als wollte er mich beschützen und das war schön. Rowen knallte die Tür zu, nachdem die letzte Person gegangen war, dann zog er die Jalousien herunter.

„Meine größte Waffe ist meine Macht, die Zeit auf dem Eis eines jeden Spielers zu kontrollieren", fing er an und lehnte sich gegen die Tür. „Diesen schlecht performenden Scheißhaufen eines Millionärs auf die Bank zu setzen könnte die perfekte Möglichkeit sein, ihn noch einmal darüber nachdenken zu lassen, seinen verdammten Coach zu erpressen."

„Was?", sagte Jason und schaute von mir zu Rowen und wieder zurück.

„Das Arschloch sagt, dass er sehr gerne meine

*Liaison* mit einem der Westman-Reids für sich behalten wird. Er hat keine Bedingungen genannt, aber ich glaube, die Implikation war, dass besagten Westman-Reid mit ihm zu teilen der Guss auf diesem besonders kranken Kuchen war."

All meine Energie verließ mich und ich sank auf den Stuhl.

Jason räusperte sich. „Was zur Hölle?"

„Genau", sagte Rowen. Etwas ging zwischen meinem Bruder und meinem Liebhaber vor sich, und als sie beide mich anstarrten, wusste ich, dass sie in den Mark-beschützen-Modus gewechselt hatten und ich hatte nicht einmal die Energie, mich deswegen aufzuregen.

„Okay", fing Jason nach ihrer stummen Kommunikation an. „Zurück dazu, welchen Effekt das auf das Team hat. Ihr wisst, wie das in den Augen der Journalisten aussehen wird und für den Rest des Teams."

Rowen spannte sich an. „Was? Du denkst nicht, dass das Team damit klarkommt, dass ich eine Beziehung mit deinem kleinen Bruder habe?"

„Nein, ich meine ja. Ich meine. Scheiße." Jason massierte sich die Schläfen. „Ich freue mich für euch beide. Das ist nicht meine Sorge. Es geht nur darum, dass wir bereits auf dem heißen Stuhl sitzen, wegen des Geldes, das an ihm hängt und ihn zu einem Healthy Scratch zu machen, könnte signalisieren, dass es mit seiner Karriere bergab geht. Es könnte alle möglichen Fragen über die Zukunft dieses Spielers aufwerfen. Die Fans könnten denken, dass wir versuchen, ihn zu verkaufen oder dass seine Karriere auf dem Spiel steht. Wie zur Hölle soll das Team mit seinem sehr teuren Vertrag verfahren, wenn er auf der Bank sitzt?" Jetzt setzte Jason sich.

Ich hatte mir alles angehört, was Jason gesagt hatte, aber ich konnte die Tatsache nicht vergessen, dass Rowen den Begriff *Beziehung* verwendet hatte. Dachte er, dass wir das hatten?

Die Tür hinter Rowen wurde angestoßen und er trat zur Seite, die Leute, die gegangen waren, kehrten zurück und mit ihnen ein wütend aussehender Aarni Lankinen, der zu einem weit entfernten Sitz stapfte und sich trotzig setzte. Er war nicht zum Hockeyspielen angezogen. Er trug immer noch seinen Anzug. Offensichtlich saßen die Spieler, die auf die Bank geschickt wurden, in der Loge des Teams.

„Lächle, verdammt noch mal", befahl Rowen ihm und Aarni machte eine Grimasse, die ausreichen musste. Ich wechselte einen Blick mit Jason. Wie würde das auf dem Bildschirm aussehen? Rowen wandte sich zum Gehen.

„Coach Carmichael? Die Schilder am Glas, wir haben ein paar davon auf dem Bildschirm gesehen. Können wir sie entfernen lassen? Wen müssen wir darum bitten?"

Rowen nickte. „Die Security. Ich kümmere mich darum."

Nachdem er gegangen war, drehte ich mich mit meinem luxuriösen Stuhl herum und starrte hinunter auf das Glas, wo die Schilder sich befanden. Es dauerte nicht lange und die Security kam und einige der Leute, die sie hielten, wollten sie nicht freiwillig wegnehmen. Diejenigen, die nachgaben, durften bleiben, die anderen wurden aus dem Stadion begleitet.

Als das Spiel anfing, war offensichtlich, dass wir uns in der Defensive befanden. Im Tor war Colorado wie eine Ziegelwand, stabiler in seiner Rolle, als ich ihn je gesehen hatte. Unsere schnellen Jungs im Sturm schafften zwei Tore am Goalie von Florida vorbei, aber es gab vier Penaltys für unser Team, was zu Power Plays führte, wodurch wir schließlich um zwei Tore verloren. Was noch offensichtlicher wurde, während ich zusah, war, dass die Fans unseres Teams negativ waren, buhten und deutlich ihre Abneigung zeigten. Sie respektierten das Team nicht und ich bezweifelte, dass das Team sich freute, den Lärm zu hören, den sie machten. Das mussten wir in Ordnung bringen. Aarni verließ die Loge, sobald das Spiel zu Ende war und ich folgte ihm, um Rowen zu suchen. Ich stand hinten im Raum, als Rowen seinen Platz in der Ecke der Coaches einnahm, bereit für die Fragen der versammelten Journalisten. Ich konnte nicht glauben, dass so viele für ein Team hier waren, das so knapp vor dem Kollaps stand.

„Coach? Guy Stevens. Zona Hockey.“

„ Hallo, Guy.“

„Können Sie erklären, warum Aarni Lankinen heute ein Healthy Scratch war?“ Gemurmel breitete sich aus, als der Elefant im Raum angesprochen wurde.

Ich hielt meinen Atem an, wartete darauf, dass Rowen mit Respekt und Erpressung und einhundert anderen Dingen anfing, die wir ihn nicht sagen hören wollten. Er lehnte sich in Richtung des Mikrofons.

„Er kam zu spät zum Training", log Rowen und zuckte auf eine Was-soll-man-da-machen-Art mit den Schultern.

Der Journalist hakte nach. „Denken Sie, dass wenn Lankinen in der Aufstellung gewesen wäre, Sie heute Abend gewonnen hätten?"

Rowen hob eine Braue. „Das werden wir nie erfahren."

„Ist das eine Strafe, die dem Verbrechen angemessen ist, Coach?", fragte jemand anderes.

„Respekt ist in diesem Team der Schlüssel."

Und das war eindeutig alles, was er dazu sagen würde. Den Rest des Interviews redete er über Anwärter und wie das Spiel gespielt werden sollte und dass das Team sich auf den Prozess einließ. Nichts weiter als Phrasen.

Ich folgte ihm aus dem Raum, mit Abstand, bis zu seinem Büro und trat ein. Er sah mich müde an, und einhundert verschiedene Dinge spielten sich zwischen uns ab.

Ich räusperte mich. „Wirst du morgen mit mir zum Abendessen im Haus meiner Familie kommen?"

„Ernsthaft?"

Ich starb innerlich und bedauerte, dass ich überhaupt gefragt hatte, weil er nicht wirklich begeistert auf die Idee einging und vor allem so aussah, als stünde er unter Schock. Dann wurde er ein wenig weicher und ich hatte das Gefühl, dass ich die Frage erklären konnte.

„Nur als Freund, wenn es das ist, was du willst", platzte ich heraus.

Er zögerte einen Moment. „Was, wenn wir als Paar

gehen? Du weißt schon, als Leute, die miteinander gehen?" Seine Frage erwischte mich kalt.

„Ist es das, was wir tun? Miteinander gehen?" Er zögerte für einen Moment, nickte dann. „Ich glaube, dass wir das tun."

„Mir gefällt, wie das klingt", gab ich zu.

Er lächelte mich an. „Ja. Mir auch."

# VIERZEHN

## Rowen

---

„Also, sind wir in Albuquerque falsch abgebogen?",
erkundigte ich mich wie nebenbei, als Mark und ich auf
dem Weg zum Esszimmer der Westman-Reids
unterwegs waren. Er warf mir diesen klassischen,
königlichen Blick absoluter Verwirrung zu. „Um Bugs
Bunny zu zitieren – du weißt, wer das ist, richtig? – oder
hast du dir als Kind nur Cartoons von Richie Rich
angeschaut?"

„Nein. Traurigerweise war Richie Rich nicht gierig
genug. Wir mussten uns alle in unseren
Kindergartenuniformen vor den Fernseher setzen und
die Duck Tales schauen, damit wir eines Tages, wenn
die Götter der Wallstreet es so wollten, als Erwachsene
Dagobert Duck nachahmen können."

Ich musste den Mann anlächeln. Er war unglaublich
schlagfertig, mit genau der richtigen Menge an
Arroganz in seinen beißenden Kommentaren. Wenn es
eine Sache gab, die mich heiß machte, dann war es ein
Mann, mit dem ich mich verbal messen konnte. Mark

war, abgesehen davon, dass er einen flammend heißen Wirbelwind eines Bottoms im Bett gab, einer der frechsten und stilvollsten Antwort-Könige, die ich je das Glück gehabt hatte zu ficken.

Bedienstete huschten herum, zogen Stühle heraus und lächelten dieses nichtssagende Hausangestellten-Lächeln. Ich hatte mich schon bei meinem ersten Mal hier in diesem massiven Beweis für Firmengier nicht wohlgefühlt und dieser Ausflug brachte mir die Westman-Reid-Villa nicht näher. Seine Familie dagegen war größtenteils sehr aufgeschlossen. Die Kinder waren niedlich, wie Kinder es so waren. Es waren normale Kinder, nicht übermäßig arrogant. Zwei Ehefrauen lächelten und schüttelten meine Hand, aber ihre Namen vergaß ich, gleich nachdem ich sie gehört hatte. Wunderbare Frauen, die wunderbare Kinder machten, die den Namen Westman-Reid und die Blutlinie erhalten würden.

Ich hatte angefangen, Jason widerstrebend zu respektieren, jetzt da er die undankbare Aufgabe des Geschäftsführers für das Team angenommen hatte. Cameron war immer noch eine unerträgliche Anal-Fissur, aber Leigh war die reine Freude.

Wir setzten uns. Ich saß neben Mark auf einer Seite eines riesigen Esstischs, an dem vielleicht vierzig Leute Platz hatten. Mein Blick wanderte über das goldene Besteck, das feine Porzellan und den großen Strauß aus weißen und rosa Blumen. Ich war mir nicht sicher, was für Blumen es waren. Vielleicht waren sie künstlich. Irgendwie wie dieses ganze verdammte Abendessen hier.

Ich strich mit einem Finger über das perfekt ausgerichtete Besteck, als wir alle aufstanden und darauf warteten, dass die Matriarchin erschien.

„Messen die Angestellten die Lage des Bestecks mit einem Lineal aus, wie sie es im Buckingham Palace machen?", fragte ich irgendjemanden, wer auch immer sich dazu herabließ, mir zu antworten. Cameron schaute mich finster an. Leigh kicherte hinter ihrer Hand. Jason schnaubte und Mark verdrehte die Augen. „Wenn du mir gesagt hättest, dass dies ein Staatsdinner wird, hätte ich mich besser angezogen."

Marks Blick wanderte über mein ‚Eagles-On the Border'-T-Shirt, meine schwarze Jeans, gut eingelaufene Sandalen und meine Jeansjacke. Alle anderen trugen Casual Chic oder welchen modischen Namen auch immer man dafür hatte.

„Es ist nur ein Abendessen, nichts Großartiges, aber Mom sieht es gern, wenn wir uns dafür die Mühe machen, uns ein wenig besser anzuziehen", erklärte Leigh schließlich, während sie näher an den Tisch rollte, dann eine Stoffserviette ausschüttelte und sie über ihren Schoß legte. „Zum Abendessen letzte Woche habe ich ein Neckholder-Top mit einem Kilt getragen." Sie zwinkerte mir zu, eine Geste, die ich erwiderte.

„Du hast auch die ganze Zeit über finstere Blicke bekommen", bemerkte Jason.

Mark wollte gerade etwas sagen, als Mrs Westman-Reid auftauchte. Sie war eine vornehme Frau, gekleidet in eine Seidenhose und eine akkurat gebügelte Bluse. Haare und Make-up waren on point, wie die Kids wohl sagen würden und sie hatte kleine Perlen in ihren Ohren und um ihren langen Hals. Elegant und selbstsicher lächelte sie uns alle an, gab den Enkeln kleine Küsschen auf die Wangen und setzte sich dann an das Kopfende des Tisches.

„Du siehst wundervoll aus, Mutter", sagte Cameron, als wir alle saßen. Es wurden auf der Stelle Appetizer serviert, Wassergläser gefüllt und Mark fing an, über irgendetwas zu plaudern, das er im Internet gesehen hatte. Da ich ein einfacher Junge aus Kanada war, stupste ich das rechteckige weiße Ding an, das auf einem kleinen Porzellanteller vor mir lag.

„Äh", fing ich an und alle Augen drehten sich in meine Richtung. „Ich will ja nicht ungehobelt wirken, aber was zur Hölle ist das?" Ich tippte den weißen Block mit einem Zinken an.

„Das ist Japanischer Rettich mit einem Klecks Krabbensalat", erklärte Mark, sein Knie lehnte sich auf eine tröstliche Art und Weise, die mir gefiel, an meines.

„Ah, ja, das hätte ich sofort erkennen müssen. Das haben wir zu Hause ständig serviert, direkt vor dem Poutine-Gang."

Leigh und die Kinder fanden das zum Brüllen komisch, und sogar Mark und Jason schnaubten amüsiert.

„Es ist so schön, jemanden aus einem anderen Land hierzuhaben", bemerkte Mrs Westman-Reid zwischen zwei Bissen von ihrem Rettich-Block. „Welches Essen genießen Sie, wenn Sie nach Ontario kommen? Sie sind doch aus Ontario, nicht wahr, Coach Carmichael?"

„Mom, er ist aus *Kanada*. Das zählt nicht wirklich als fremdes Land. Es ist ja nicht so, als wäre er aus

Frankreich, England oder irgendeinem anderen der Eliteländer in Europa", warf Cameron schlagfertig ein.

Da ich ein stolzer Kanadier war, war ich auf der Stelle beleidigt, aber Marks Hand auf meinem Knie unter dem Tisch zähmte meine Zunge. Oder nicht. Ich schob meinen Rettich-Block zu Mark, nachdem ich das Krabbenfleisch heruntergekratzt und gegessen hatte. „Bitte, Ma'am, nennen Sie mich Rowen. Und ja, ich bin aus Ontario. Wir haben, abgesehen von Poutine, noch andere hervorragende Gerichte in Kanada. Wir lieben Buttertarts, Jiggs dinner, Fleischpastete, Nanaimo Bars, BeaverTails, Ketchup-Chips, gegrillte Rippchen, Zucker-Pies und natürlich echten Ahornsirup und den besten Speck, den es überhaupt gibt."

„Das klingt alles köstlich. Ich wollte schon immer einmal nach Kanada, aber ich habe Angst vor den Elchen. Sie haben so gummiartige Gesichter. Hattest du schon Begegnungen mit Elchen, Rowen?"

„Mutter, ich bin mir ziemlich sicher, dass Elche nicht täglich durch Toronto oder Ottawa marschieren", warf Jason ein und lenkte das Gespräch dann geschickt zu einem Thema ohne Elche.

Ich hätte ihnen erzählen können, dass wir hin und wieder Elche in den großen Städten sahen, aber ich entschied mich, das Thema ruhen zu lassen. Die Enkel waren während der Mahlzeit laut und das Gespräch floss dahin, auch wenn es ein wenig oberflächlich war. Niemand erwähnte irgendetwas wirklich Tiefgreifendes, nur allgemeines Abendessen-Geplauder, gefolgt von Kaffee oder Sherry und einer Nachspeise. Ich hatte irgendwie gehofft, mit den Männern über die Situation mit Aarni sprechen zu können, aber wie es schien, würden wir keine Zeit für geschäftliche Unterhaltungen gewährt bekommen.

Nach dem Essen schlichen Mark und ich uns durch eine Hintertür im Wintergarten zum Poolhaus, wo ich mir etliche Freiheiten mit ihm erlaubte. Als er verschwitzt, zufrieden und befriedigt in meinen Armen lag, küsste ich ihn zärtlich für eine lange Zeit, die strahlende Sonne von Arizona ging im Westen unter. Sein Körper war gerötet und warm von Leidenschaft. Ich packte ihn wieder ein, schloss seine Hose und strich mit meinen Fingern über seine Lippen, genoss, dass sie von meinen Küssen ganz geschwollen waren.

„Hat dir das gefallen?", erkundigte ich mich, während ich ihn nur mit meinem Körpergewicht an der Wand hielt, die Bitterkeit seiner Wichse immer noch auf meiner Zunge.

„Himmel, ja." Er seufzte, schob seine Finger in meine Haare. „Sind wir jetzt mit dem Gila Monster Motor Court durch?"

„Scheiß darauf und Scheiß auf Aarni. Ich erlaube niemandem, mein Leben zu diktieren", knurrte ich, der Rausch, einen schnellen Blowjob einzuschmuggeln, um meinen Liebhaber zu erfreuen, und das alles auf dem Grundstück der Westman-Reids, löste sich bei der Erwähnung dieses Bastards Lankinen auf. „Außerdem buckle ich nicht vor Erpressern. Ich bin mir nicht sicher, wie er das mit uns herausgefunden hat und es ist mir auch egal. Dieses Zimmer gehört uns, ist unsere kleine Flucht vor dem Chaos des Lebens und dieser schweinegesichtige Arsch wird uns das nicht nehmen."

Er befeuchtete seine Lippen. Ich stahl mir einen weiteren Kuss, dann noch einen. Auf gar keinen Fall würde ich Mark aufgeben. Der Sex war unglaublich und ich hatte auch angefangen, die Zeit nach dem Akt zu genießen, er auf mir ausgestreckt, über die Prüfungen und Probleme des Lebens redend, während unsere überhitzten Körper abkühlten. Es war genau das, was ich wollte. Sex und jemanden, mit dem ich reden konnte. Keine Verpflichtungen. Keine Chance, dass ein hübscher Mann mich erneut ans Kreuz nagelte. Mark zu verlieren ... ihn ... es ... wäre ein Verlust, über den ich nicht nachdenken wollte. Ich betete, dass die Anwälte des Teams oder jemand oben in den goldenen Logen, weit über dem Eis, wo ich meine Zeit verbrachte, sich eine Lösung einfallen lassen würde. Es war Ende Oktober und wir hatten nur eine Handvoll Siege geschafft. Dafür gab es viele Gründe, nicht nur Aarni, aber seine besonders toxische Art half nicht. Wir mussten sein Gift aus der Umkleide verbannen, bevor wir hoffen konnten, einen Heilungsprozess zu sehen.

Mark zog mich für einen weiteren langen Kuss zu sich, das Gleiten seiner Zunge über meine drängte Hockey kurz aus meinen Gedanken und dafür dankte ich ihm, indem ich ihn so nahe wie möglich hielt und den Kuss erwiderte, bis er wieder atemlos und heiß war. An diesem Abend schafften wir die Fahrt zum Gila Monster Motor Court in Rekordzeit.

Das war nicht das Weihnachtsgeschenk, das ein Hockey-Coach wollte. Nein, überhaupt nicht. Ich fuhr mit meinen Fingern durch meine Haare, schaute zur Uhr hinauf und verzog das Gesicht. Hatten wir *wirklich* erst fünfzehn Minuten Hockey gespielt? Hatten die Railers in diesen fünfzehn Minuten ernsthaft schon vier Tore gegen Colorado gemacht? Hatte Santa mich vergessen? Zum Glück mache Harrisburg diese Reise an der Westküste entlang nur einmal pro Jahr. Wir würden sie erst Ende April wiedersehen, wenn wir einen Sprint die Ostküste hinaufmachten. Vielleicht würde bis April dieser heftige Arschfick ohne die Höflichkeit von Gleitgel oder einer Hand am Schwanz, den wir gerade bekamen, eine ferne Erinnerung sein. Ein Mann konnte hoffen.

„Wir müssen in der Offensivzone besser zumachen!", schrie Terri unsere Männer an, die alle niedergeschlagen und schweigsam waren. „Ich weiß, dass Rowe schnell ist, aber ihr müsst am Mann bleiben."

„Ich gebe mir Mühe, aber ich kann nicht mit ihm mithalten, Coach", schrie Henry, um über die Buhrufe der Raptors-Fans gehört zu werden. Absolut gerechtfertigte Buhrufe.

„Lass mich spielen", bellte Aarni Terri an, die mich mit gerunzelter Stirn anstarrte. Ich hatte Aarni nur spielen lassen, wenn Tennant Rowes Block nicht im Einsatz war, weil ich meinem Spieler schlicht nicht genug vertraute, um ihn auf das Eis zu lassen, wenn seine Nemesis sich dort befand. Auf gar keinen Fall würde ich Anteil an einem Vorfall wie dem Letzten zwischen Aarni und Tennant haben. Er konnte sich aufregen, so viel er wollte. Er konnte mich bei der Spielervereinigung melden. Er konnte mich beschimpfen. Er konnte sogar weiter widerliche Kommentare über billige Motels und hübsche reiche Bottoms loslassen. Ich schüttelte meinen Kopf und sie schrie weiter die Blöcke an, die zu Atem kamen.

Ich stand da, Beleidigungen und Buhrufe regneten auf mich herab und ich folgte dem nächsten Moment des Spiels mit scharfen Augen. Unsere jungen Verteidiger hatten eindeutig keine Chance gegen Rowe und seinen Block. Aber vielleicht mussten wir die Dinge ein wenig umkehren und sehen, ob wir, anstatt gegen ein Wunderkind zu verteidigen, einen Spitzen-Rookie dem Spitzen-Veteranen der Railers in den Hintern schieben konnten.

„… dominieren das Spiel und-" Ich unterbrach Terris Diskussion des Spiels, was ich normalerweise nicht machte. „Coach?", fragte sie, starrte mich verwirrt an.

„Ich möchte, dass unser zweiter Block gegen ihren ersten Block spielt", sagte ich und lächelte dann bei dem Blick, den Ryker Madsen mir zuwarf. Er war halb entsetzt und halb freudig.

„Ja, Coach", bellte Ryker, schwang sein Bein dabei über die Bande. Alejandro und Sam Bennett rundeten den zweiten Block ab und waren bereit loszulegen. Ich zwinkerte Terri und Art selbstzufrieden zu. Wir lagen vier Punkte im Rückstand. Entweder zogen wir den Goalie ab, was immer noch passieren konnte, wenn Colorado sein Mojo nicht fand, oder wir stellten neue

Gesichter gegen dieses Monster eines Blocks, das die Railers hatten.

Rowe lächelte Ryker an, als sie sich dem Faceoff-Kreis näherten. Ich ging auf die Zehenspitzen und schaute über die Köpfe meiner Männer, um Jared Madsen zu finden. Oder hieß er jetzt Madsen-Rowe? Egal. Der Mann war hinter der Bank immer kalt wie eine Hundeschnauze, aber ich sah einen Hauch glühender Bewunderung auf seinem attraktiven Gesicht. Zu sehen wie sein Sohn – der in der Liga der Rookie mit den meisten Toren war und dazu bestimmt, ins All-Star-Spiel zu gehen, sobald gewählt wurde – gegen seinen Ehemann in Stellung ging, musste ein Rausch von ungefähr zehn Millionen Emotionen sein.

Ich lehnte mich zurück, verschränkte meine Arme vor meinem Brustkorb, nickte Terri zu und ließ dann die Hockeygötter ihre Magie wirken. Die nächsten zwei Minuten waren vielleicht das beste Offensiv-Hockey, das ich in vielen Jahren gesehen hatte. Direkt vom Faceoff an, das Madsen gewann, indem er seinen Stiefvater mit der Schulter aus dem Weg stieß, bis zu dem Schuss auf das Tor, den Colorado mit dem Ende seiner Kufe abwehrte, dann zurück zum anderen Ende, wo Ryker einen flammenden Pass von Garcia annahm, der ihm einen hinterlistigen kleinen Schuss ermöglichte, was den massigen Goalie, Stan Lyamin, zwang, sich ernsthaft anzustrengen, um dem Jungen das Tor zu verwehren, war alles ein bewegtes Gedicht. Wie Ballett auf Kufen.

Dann ging etwas schief und der kleine Schwung, den wir mit der Infusion des jungen Blutes bekommen hatten, erstarb. Genaugenommen war es eher ein

Schluck Wasser als eine Infusion. Und das alles passierte wegen eines hitzköpfigen Goalies, der immer noch dachte, dass er unter den Scheinwerfern auf der Hauptbühne stand. Ich hätte es gerne auf Aarni geschoben, der mit seinem Verteidigerpartner auf dem Eis war, weil jetzt der vierte Block der Railers im Einsatz war, aber nein. Das alles ging auf Colorado und sein berühmtes Temperament. Aarni und Adler Lockhart kämpften in der Ecke um den Puck. Adler bekam ihn frei, fuhr um die Rückseite des Netzes und versuchte, den Puck hineinzuschieben. Der Wraparound-Versuch scheiterte. Colorado hatte seine Kufen fest auf Posten und der Puck wurde von ihm auf dem Eis festgehalten, um den Pfiff zu bekommen, damit das Spiel stoppte.

Lockhart, der dafür bekannt war, die ganze verdammte Zeit zu reden, wenn er auf dem Eis war, sagte etwas zu Penn. Es schien irgendein blöder Spruch zu sein, wenn Lockharts freches Grinsen irgendetwas zu sagen hatte. Was er auch sagte, es machte Penn wütend und unser Goalie riss mit seinem Schläger ein Stück von Lockharts Kinn heraus. Pfeifen erklangen. Penn schubste Lockhart, der wie ein Schwein blutete. Die Railers versammelten sich um unseren Goalie und fingen an zu stoßen. Aarni und der Rest der Raptors rasten los, um Penn zu verteidigen. Als alles in Ordnung gebracht war, hatten wir eine doppelte Minor zu überstehen. Das Power Play der Railers ging aufs Eis und innerhalb von vierzehn Sekunden passte der Kapitän den Puck zum Superstar und der machte einen Schuss auf einem Knie, der den Puck hoch über Penns Schulter lenkte. Der Puck traf das obere Rohr und prallte ins Netz. Rowe sprang auf die Beine und pumpte die Faust in die Luft. Penn schlug mit seinem Schläger auf das obere Rohr ein, bis er zersplitterte und die Fans warfen das Geschenk des Abends – kleine Plüsch-Ratpors, jetzt ohne Köpfe – auf das Eis.

„Himmelhergott nochmal", knurrte ich, fragte mich, ob ich jemals die fünfunddreißig Punkte bis zum Ende meiner Frist schaffen würden. Wenn nicht, könnte Mark mich wegschicken, wobei ich nicht glaubte, dass er das noch tun würde, jetzt da wir wie die Karnickel vögelten, aber sein verdammter Bruder Cam würde es sofort machen. Ich warf Art einen finsteren Blick zu. „Sag Andre, dass er für den Rest des Spiels reingeht und dass er das nächste gegen Los Angeles anfangen darf."

Art nickte und ging zu unserem Ersatz-Goalie, den jungen Andre Lemans, der scharf nickte. Wir schafften es, ohne weiteres Tor durch die zweite Hälfte dieses vier Minuten Fiaskos zu humpeln. Als wir am Ende des Drittels in die Umkleide gingen, knöpfte ich mir Penn vor und erklärte ihm ganz genau, dass dies nicht das verdammte Roxbury oder Studio 54 war, was mir einen verwirrten Blick einbrachte.

„Spielt keine Rolle. Der Punkt ist, dass dies ein Teamspiel ist. Du bist hier nicht der verdammte Star auf der Bühne. Du wirst dieses Spiel und das nächste aussetzen."

Penns Wut wurde nur von seinem Schock übertroffen. „*Was?* Das ist Mist! Was er gesagt hat, konnte nicht ohne Reaktion bleiben!"

Mein Blick wurde schmal. Hatte Adler Lockhart etwas Homophobes oder Rassistisches gesagt? Ich hatte

Probleme mir vorzustellen, dass irgendjemand bei den Railers solchen Unsinn von sich geben würde. Nicht mit all den Regenbogen-Tapes, den Flaggen, Stickern und *Love is Love*, das sie ausstrahlten.

„Was hat er gesagt?" Ich würde für meine Männer kämpfen, wenn jemand sie beleidigte. Die Umkleide der Railers war nur den Flur hinunter. Ich würde Lockhart finden und ihn auf den Boden werfen, wenn er –

„Er hat mich einen Barry-Manilow-Möchtegern genannt!" Penn kochte, seine strahlend grünen Augen sprühten Funken. „Verdammte Soft-Pop Scheiß-Musik. Ich bin ein Metal-Sänger!" Er schlug mit seinem Blocker gegen seinen Brustkorb.

Oh Mann. „Nein, du bist ein Hockeyspieler, der einen Platz in diesem Team bekommen hat. *Meinem* Team." Ich beugte mich vor. Ich konnte den Schweiß und die Wut und den Gestank von Hockeypads riechen. „Es ist mir egal, wenn jemand dich Liberace nennt, du führst dich nicht auf und kassierst einen Penalty. Siehst du, dass Lyamin durchdreht?"

„Er ist ein verrückter verdammter Russe, der mit seinen verdammten Rohren redet!"

„Nun, vielleicht musst *du* anfangen, mit deinen Rohren oder dem Eis oder deinen verdammten Schlittschuhen zu reden. Was immer es braucht, damit du dich beherrschst und auf das Spiel fokussiert bleibst. Ich habe hart gekämpft, um dich in dieses Team zu bekommen, Colorado. Ich möchte das nicht bereuen."

Er verkniff sich, was immer er hatte sagen wollen. „Ja, Coach", murmelte er stattdessen, wirbelte herum und stampfte zurück in die Umkleide der Raptors. Ich holte lang und tief Luft, um mich zu beruhigen. Einer der Equipment-Manager der Raptors eilte vorbei, zog einen Wagen mit sauberen Handtüchern hinter sich her und pfiff eine Weihnachtsmelodie. Die, bei der es darum ging, um den Weihnachtsbaum zu rocken. Rock und Rocker befanden sich im Moment am untersten Ende meiner Liste der funkelnden Lichter und Zuckerstangen.

„Ho-fucking-ho", flüsterte ich in mich hinein, marschierte zu meinem Büro, um mir ein Dr Pepper zu holen und mich zu beruhigen. Die nächsten beiden freien Tage riefen laut nach mir. Vielleicht würde Santa mir einen Ausflug zum Gila Monster Motor Court bringen, eine Möglichkeit, meine Bank von einer eitrigen Wunde eines Spieles zu befreien und eine passende Erwiderung für jemanden, der dich einen Barry-Manilow-Möchtegern nannte, die ich meinem Goalie sagen konnte. Die Dinge konnten unmöglich noch schlimmer werden, da war ich mir sicher.

# FÜNFZEHN

## Mark

———

Ich zählte die Stunden, bis ich mich endlich mit Rowen treffen konnte, nur, dass ich zuerst Weihnachten mit der Familie in der großen alten Villa der Westman-Reids hinter mich bringen musste, wobei Mom über einen bis jetzt gut laufenden Tag wachte. Abgesehen davon, dass ich Zeit mit Rowen verpasste. Das Motelzimmer war für die gesamten beiden Tage, die wir frei hatten, geblockt und obwohl mir schlecht wurde bei dem Gedanken, welches Ungeziefer das Zimmer mit uns teilte, überwog die Verlockung von Sex und Zeit mit Rowen die Nachteile.

„Das ist für dich, Onkel Mark."

Ich nahm das bunt eingewickelte Geschenk von Lewis, der erwartungsvoll vor mir stand. Er war ein netter Junge, ähnelte in vielerlei Hinsicht Jason. Still, nachdenklich, aber voller Leidenschaft, was seine Interessen anging. Er liebte Lego so sehr, dass jedes seiner Geschenke Lego war. Ich erinnerte mich, dass Jason irgendwann einmal die größte *Star-Wars-*

Sammlung der Welt gehabt hatte. Zumindest war es mir so vorgekommen. An einem Samstagnachmittag, als ich Streptokokken hatte und der Regen draußen prasselte, hatte Jason mich sogar mitspielen lassen. Ich konnte mich erinnern, dass Jason von mir verlangt hatte, alle Wookies zu spielen. Lustig, dass ich an diesen Tag dachte, denn Cam und Leigh hatten sich zu uns gesellt und wir vier hatten alle möglichen, erfundenen Abenteuer in Jasons Zimmer erlebt.

„Es ist ein Buch", sagte Lewis und wartete darauf, dass ich es aufmachte.

„Verrate es ihm nicht!", schrie seine Schwester Deborah ihn an.

Er verdrehte seine Augen auf diese patentierte Großer-Bruder-Art und Ja, da stand ein kleiner Jason vor mir.

Ich schüttelte das Geschenk demonstrativ, löste dann eine ganze Rolle Geschenkschnur und zog ein Fotobuch heraus. In dem Moment, als ich es sah, verengte mein Brustkorb sich. Ich wusste nicht, wer das Buch gemacht, wer die Fotos ausgesucht hatte, aber ich war nicht bereit für eine Reise in die Vergangenheit.

„Da sind Fotos von uns allen drin", erklärte Lewis aufgeregt. „Schau." Er nahm mir das Buch aus der Hand und blätterte ein paar Seiten um, setzte sich dann neben mich auf das Sofa. Es gab nicht viel Platz, darum war es eng, aber ich musste einfach lieben, wie er sich an mich lehnte, darauf vertraute, dass es seinem Onkel Mark nichts ausmachen würde. Ich stählte mich für das, was ich sehen würde, schaute dann in das offene Buch.

Dort befand sich ein Foto von zwei Kindern. Ein

Kleinkind, das ein Baby hielt, dabei von Kissen gestützt wurde.

„Das sind ich und Deborah", verkündete er, blätterte dann um. „Und das sind Annie und Monica, als sie geboren waren."

Annie und Monica waren Cams Kinder. Beide kamen auf Cams Frau, Alisa, die atemberaubend aussah und immer lächelte. Wie konnte jemand, der so wütend und verschlossen war wie Cam, so bezaubernde Kinder gemacht haben? Das Buch ging weiter, Fotos von den Kindern vom Tag ihrer Geburt bis vor ein paar Wochen. Das letzte Foto zeigte meine drei Nichten und einen Neffen, die ein Schild hochhielten. „Willkommen zu Hause, Onkel Mark." Etwas verkeilte sich in meiner Kehle, ein Ball aus Emotionen, die ich nicht loswerden konnte und ich lächelte auf das Foto.

„Ich liebe es", erklärte ich und bekam dann Umarmungen von Lewis, Deborah und Annie, dazu einen feuchten, klebrigen Kuss von Monica, die gerade erst drei geworden war. Monica blieb auf meinem Schoß, kuschelte mit dem Plüschtier, das ich ihr zu Weihnachten gekauft hatte. Natürlich hatte ich meinen Brüdern auch Geldgeschenke gegeben, die sie für ihre Zukunft investieren konnten, aber dann war ich losgezogen und hatte für jeden von ihnen noch selbst etwas gekauft. Einen Plüschhund für Monica, Puppen für die anderen beiden Mädchen und ein Lego-Set für Lewis. Verklagt mich doch, weil ich Geschlechtsstereotypen gefolgt war, aber ich *kannte* die neuesten Mitglieder meiner Familie noch nicht so gut.

Ich fing Alisas Blick auf und schenkte ihr ein Lächeln, formte „Danke" mit den Lippen.

Sie deutete auf Cam, der mich ganz entschlossen keines Blickes würdigte. „Cam hat es gemacht", murmelte sie und bei der Erwähnung seines Namens drehte er sich um und für einen Moment begegneten unsere Blicke sich. Er nickte. Ich tat es ihm nach und in diesem kurzen Moment gab es eine Verbindung zwischen uns. Es lag an mir, eine Brücke zu bauen, das wusste ich, aber ich hatte das nicht in diesem Mausoleum von einem Haus tun wollen, wo der Geist unseres Vaters über uns schwebte. Andererseits konnte eine Person sich nicht aussuchen, wann und wo sie Frieden mit ihrem Bruder schloss.

Mom war die Letzte, die ein Geschenk aufmachte. Es war ein Buch, ähnlich wie meines, aber es war nicht nur mit Fotos von ihren Enkeln gefüllt, sondern auch mit welchen von ihren Kindern und kein einziges Foto von Dad.

Ich wusste das. Ich hatte nachgesehen, als es herumgegeben wurde. Und Mom weinte, aber dann, als wir alle dachten, wir wären fertig, hatte Mom anscheinend noch ein letztes Geschenk für uns.

„Ich bin in Remission", sagte sie mit Tränen und obwohl dieses Wort den Kleinen nicht viel sagte, erkannten sie doch ihre Freude und die Aufregung aller Anwesenden. Sogar ich war glücklich, weil ich angefangen hatte zu erkennen, dass ich meine Mom liebte. Direkt in den dunkelsten Teilen, die ich versteckt hatte, als Dad mich hinausgeworfen hatte, war Liebe für sie und meine Geschwister.

Als die Geschenke erledigt waren, teilten wir uns in kleinere Gruppen auf, die Kinder waren wie angestochen, Mom und ihre zwei Schwiegertöchter setzten sich hin und plauderten, Leigh verließ den Raum, um einen Anruf anzunehmen, was mich, Jason und Cam in der Küche zurückließ, jeder von uns mit einem Bier bewaffnet.

„Er hat Leigh schon wieder angerufen", bemerkte Cam griesgrämig.

„Ich mag ihn", bemerkte Jason.

„Wen?"

Cam schnaubte. „Leigh geht mit einem Footballspieler aus. Ja, du hast richtig gehört, einem verdammten Footballspieler. Ein Spieler mit mehr Geld als Verstand."

„Wer ist es?", fragte ich nach, obwohl ich aus Cams schmalen Augen ableiten konnte, dass es mehr war als nur ausgehen.

„Dean Hendersley, spielt für die Cardinals und ja, ich glaube, dass es ernst ist. Er nimmt sie auf einen Urlaub nach Weihnachten mit."

„Das ist großartig", meinte ich mit einer Menge Enthusiasmus.

Cam starrte mich an und seufzte dann. „Ja, er ist wohl ganz nett", gab er schließlich zu.

„Er ist älter als du", warf Jason ein.

„Ich brauche Einzelheiten", verlangte ich. Schließlich war ich für ein Jahr zu Hause. Ich sollte den beschützenden Bruder spielen können, oder? Da lachte Jason, was mich zum Lachen brachte, was wiederum bedeutete, dass Cam mitlachte. Wir alle hörten abrupt auf und Cam schaute mich direkt an.

„Scheiße, Mark", murmelte er.

„Es tut mir leid", platzte ich heraus.

Dann umarmten wir uns in der kalten Küche des großen, herzlosen Hauses.

Und langsam kam alles in Ordnung in der Welt der Westman-Reid-Brüder.

---

ROWEN HOLTE mich kurz nach neun Uhr abends ab. Er hatte den Tag mit Terri und ein paar der Spieler verbracht und der Plan war es, ein Zimmer im Motel zu nehmen, einander das Hirn aus dem Kopf zu vögeln und Weihnachten befriedigt und schlafend zu feiern.

Nur, dass ich das nicht wollte.

Zum einen war ich während meines großen brüderlichen Umarmungsfestes zu einer Entscheidung gelangt, ohne es überhaupt zu bemerken. Ich würde das ganze Jahr bleiben. Ich traf die bewusste Entscheidung, hier zu bleiben, und es war nicht nur, um der Familie nahe zu sein oder mit dem Team zu arbeiten. Da war auch noch Rowen, in all seiner schnippischen, selbstbewussten, toppenden Herrlichkeit. Ich mochte den stacheligen Mann sehr. Ganz gewiss *liebte* ich den Sex mit ihm. Ich wollte mehr von dem Mögen und Lieben und das war das allerseltsamste Gefühl von allen.

Schlimmer noch, ich konnte mir nicht vorstellen, ihn nicht jeden Tag zu sehen – klarzumachen, wenn ich ihn in seinem Büro besuchte, dass ich seine Gesellschaft wollte. Er kam nie zu mir, aber er schickte mich auch nie weg. Und es war nicht immer Küssen und Sex. Manchmal brachte ich ihm eine Dose dieses widerlich schmeckenden Dr-Pepper-Mistes oder er zwang mich dazu, etwas zu essen, wenn er meinte, dass ich müde aussah.

Natürlich war ich oft müde. Ich hatte meine Verantwortung für die Agentur in New York und dazu noch die Sorgen wegen des Geldes und der Raptors. Ich hatte auch regelmäßig den Verstand verändernden, atemberaubenden Sex. Jeder Mann wäre da müde.

„Wohin?"

Mir wurde klar, dass er den Motor nicht wieder gestartet hatte, immer noch schräg zum vorderen Tor der Westman-Reid-Villa parkte und wartete.

„Werden wir nicht …?" *Sex in einem schäbigen Motel haben?*

„Ich habe meine eigene Wohnung. Sie ist nur gemietet, aber sie ist mein. Ich habe sogar ein Bett mit sauberen Laken."

Er sagte das so ernst, aber Sauberkeit war eine wichtige Angelegenheit und nach einigen der Dinge, die wir in dem Motel gesehen hatten, klangen frische Laken fabelhaft.

„Zu dir?" Ich stellte nicht die Aussage infrage, sondern eher die Absicht dahinter.

Rowen überkreuzte seine Hände auf dem Lenkrad. „Etwas Komisches ist heute passiert", fing er an. „Ich war bei Terri und ein paar Jungs aus dem Team waren da und wir waren entspannt, gechillt. Besser gesagt, sie waren so gechillt, wie sie das sein konnten, mit ihrem

Coach direkt gegenüber." Da lachte er. „Alex hat die meiste Zeit damit verbracht, nicht mit mir zu reden. Er war oft in der Küche, um alkoholfreie Mojitos zu mixen, die er dann nicht getrunken hat. Ich bin nicht *so* angsteinflößend, oder?"

„Sagt der Mann, der das gesamte Team gezwungen hat, die Treppen bis ganz oben im Stadion zu laufen und dann wieder runter. Fünfmal hintereinander."

„Da hast du recht." Er lächelte und es war das schönste Lächeln überhaupt und ich wollte ihm sagen, dass ich mehr wollte als nur ein Motel. Sogar wenn es nur für ein Jahr war. Ich wollte neben ihm aufwachen und Frühstück machen und nackt im Bett sitzen, während wir über Fernsehserien redeten oder Musik oder uns gegenseitig Toast mit Speck fütterten.

„Sie respektieren und fürchten dich", bemerkte ich.

„Also, ich sitze da, nippe an diesem grauenvollen falschen Mojito, höre zu, wie Terri und eine Freundin darüber plaudern, dass sie wünschten, sie wären auf den Bahamas und ich hatte diesen Moment." Er schaute durch die Frontscheibe in den dunklen Himmel und wirkte nachdenklich. „Ich möchte heute nicht ins Motel gehen."

Enttäuschung durchfuhr mich. Ich hatte gewusst, dass es nicht für immer war. Ich hatte mich selbst zum Narren gehalten, wenn ich –

„Ich möchte, dass es etwas Besseres ist, bei mir zu Hause, mit sauberen Laken, Frühstück am Morgen, Gesprächen und nicht nur Sex."

Oh. Ich hatte keine Worte und ich starrte ihn an, sah wahrscheinlich wie ein absoluter verdammter Idiot aus und ich bemerkte den Moment, als er traurig wurde, weil ich nichts sagte, dann den Moment, als sein Gesichtsausdruck wieder wechselte, und er zu lächeln anfing.

„Ich nehme dein Schweigen also als Zustimmung?"

Wir neigten uns zueinander und küssten uns umständlich, bis er auf einen Knopf drückte und sein Sitz nach hinten klappte. Ich kletterte auf ihn, verfing mich in der Mittelkonsole, riss an meinem Schuh, verlor den Schuh, traf ihn beinahe mit dem Knie in den Eiern und ruderte dann wild mit den Armen, als ich das Gleichgewicht verlor. Er fing mich und hielt mich in einer festen Umarmung.

„Ich bin zu alt für Sex im Auto", verkündete er und nahm sich einen weiteren Kuss.

„Dann lass uns zu dir fahren." Ich kletterte zurück auf meinen Sitz, fand meinen Schuh und schlug dann mit einer Hand auf seinen Oberschenkel. „Fahr!"

Er brauchte ziemlich lange, um vom Tor wegzufahren, aber sobald wir auf den leeren Weihnachtstagstraßen waren, fuhr er immer an der Geschwindigkeitsbegrenzung und wir schafften es ziemlich zügig zurück zu dem Apartmentkomplex, von dem ich wusste, dass dort viele Spieler zur Miete wohnten.

Wir hielten an und küssten uns dann auf dem Weg alle paar Meter.

„Ich habe ein Geschenk für dich", sagte er zwischen Küssen.

„Ich habe auch eines für dich", gab ich zu.

„Meines ist dämlich sentimental", erklärte er.

„Meines auch."

Wir blieben stehen und starrten einander an und ich fragte mich, ob ich so erstaunt aussah wie er.

Er umfasste mein Gesicht mit seinen Händen. „Sind wir …?"

„Ich glaube, das sind wir." Ich rieb meine Wange an seiner Hand.

Wir hatten es schon fast hineingeschafft, standen bereits in der Lobby, als eine Tür aufgerissen wurde und Alex dort stand, mit weit aufgerissenen Augen und blass. Er schrie etwas auf Spanisch und Rowen wedelte mit einer Hand vor ihm.

„Sag das noch einmal auf Englisch."

„Es geht um Henry. Ich konnte ihn nicht aufhalten. Er hat zugestimmt, mitzugehen, und wollte nicht auf mich hören." Er vibrierte vor Anspannung.

Rowen wechselte sofort in den Coach-Modus, packte ihn an den Oberarmen. „Was ist passiert?"

„Henry ist mit Aarni mitgegangen. Er hatte getrunken." Alex befreite sich aus dem Griff. „Ich hätte mir mehr Mühe geben müssen, ihn aufzuhalten. Ich hatte ihn, aber Aarni … oh Gott, er war betrunken und er ist ins Auto gestiegen und Henry hat gesagt, dass alles gut gehen würde."

„Beruhige dich-"

„Alejandro, hör mir zu." Rowen schüttelte ihn ein wenig.

„Das Auto, es gab einen Unfall. Ich weiß nicht mehr."

Da übernahm Rowen die Kontrolle ganz. „Welches Krankenhaus?"

„Ich weiß nicht … ich …" Er bemühte sich, sein Handy aus seiner Hosentasche zu holen und hielt es uns dann hin. „Twitter", sagte er hilflos. Wir sahen ein Foto von dem, was von Aarnis orange-schwarzem Bugatti noch übrig war.

Ich nahm das Handy und scrollte durch die Posts. „Fuck", sagte ich, als ich die Tweets las, die spekulierten, dass dies das Auto war, das dem „Typen von den Raptors" gehörte. Auf einem der Fotos war ein Krankenwagen, der von der Unfallstelle wegfuhr und dann ein weiteres, wie er im Krankenhaus ankam. „Er ist im Memorial."

Wir saßen innerhalb von Sekunden wieder in Rowens Auto, Alex auf dem Rücksitz, und erreichten das Memorial innerhalb von zwanzig Minuten, nachdem wir den Apartmentkomplex verlassen hatten. Wir begaben uns direkt in die Notaufnahme, wussten nicht, was wir sonst tun konnten.

„Sie werden uns nichts erzählen", erklärte ich, als wir mitten im Wartezimmer standen. Leute starrten uns an, drei Männer mit aufgerissenen Augen, die nicht wussten, was zur Hölle sie jetzt tun sollten.

„Coach."

Wir wirbelten herum und sahen, wie Aarni uns von einem anderen Zimmer aus winkte, marschierten direkt dorthin. Er schloss die Tür dieses Zimmers, das eindeutig für Angehörige gedacht war.

„Was ist passiert?"

Er hatte keinen einzigen Kratzer, aber Blut an seinem linken Ärmel und er sah aus, als stünde er unter Schock. Er stank auch nach Alkohol, als ob er eine

Flasche Whiskey geöffnet und sie über sich ausgeschüttet hätte.

„Es ist Henry. Ich hätte ihn nicht fahren lassen sollen." Aarni versteckte sein Gesicht vor uns. „Der verdammte Junge wusste nicht, wie man fährt. Er hat den Unfall gebaut."

„*Du* bist gefahren!", sagte Alex, schockiert und ganz steif.

„Du hast keine Ahnung, wovon du redest", schnappte Aarni.

„Ich habe dich gesehen", schrie Alex. „Ich habe gesehen, wie du ins Auto gestiegen bist."

Aarni schubste Alex gegen die Wand, einen Arm an seiner Kehle und für einen Moment bewegte Alex sich nicht. Dann, mit einer Drehung, befreite er sich aus Aarnis Griff und jetzt war Aarni gegen die Wand gedrückt.

„Hast du ihn umgebracht? Hast du Henry verletzt?"

„Er hat mein verdammtes Auto in eine verdammte Ziegelwand gefahren!", schrie Aarni zurück.

Rowen riss Alex von ihm weg und drückte eine Hand auf Aarnis Brustkorb, um ihn davon abzuhalten, sich zu bewegen. „Rede mit mir, Aarni", verlangte er.

Aarni konnte ihm nicht in die Augen sehen und ich wechselte einen Blick mit Alex, dessen Augen vor Wut funkelten. Die Hände hatte er zu Fäusten geballt. Hätte Aarni Henry wirklich sein Auto fahren lassen? Hatte Henry den Unfall gebaut? Das klang überhaupt nicht richtig.

„Er hätte mich umbringen können", sagte Aarni,

aber etwas stimmte nicht. „Was, wenn ich gestorben wäre?"

„Ich habe gesehen, wie du weggefahren bist", schnappte Alex. „Und das werde ich auch der Polizei sagen."

Aarni riss sich von Rowen los. „Du verdammter Junge, du musst dorthin zurückgehen, wo du hergekommen bist-"

„Das reicht", sagte Rowen und stellte sich zwischen sie. „Alex, setz dich. Aarni, erzähl mir alles."

Schließlich hob Aarni den Kopf und in seinen Augen konnte ich denselben kalkulierenden Ausdruck sehen, den mein Dad immer gehabt hatte. Aarni hatte etwas vor, er schätzte die Situation ab, entschied, was er sagen sollte.

„Der Junge wird operiert und er wird es vielleicht nicht schaffen", bemerkte Aarni ohne jegliches Entsetzen in seiner Stimme.

Alex ließ einen wimmernden Schrei hören und kratzte über seine Hände, glitt an der Wand hinunter in die Hocke.

Ich sank auf den nächsten Stuhl. Ich hatte die Fotos gesehen, wie zerquetscht das Auto gewesen war. Henry war da drin gewesen? Wir hatten erst vorgestern miteinander gesprochen, nachdem er ein Tor gegen Toronto gemacht hatte, einer unserer besten Siege bisher. Ich mochte Henry und jetzt starb er?

„Der Junge wollte das Auto fahren und ich wusste, dass das Auto für so einen Jungen zu viel war. Es ist das Auto eines Mannes, verdammt noch mal."

Er war übermäßig dramatisch, verzog abfällig das Gesicht und nichts davon klang nach der Wahrheit. Henry hatte Angst vor Aarni, war unter seiner Fuchtel, ich hatte das selbst gesehen und er hätte niemals etwas von ihm verlangt.

„Er wollte nie dein Auto fahren!", schrie Alex und stand auf.

Rowen stellte sich wieder zwischen die beiden Männer. „Alex, hast du die Nummer von Henrys Eltern?"

Rowen hatte eine Hand auf Alex' Brustkorb und die andere auf dem von Aarni.

Alex' Gesichtsausdruck war voller Schmerz, als er nach seinem Handy suchte. „Was sage ich ihnen?"

Keiner von uns wusste, ob Henry überhaupt am Leben war und Rowen schüttelte den Kopf. Alex schloss kurz seine Augen und verließ dann das Zimmer, machte die Tür hinter sich zu.

„Wir sollten nach Neuigkeiten fragen", sagte ich, obwohl ich wusste, dass niemand hier einem Hockeyteam Einzelheiten anvertrauen würde, sogar wenn einer der Eigentümer und der Coach darum baten. Wir drei saßen zusammen in einer Ecke, Rowen still und nach innen gekehrt, ich unfähig, zu begreifen, was passiert war und Aarni mit den Armen über dem Brustkorb verschränkt, als ob er überhaupt keine Sorgen hätte.

„Hast du das verdammte Auto gefahren?", fragte Rowen ihn und beugte sich vor, seine Ellbogen hatte er auf die Knie gestützt.

„Nein", sagte Aarni, aber sein Gesichtsausdruck verriet ihn. Ich wusste, wie ein Lügner aussah und Aarni log. Sein Blick huschte im Zimmer herum, seine Hände hatte er zu Fäusten geballt, dann lockerte er sie und seine Brauen waren mit Schweiß bedeckt. Die Tür öffnete sich und ich erwartete, Alex zu sehen, aber es war ein Polizist, begleitet von zwei Wachmännern.

Ich stand sofort auf, genau wie Rowen, aber Aarni brauchte länger und ich dachte, dass ich Furcht in seinen Augen sah.

„Mr Aarni Lankinen?", fing der Polizist an. „Wir haben noch ein paar Fragen bezüglich ihrer Aussage von vorhin."

Aarni räusperte sich. „Ich weiß nicht, was ich noch hinzufügen sollte. Mein guter *Freund*, Henry, hat sich das Auto genommen, ohne zu fragen. Ich habe es im letzten Moment geschafft, auf den Beifahrersitz zu kommen, aber er ist gefahren wie ein Irrer und hat das Auto gegen eine Wand gesetzt. Ich habe Glück, dass ich noch am Leben bin und jetzt könnte er sterben."

„Du lügst", sagte Alex hinter den Wachmännern. „Ich habe gesehen, wie du dich auf die Fahrerseite gesetzt hast. Du hast es kaum geschafft. So verdammt betrunken warst du."

Aarni neigte seinen Kopf zur Seite und seufzte. „Ich weiß nicht, wie viel du von einem Apartment aus gesehen haben kannst, das auf der gegenüberliegenden Seite des Parkplatzes ist-"

„Ich bin euch nach unten gefolgt, du verdammtes Arschloch." Alex stürmte vor, einer der Wachmänner hielt ihn fest.

Der Polizist schätzte die Situation ab, seine Lippen waren zusammengepresst, seine Augen schmal und dann nickte er abrupt.

„Wir haben den Bericht von den Feuerwehrmännern, die auf den Notruf reagiert haben. Es scheint, dass es Verwirrung gibt, wer gefahren ist-"

„Sie irren sich", regte Aarni sich auf, aber ich konnte sehen, dass die Angst in ihm sich zu etwas anderem ausgewachsen hatte. Er sah aus, als ob er fliehen wollte.

„Dann bin ich mir sicher, dass wir das klären können", meinte der Polizist.

Aarni wirbelte zu mir herum, packte mein Hemd, war unkoordiniert und wankte, der Geruch von Alkohol war aus dieser Nähe überwältigend.

„Lass nicht zu, dass sie mich befragen. Ich gehe nicht", bat er.

Rowen streckte die Hand aus und löste Aarnis Finger, bevor er sich zwischen uns stellte. „Was hast du getan?", fragte er den Hockeyspieler.

„Nichts. Ich war es nicht. Es war Henry. Er hat mich dazu gebracht."

Alex schrie etwas, die Wachmänner hatten Mühe, ihn aufzuhalten. Aarni schubste Rowen, versuchte, sich an dem Polizisten vorbeizuschieben, brüllte, schlug um sich, aber es waren Rowen und der Polizist, die ihn schließlich unter Kontrolle brachten und er bekam Handschellen angelegt. Ich erwischte Alex und hielt ihn fest, obwohl er größer und schwerer war als ich. Er schien vollkommen gebrochen zu sein.

„Alles wird gut, Alex", log ich.

Alex' Stimme brach. „Henry könnte tot sein. Mein Freund könnte tot sein."

Rowen stand sicher da. „Was hast du getan, Aarni? Was zur Hölle hast du getan?"

# SECHZEHN

## Rowen

---

Es blieben noch ein paar Augenblicke bis zum Sonnenaufgang und hier stand ich, allein, vor meiner Verandatür und starrte Spikes McGhee an. Ich öffnete sanft die Schiebetür und trat nach draußen. Die Luft war kühl, nicht so kühl wie im Dezember in Ontario, aber kühl genug, um sich gut an meinen nackten Füßen und meinem Brustkorb anzufühlen. Ich bekam Gänsehaut. Na gut, vielleicht *war* es so kühl wie im Dezember in Ontario. Ich stand in der Morgenluft, die Arme verschränkt, schaute hinauf zu dem weißen Hut auf meinem Kaktus-Kumpel, während der Himmel in einer herrlichen Palette aus Dunkelrot, Lavendel, Pflaume und Flamingo-Rosa entflammte. Die Sonnenaufgänge hier waren beinahe jeden Tag atemberaubend. Mein Blick wandte sich von dem Ölgemälde, das Mutter Natur malte, ab und kam auf dem weißen Hut zu ruhen.

„Alles in Ordnung?", fragte Mark müde, erschien auf leisen Sohlen hinter mir. Er schlang seine Arme um meine Mitte und lehnte seine stoppelige Wange an meinen Rücken.

„Weißt du, was ein weißer Hut symbolisiert?"

„Etwas mit Computer-Hackern?" Er gähnte und schmiegte sich eng an mich. Seine Wärme kroch in mein abgekühltes Fleisch. Wenn sie nur auch in meine kalten Knochen sinken könnte.

„Vielleicht, aber ich habe mehr an Moral gedacht. In den alten Tagen des Schwarz-weiß-Kinos haben die bösen Jungs immer schwarze Cowboyhüte getragen und die guten Jungs weiße. Es ist wahrscheinlich eine Art kultureller Komplex, dass Weiß Reinheit symbolisiert."

„Wir stehen also halb nackt hier draußen bei fünf Grad und diskutieren die kulturelle Sicht auf Sexualität und Geschlecht?"

Ich atmete lang aus. „Ich bin vom Kurs abgekommen. Mein Punkt ist, dass in den alten Western die guten Jungs weiß trugen. Als ich hierhergekommen bin, dachte ich, dass ich der Gute sein würde. Ich wäre ein Cowboy auf meinem verlässlichen Pferd, meinen weißen Hut auf dem Kopf und ich würde in dieser Stadt aufräumen."

„Darf ich sagen, dass dein Versuch, mit diesem kanadischen Akzent wie ein Cowboy aus Texas zu klingen, irgendwie lustig ist?"

„Nein, darfst du nicht." Er schnaubte leise und umarmte mich ein wenig fester. „Ich habe bei meinem Team versagt, Mark. Ich habe versagt, weil ich Aarni nicht früher losgeworden bin. Jetzt haben wir einen vielversprechenden jungen Spieler im Krankenhaus, der sich ich weiß nicht wie viel Reha und Herzschmerz gegenübersieht, einen Medien-Albtraum und ein Team, das bis in seinen bereits ohnehin wackeligen Kern erschüttert ist. Ich habe komplett versagt. Ich bin kein nobler Sheriff mit einem glänzenden silbernen Stern."

„Moment, einfach nur Moment." Sein Griff löste sich und er trat vor, um mich anzusehen. Himmel, er war hübsch, wenn seine Haare abstanden und das Lila und Rosa eines neuen Tages auf sein Gesicht schienen. Sogar mit den Stoppeln und den dunklen Ringen unter seinen Augen war er atemberaubend. Und meine Eingeweide drehten sich wie die Versprechen eines Politikers. „Du bist für gar nichts davon verantwortlich." Ich grunzte und schaute finster drein. „Zieh dieses Gesicht, solange du willst – es hat mir nie Angst gemacht. Dieser ganze verdammte Albtraum fällt ganz auf die Schultern von Aarni Lankinen und die Eigentümer dieses Teams." Ich setzte zum Protest an, aber er redete weiter. „Keine Widerworte. Du bist nicht verantwortlich. Mein Vater ist es, weil er diesem Arsch überhaupt einen Vertrag gegeben hat. Dad war derjenige, der Aarni nach seiner Attacke auf Tennant Rowe im Team hat bleiben lassen. Meine Brüder und ich sind verantwortlich, weil wir gezögert und nie ernsthaft versucht haben, diesen giftigen Abschaum loszuwerden, wie du uns gebeten hast. Die ganze Sache ruht auf Westman-Reid-Schultern, nicht deinen. Du hast innerhalb deiner Möglichkeiten alles getan, was du konntest. Fang also nicht an, zu versuchen, die Schuld auf dich zu nehmen. Ich trage sie und ich werde alles in Ordnung bringen."

Ein Wirbelwind an Emotionen fegte um mich

herum, umkreiste mein Herz und meinen Verstand und meine Seele. Der Wind der Erkenntnis blies mich beinahe um.

„Du bist nicht annähernd so einschüchternd, wie du es gern denkst", meinte ich schließlich.

„Du auch nicht."

„Du bist auch nicht annähernd so leer oder egozentrisch, wie ich ursprünglich gedacht habe." Ich umfasste sein Gesicht, seine Stoppeln waren rau und erotisch an meinen Handflächen. „Meine Erfahrung mit Männern wie dir ..." Er hob eine Braue. „Männer, die wie du aussehen. Die zu gut aussehend sind, um real zu sein – Models, Schauspieler, Sänger, die modische Elite, du weißt schon, Männer wie du. Jeder einzelne, den ich kennengelernt habe, war ein Snob. Jeder einzelne, mit dem ich ausgegangen bin, war charakterlos, gierig und ein liebloser Arsch, der sich mehr für seine Instagram-Follower und Partys interessiert hat als für die Armen, die Hungernden oder die an den Rand getriebenen."

„Es missfällt mir, in diese Kategorie gesteckt zu werden", bemerkte er und ich küsste ihn, damit er schwieg. Als er seinen Mund öffnete, um erneut zu protestieren, küsste ich ihn einfach nur härter. „Du kannst mich nicht für immer küssen", schnappte er, war eindeutig wütend. Das lief nicht so, wie ich es geplant hatte. „Nur weil ich als Model gearbeitet habe, heißt das nicht, dass ich-"

„Ich weiß. Ich weiß. Bitte ... kannst du mich einfach ausreden lassen?" Ich hatte immer noch sein Gesicht zwischen meinen Händen. Er zog die Nase konsterniert kraus, ein Ausdruck, der gleichzeitig anbetungswürdig und absolut der eines Prinzen war. „Er hat mir nicht nur das Herz gebrochen. Er hat es geschreddert."

„Er wer?"

„Nicht wichtig. Bitte hör auf, mich zu unterbrechen, sonst muss ich dich wieder küssen."

„Wirst du mir irgendwann von diesem Arschloch erzählen?"

Der Mann war unglaublich hartnäckig.

„Ja, irgendwann, aber nicht jetzt, also lass mich das jetzt bitte einfach sagen, sonst küsse ich dich in die Unterwerfung."

„Du musst an deinen Drohungen arbeiten."

„Werde ich mir merken. Also, diese Nacht … diese schreckliche Nacht, hat mich zwei Dinge erkennen lassen. Erstens, dass ich dieses Team nicht allein retten kann. Zweitens, dass ich dich liebe."

Die Spannung um seine Augen und seinen Mund verschwand, als mein Geständnis einsank. Diese dunkelbraunen Augen, in die ich so gerne blickte, wurden weich und warm.

„Ich bin mir nicht sicher, ob es mir gefällt, dass eine Tragödie dich dazu gebracht hat, zu sehen, wie wunderbar wir als Paar sind." Er ging auf die Zehenspitzen, um sich einen sanften Kuss zu stehlen. Ich hielt sein Gesicht, schmeckte seinen Mund immer und immer wieder und ließ ihn dann wieder auf seine Sohlen sinken.

„Manchmal braucht es eine Tragödie, damit ein Mann aufwacht und sieht, wie kurz das Leben ist und wie wenig Kontrolle wir über das Schicksal haben. Können wir das machen? Diese Sache, die wir haben?"

„Das können wir wirklich nur auf eine Art und Weise herausfinden", antwortete er, schmiegte sich dabei an meinen Brustkorb, meine Hände glitten von seinen Wangen in seine Haare. Ich strich mit meinen Fingern durch die dichte Masse, mein Herz schlug heftig. Seine Finger ruhten auf meinem unteren Rücken, wärmten das kalte Fleisch. „Ich bin willens, es zu versuchen."

„Ich bin kein einfacher Mann. Ich neige dazu, ein wenig stur zu sein."

„Was du nicht sagst."

„Ich komme auch nicht gut mit Anweisungen klar."

„Was? *Wirklich?* Das war mir noch gar nicht aufgefallen."

Ich wollte mehr sagen, vielleicht ein kleines verbales Gefecht anfangen, aber ich war einfach zu müde und aufgewühlt. Mit geschlossenen Augen atmete ich ihn und den Morgen ein, unglaublich erschöpft und voller Angst vor einer Zukunft, die ich nicht annähernd so gut unter Kontrolle hatte, wie ich das gedacht hatte. Ich senkte meine Lippen auf seine Haare, küsste die Knoten, die sein unruhiger Schlaf geschaffen hatte und schaute zu, wie der Himmel über mehrere friedliche Minuten hin heller wurde.

„Ich würde es auch gern probieren. Langsam?" Ich lehnte mich zurück, damit ich ihn ansehen konnte.

„Langsam ist gut. Ich weiß, dass du ein wenig unsicher bist, wenn es um diese nervigen Gefühle geht."

Ich hätte mich wahrscheinlich mit Mark streiten sollen, aber er fühlte sich in meinen Armen zu gut an, darum zog ich ihn enger an mich, sehnte mich nach

Haut auf Haut und genoss den ersten dünnen Sonnenstrahl, der Spikes weißen Hut berührte.

„Du denkst, dass diese Stadt vielleicht mehr als einen einsamen Sheriff braucht? Ich habe eine große Waffe, wenn dir das hilft, die Entscheidung zu treffen."

Mark löste sich aus meinen Armen, packte meine Hand und hob sie an seine Lippen. „Ich glaube, dass diese Stadt eine ganze Gruppe weißer Hüte brauchen wird. Es wäre mir eine Ehre, an deiner Seite zu reiten, Sheriff."

Ich fing seinen Mund ein und führte ihn rückwärts zurück durch die Tür, seine Schlafhose fiel herunter, sobald wir drinnen waren. Meine folgte gleich darauf.

„Deputy Prinzchen, das klingt gut", flüsterte ich neben seinem Ohr, zog ihn dabei auf die Couch, die Liebe zu diesem Mann, die sich befreit hatte, schlug wie ein frisch geschlüpfter Vogel gegen meinen Brustkorb.

„Ich will einen verdammten Stern", konterte er, taumelte auf das Sofa. Ich fiel über ihn, schob seine Beine auseinander, senkte meinen Mund auf seinen. „Und ein Pferd namens Winston Hundertwasser der Vierte."

Er zog und zerrte an mir, bis wir uns gedreht hatten, mein Rücken auf dem Sofa landete. Mein Schädel prallte an der Lehne ab.

„Autsch", murmelte ich, obwohl der Schmerz zu vernachlässigen war.

„Dein Kopf ist hart. Dir fehlt nichts", meinte er, seine Lippen strichen über meine Kehle.

„Bleib."

*Halt mich. Liebe mich.*

„Aufdringlichster Sheriff im Westen", gab er zurück.

*Eher der geilste Sheriff im Westen.*

„Na gut, du darfst den Stern des Deputy tragen", sagte ich, als er sich in meine Arme kuschelte und seinen schlanken, harten Körper über meinen legte. Wir trugen niemals Schlafkleidung, wenn wir im Bett oder auf dem Sofa waren, wie jetzt gerade. Ich mochte ... nein, ich *sehnte* mich nach seinem Fleisch an meinem.

Er kicherte leise, küsste meine Kehle und griff über mich, fand eine blau-braune Westerndecke, die über die Rückseite der Couch geworfen war. Sobald wir darin eingewickelt waren, nickte er ein, sein Kopf unter meinem Kinn, und ich lag da, hellwach, meine Hand auf seinem Rücken, mein Blick auf den weißen Hut gerichtet, der schräg auf dem Kaktus saß. Vielleicht würde etwas Gutes aus diesem schrecklichen Chaos erwachsen, dem die Raptors sich jetzt gegenübersahen. Ich hoffte auf eine Art Wunder und ließ mich vom Schlaf verfolgen wie Pat Garrett auf der Spur von Billy the Kid.

---

DER SCHLAF DAUERTE zwei Stunden und fünfundvierzig Minuten. Nicht annähernd genug. Zwei Handys meldeten sich gleichzeitig, weckten uns von ihrem Platz ungefähr einen Meter von unseren Köpfen entfernt. Mein Hals war steif von dem seltsamen Winkel, weil mein Kopf auf der Armlehne des Sofas gelegen war. Mark tastete auf dem Kaffeetisch herum, ging zuerst an das falsche Telefon, warf mir meines dann zu, während ich meinen Kopf langsam drehte, nachdem ich die Decke weggeschoben hatte, um mich aufzusetzen. Mein Rückgrat knackte ominös. Von wem sein Anruf kam, konnte ich nur raten. Meiner kam von Terri und sie klang so fertig und gebrochen wie der Rest von uns.

„Hey", sagte sie, die Erschöpfung dämpfte ihre übliche, peppige Persönlichkeit. „Sie haben Henry gerade aus dem OP gebracht. Er wird wieder. Denken sie. Irgendwann."

„Gott sei Dank." Ich strich mit einer Hand über mein Gesicht. Ich musste mich rasieren, duschen und essen, dann wieder zurück ins Krankenhaus, um Henry zu sehen, wenn ich das durfte. Wahrscheinlich waren seine Eltern mittlerweile aus dem Mittleren Westen eingeflogen. Woher kam er? Illinois? Iowa? Fuck, mein Hirn war wie Melasse. Ich fragte mich, wie es Ryker ging. Er und Henry waren ziemlich zusammengewachsen, weil sie sich ein Haus teilten und all das. Himmel, was für ein verdammtes, trauriges Chaos.

„… ganze Liste?"

Ich fand meinen Weg zurück in das Gespräch. Mark war aufgestanden und tigerte jetzt herum, redete wild und voller Wut mit unserem Geschäftsführer. „Es tut mir leid, ich bin gedanklich abgeschweift. Liste von was?"

„Von Henrys Verletzungen."

„Oh Gott, es gibt eine Liste?"

„So lang wie die Liste der Verletzungen, wenn das Cup-Finale vorbei ist."

*Heilige Scheiße.* „Klar, sag es mir."

Sie fing an, die Verletzungen des armen Henry

aufzuzählen – gebrochenes Brustbein, zerschmetterte Kniescheibe, gebrochener Oberschenkelknochen, verletzte Lunge, Gehirnerschütterung, gebrochene Rippen, mögliches Schleudertrauma und eine Augenverletzung, deren Schwere sie noch nicht hatte herausfinden können. Die gebrochenen Knochen würden mit genügend Zeit heilen. Henry war jung. Die Gehirnerschütterung würde ebenfalls vergehen. Augenverletzungen, nun, die konnten die Karriere eines Hockeyspielers beenden. Es war verdammt schwierig, einen Puck zu kontrollieren, wenn man auf einem Auge nicht sehen konnte.

„… seine Familie ist jetzt hier. Rowen?"

„Ja, ja, es tut mir leid. Ich bin mehr als müde."

„Ich kann das nachvollziehen. Hör zu, ich werde den Rest der Neulinge hier zusammentreiben und sie nach Hause fahren, aber Ryker und Alex weigern sich, zu gehen. Ich werde die schweren Geschütze auffahren, darum musst du mir helfen. Wir *haben* heute Abend ein Spiel."

Ja, hatten wir. Gegen Dallas und Tate Collins. Der Himmel musste uns beistehen. „Gutes Mädchen." Sie hustete diskret. „Oh, nein, Frau. Nein, Coach. Nicht Mädchen. Es tut mir leid. Fahr nach Hause und geh ins Bett. Sag Ryker und Alex, dass dies ein direkter Befehl von mir ist. Ich werde in einer Stunde oder so da sein."

„Rowen, die Polizei hat Aarni."

Ich schaute zu Mark, der mein Wohnzimmer wie ein Hai umkreiste. „Natürlich haben sie ihn. Das ist das Problem des Managements. Unseres ist das Team. Schick eine Nachricht in den Gruppenchat. Das

Morgentraining fällt aus, aber ich möchte sie alle dreißig Minuten früher als üblich im Stadion haben. Dann haben wir vielleicht neue Informationen über Henry, die wir ihnen weitergeben können. Sag ihnen das aber nicht. Sag nur-"

„Ich kümmere mich darum. Warum legst du dich nicht wieder hin? Henrys Familie ist hier. Du wirst ihn wahrscheinlich ohnehin nicht sehen dürfen, zumindest nicht, bevor sie ihn von der Intensivstation verlegt haben."

„Ich möchte mit seiner Familie reden. Bring nur die Jungs nach Hause und mach dir wegen mir keine Sorgen. Ich habe meinen Deputy. Alles wird gut."

„Deinen Deputy? Rowen, hast du getrunken und mit deinem dämlichen Kaktus geredet?"

„Nein." Da hatte man einmal eine Freundin/Coach-Kollegin zu Besuch, wurde von dem Tequila betrunken, den sie einem in die Kehle gegossen hatte und hatte dann ein tiefgreifendes Gespräch mit einem Saguaro-Kaktus … „Fahr einfach nach Hause. Danke, dass du für ein paar Stunden die Stellung gehalten hast."

„Hast du dich irgendwie ausgeruht?"

„Genug. Wir sehen uns später. Fahr vorsichtig."

„Du auch, Coach."

Ich legte auf, erhob mich und tappte ins Bad, um zu pinkeln und mich zu rasieren. Mark kam zu mir, als ich gerade Rasierschaum auf meinen Wangen verteilte. Sein Mund war schmal, seine Augen rotgerändert und seine Haare lagen flach auf der Seite seines Kopfes, die auf meiner Schulter gelegen war.

Ich senkte meine schaumigen Hände von meinem

Gesicht und fing seinen Blick im Spiegel ein. „Wie schlimm ist es?"

„Sie werden ihn eines Schwerverbrechens anklagen."

„Himmel."

„Ja, ich glaube, dass nicht einmal unser Anwalt-Team groß helfen wird." Er legte sein Handy auf die Ablage, kümmerte sich nicht darum, dass ich überall Wasser verteilt hatte. „Sein Blut war voller Drogen und Alkohol. Er hat ungefähr zwanzig Verkehrsregeln von Arizona gebrochen, hat einem Beifahrer schwere körperliche Verletzungen zugefügt, sowie öffentliches und privates Eigentum beschädigt und hat versucht, einen der Polizeibeamten anzugreifen, als sie ihn aufs Revier gebracht haben. Trotz Handschellen hat der dämliche Arsch versucht, einen Polizisten mit dem Kopf zu treffen. Ich kann einfach nicht …" Er hob seine Hände in die Luft. „Was macht man mit einem Mann, der so dämlich ist wie er?"

„Ihn an eine russische Liga verkaufen?" Ich nahm meinen Rasierer, machte eine heftige Bewegung und zischte, als die Klinge zusammen mit den Stoppeln Haut entfernte. „Verdammter Mist."

Marks Augen wurden so groß wie die Radkappen an einem 53er Packard. „Oh, Scheiße! Keine Panik. Lass mich etwas anziehen und dann fahre ich dich in die Notaufnahme!"

„Mark, stopp, es ist in Ordnung." Ich schnappte mir das Handtuch und presste es gegen den Schnitt an meinem Kiefer. „Ich werde nicht ausbluten. Ehrlich, es ist in Ordnung. Es ist kein großer Schnitt und er ist auch nicht tief. Nur oberflächlich. Gib der Sache ungefähr zehn Minuten und es wird aufhören."

Er kam näher und rieb eine Hand an meinem Rücken auf und ab. „Bist du dir sicher, dass du nichts brauchst? Dieses Nasenspray, das du hast?"

Ich entfernte das Handtuch, runzelte die Stirn angesichts des Blutes, das sofort nachquoll – Schnitte im Gesicht und am Kopf schienen immer länger als irgendwo sonst zu bluten – und übte wieder Druck aus.

„Nein, ich werde einfach warten und es wird gerinnen. Das wird es."

Er schien mir nicht glauben zu wollen, aber fünfzehn Minuten später, als der Schnitt zum Großteil aufgehört hatte zu bluten und ein Pflaster aufgeklebt war, verschwanden die Sorgenfalten um seine Augen.

„Ich werde ernsthaft einen Drink brauchen, bevor dieser Tag vorüber ist", verkündete er, trat mit mir unter die Dusche, um meinen Rücken zu waschen, weil er zu denken schien, ein Schnitt vom Rasieren bedeutete, dass ich meinen eigenen Hintern nicht mehr schrubben konnte. Aber wie auch immer. Ich freute mich immer, seine Hände auf mir zu spüren. Und seine Sorge? Die war auch schön.

„Was wird das Management wegen Aarni unternehmen?", fragte ich, als heißes Wasser auf meinen Rücken trommelte. Mark war in meinen Armen, sein Rücken an den Fliesen, seine Hände ruhten auf meinen Hüften, seine Lippen waren sanft auf das winzige Pflaster an meinem Kiefer gedrückt.

„Einen Anwalt stellen, seine Kaution zahlen und sich in einer Stunde im Stadion treffen, um seine

Zukunft mit diesem Team zu besprechen. Dann werden die Eigentümer sich mit dir beim Krankenhaus treffen und mit Henrys Familie reden, um ihnen jegliche Art Unterstützung, mental oder finanziell, anzubieten, die ihnen und ihrem Sohn helfen kann, diesen langen und schwierigen Genesungsprozess zu schaffen."

Ich drückte einen Kuss auf seine feuchten Haare. Der alte Westman-Reid hatte wohl recht gehabt mit dieser Verkaufsrede, die er mir gehalten hatte. Die meisten Dinge in Tucson *waren* eine Freude. Wenn sie dann noch stachelig, aber wunderschön waren, dann hatte ich den Mann, der auf sture Weise in mein Herz gestürmt war.

## SIEBZEHN

## Mark

---

Wir hatten unsere Prioritäten. Rowen wollte nach Henry sehen und verstand, dass ich losmusste, um mich um Aarni zu kümmern, aber als es dann so weit war, begleitete ich Rowen ins Krankenhaus. Jason und Cameron hatten ein Treffen mit den Anwälten, aber irgendwie fühlte ich mich dem Team und Rowen näher und ich musste dort sein.

Wir blieben in stummer Übereinkunft vor Henrys Zimmer stehen und holten Luft, wussten nicht, was wir hinter der geschlossenen Tür sehen oder finden würden.

„Seid ihr wegen Henry hier?"

Wir drehten uns zu dem Mann hinter uns um, der Henry so sehr ähnelte, dass sie verwandt sein mussten.

„William. Ich bin Henrys Dad."

Rowen hielt ihm sofort die Hand hin. „Coach Carmichael."

William nickte. „Ich weiß, wer du bist", sagte er leise und hielt dann mir seine Hand hin.

„Mark Westman-Reid. Ich bin-"

„Oh", sagte William und ließ meine Hand fallen, als würde sie ihn verbrennen. Er neigte sein Kinn und schaute mir direkt in die Augen. „Willst du mir erklären, warum du Lankinen nicht in dem Moment losgeworden bist, als du angekommen bist?"

Was konnte ich hier sagen, das angemessen war? Sollte ich erklären, dass wir ihn loswerden wollten, dass es nicht wir waren, die ihn behielten, aber dass wir keine anderen Optionen hatten?

„Es tut mir leid." *Wie lahm ist das?*

Er schüttelte seinen Kopf. „Du hast keine Ahnung, oder? Henry ist schlittschuhgelaufen, seit er alt genug war, sich die Kufen anzuziehen. Er wollte *nichts* außer Hockey in seinem Leben und als er einen Vertrag bei den Raptors angeboten bekommen hat …" Eine Krankenschwester eilte an uns vorbei und er senkte seine Stimme. „Ich war so stolz."

„Und das solltest du auch sein", murmelte Rowen. „Er ist ein guter Spieler. Er wird es weit bringen."

Williams Gesichtsausdruck war leer, seine Augen glasig vor Emotionen. „Er wird vielleicht nie wieder gehen. Wie soll er da spielen?"

Die Worte waren brutal und ich wünschte, dass ich etwas sagen könnte, das alles besser machen würde. „Die Raptors werden für die beste Versorgung bezahlen, für die beste Reha-"

William drehte sich zu mir. „Er braucht euer Geld nicht. Wir kommen klar."

Eine Frau gesellte sich zu William, ihre Augen waren gerötet vom Weinen, ihr Gesicht geschwollen. „William, wir müssen mit dem Arzt reden." Sie machte sich nicht einmal die Mühe, sich vorzustellen. Sie war verloren an diesem Ort der Trauer, wo nichts und niemand sie erreichen konnte.

Wir schauten zu, wie sie davongingen und erst als Rowen Henrys Tür aufstieß, folgte ich ihm und schloss sie hinter uns. Ich wollte es nicht sehen. Ich wollte nicht, dass sonst jemand es sah. Ich wollte nicht die Maschinen sehen oder die Schläuche, die zu Henrys Körper führten oder das gleichmäßige Piepen der Überwachungsmonitore hören. Ich wollte Henry beschützen, ihn von allem abschirmen. Rowen trat sofort an die Seite des Bettes und ich blieb ein paar Schritte zurück. Henry lag auf einem Bett mit leicht angehobenem Rücken, seine Augen waren offen, seine Haut weiß. Er hatte Verbände um seinen Kopf, seinen Hals, hinunter zu seinem Brustkorb, sein Bein war eingegipst und in den Händen hielt er den Knopf für einen Morphium-Tropf.

„Coach", flüsterte er, seine Lippen waren trocken und seine Stimme kratzig.

Rowen hielt ein paar Eischips an Henrys Mund und Henry blinzelte zu ihm auf, als er einen der Chips mit seiner Zunge nahm. „Henry, hey", murmelte er.

„Es tut mir leid, Coach", sagte Henry kratzig und seine Stimme brach.

„Es gibt nichts, was dir leidtun muss. Jetzt hör auf zu reden. Ich möchte, dass du weißt, dass dein Platz im Team dir offensteht, sobald du wieder fit bist zu spielen."

Henry weinte stumm, eine Tränenspur rollte an seinen Wangen nach unten und auf eine Seite. Rowen wischte sie mit einem Taschentuch weg und berührte den Teil von Henrys Gesicht, der nicht verletzt oder mit weißen Verbänden bedeckt war. „Alles wird gut", murmelte er und strich mit einem Daumen über Henrys Wangenknochen.

Ich wich rückwärts aus dem Zimmer. Ich hätte nicht hier sein sollen. Ich hätte mich um seine medizinische Versorgung kümmern oder die Finanzen durchgehen oder mit der Polizei reden oder diesen Scheiß mit dem Freikauf organisieren sollen, damit wir Aarni loswerden konnten. Alles, nur nicht hier stehen und das Band zwischen Coach und Spieler beobachten.

Der Wartebereich vor dem privaten Zimmer stand voller Blumen und ich ging zum ersten Strauß, las die Worte, die die Leute schickten. Einige waren von Fans, ein paar von Teams und andere sahen aus, als wären sie von der Familie. Der größte, extravaganteste Strauß kam von jemandem namens Adler Lockhart. Wer auch immer dieser Adler war, es war offensichtlich, dass Henry ihm etwas bedeutete.

„Was machst du hier?" Ich drehte mich um und sah einen jungen Mann, der Henrys Zwilling hätte sein können.

Ich streckte meine Hand aus und trat vor. „Mark-"

„Wir wissen, wer du bist. Was werdet ihr wegen Aarni unternehmen?"

„Er befindet sich im Moment in Polizeigewahrsam-"

„Ihr werdet ihn bezahlen lassen. Nehmt ihn ja nicht zurück, nicht nach dem, was er …" Der Mann brauch auf einem Stuhl zusammen, als ob seine Schnüre gekappt worden wären, der riesige Strauß neigte sich in seine Richtung. Ich fing ihn auf, aber die Karte glitt heraus und der Mann, der wie Henry aussah, hob sie auf.

Er lachte leise und drehte sie, um die Nachricht zu lesen, neigte dann seinen Kopf. „Adler sagt, dass er für uns da ist. Für uns alle."

„Gut", meinte ich, weil die Stille gefüllt werden musste.

Henrys Tür ging auf und Rowen kam heraus.

Der Neuankömmling stand sofort auf. „Coach Carmichael", sagte er und sie schüttelten sich die Hände, machten dann eine komplizierte Bro-Umarmung, was mich denken ließ, dass sie einander wirklich gut kannten.

„Dan, Mann, es tut mir leid, dass wir uns unter diesen Umständen wiedersehen." Er trat zurück. „Mark, das ist Dan, Henrys Bruder. Ich habe ihn an der University of Western Ontario gecoacht."

Oh, das erklärte alles.

„Wo wir gerade von Western Ontario reden, dieser Idiot Adler hat das hier geschickt." Dan deutete auf den riesigen Blumenstrauß.

Rowen schüttelte den Kopf. „Er hat schon im College nicht gewusst, wann er aufhören muss und er weiß es immer noch nicht, sogar mit einem NHL-Vertrag."

„Die Railers haben Glück, ihn zu haben."

Für eine Sekunde schienen die Männer etwas fröhlicher zu sein, aber das hielt nicht lange an.

„Du weißt, dass wir seinen Platz im Team für ihn

freihalten, ganz egal, wie lang es dauert", sagte Rowen viel ernster.

„Ja, genau. Was sagt das Team-Management dazu, Henry so mitzuschleppen?" In seiner Stimme lag so viel Schmerz und er starrte mich direkt an.

„Das *Management* wird Henry und seine Familie unterstützen, bis er in der Lage ist, eine Entscheidung bezüglich seiner Zukunft zu treffen, basierend auf Gesprächen mit Coach Carmichael und den Ärzten. Wir werden seinen Vertrag bis auf den letzten Buchstaben erfüllen."

Dans Augen wurden schmal, er sah nicht so aus, als würde er mir glauben.

„Mark ist einer der Guten", sagte Rowen und ich fühlte mich auf armselige Weise dankbar für dieses Lob.

---

WIR SCHAFFTEN es zwei Stunden vor dem Spiel zum Stadion, hielten nicht an, um mit den Journalisten am Tor zu sprechen, und trennten uns, sobald wir drin waren. Jetzt hatten wir unterschiedliche Aufgaben und ich musste meine großer Junge Hose anziehen und anfangen, mich um diesen Aarni-Schlamassel zu kümmern.

Cam und Jason hoben beide die Köpfe, als ich hereinkam. Unsere Anwälte waren da, saßen über Dokumenten und sogar Leigh und Mom saßen am Fenster, starrten hinaus, redeten leise miteinander.

„Und?", fragte Jason, was Mom und Leighs Aufmerksamkeit erregte und unglücklicherweise auch die der Anwälte. Ich hatte ein verdammtes Publikum, was schon unter günstigen Umständen schwierig für mich war. Ich war von meiner Zeit als Model daran gewöhnt, angestarrt zu werden, aber gerade im Moment wollte ich nicht, dass irgendjemand mich anschaute.

Denn, wir wollen ehrlich sein, ich fühlte mich, als würde ich gleich zusammenbrechen.

„Henry hat die OP überlebt. Die Zeit wird zeigen, wozu er in der Lage sein wird und wozu nicht. Ich habe keine Neuigkeiten über Aarni, darum kann ich euch da nicht weiterhelfen."

Cam und Jason wechselten Blicke. „Er wurde verhaftet", sagte Cam. „Die Kaution beträgt eine Million. Er stellt sie selbst und er hat bereits ein Interview gegeben und über Vorverurteilung gesprochen."

„Er hat gesagt, dass er auf Abwege geleitet wurde", murmelte Leigh und hielt neben uns. Ich setzte mich, um mehr auf ihrer Höhe zu sein, und zum Glück machten das auch alle anderen, worüber ich froh war, weil meine Beine sich wie Gummi anfühlten.

„Sag mir, dass er nicht erzählt hat, er wäre von Henry auf Abwege gebracht worden? Was zur Hölle?"

„Wir verkaufen das Haus", sagte Mom und ich bewegte meinen Kopf so schnell, dass ich schwöre, ich verpasste mir ein Schleudertrauma.

„Wir machen was?" Und als ich wir sagte, meinte ich *du*, denn das Haus gehörte nicht uns. Mom konnte damit machen, was immer sie wollte. Nicht, dass es mich kümmerte. Ich hasste das verdammte Haus.

Cam räusperte sich. „Das Geld wird in die Raptors

investiert und wird helfen, die Schulden für Aarnis Freikauf zu bezahlen."

Ich atmete scharf ein und dann laut aus. „Wir machen es also?"

Jason hielt meinen Blick fest und schenkte mir ein schiefes Lächeln. „Wir sind voll dabei, wenn du es auch bist, kleiner Bruder. Wir können alle Hilfe brauchen, die wir bekommen können. Die Fans hassen uns, die Journalisten verabscheuen uns und die Liga ist nur noch einen Schritt davon entfernt, uns zu teeren und zu federn. Du hast bewiesen, dass du ein verdammt guter Geschäftsmann bist und mit unserem sturen Coach klarkommst. Ich habe einen Freund, der uns vielleicht mit den Sozialen Medien helfen kann, sowie unserem Marketing. Was meinst du also?"

Ganz dabei? Über das Jahr hinaus? Hier in Tucson bleiben? … Ich schaute über das versammelte Anwaltsteam und dann zu jedem Mitglied meiner Familie. Mom sah stark aus, sie hatte Farbe in ihren Wangen und ich musste sie wieder kennenlernen. Ich liebte Leigh und wollte sie gut genug kennenlernen, um ein brüderliches Mitspracherecht zu haben, mit wem sie ausging, damit ich ihr auf die Nerven gehen konnte. Jason war der Vernünftige und ich respektierte ihn und was Cam betraf? Er war wirklich mein bester Freund gewesen und dazu mein Bruder und das konnte ich im Moment in meinem Leben gebrauchen.

Und Rowen. Ich hatte Rowen. Ich wollte Rowen. Ich wollte, dass meine Familie Rowen liebte.

Plötzlich hatte ich den irren Gedanken, meine Hand

auszustrecken, damit alle einschlagen konnten, aber ich schaffte es, mich zu beherrschen.

„Ich bin dabei", sagte ich. „Ich bin voll dabei."

---

DIE NACHRICHT SCHLUG UNGEFÄHR zehn Minuten, bevor die Raptors gegen L.A. aufs Eis mussten, in den Sozialen Medien ein. Das hier war ein Lokalderby, eines der Teams, die uns örtlich am nächsten waren. Nun, ganz bestimmt näher als New York oder Toronto. Niemand im Team hatte sein Handy dabei. Ich wusste mit Sicherheit, dass dies auch auf die Angestellten zutraf, darum war ich es, ganz allein in der verdammten Loge, der es zuerst sah. Oder zumindest zusammen mit dem Rest der Menschen im Stadion, die Statistiken checkten und Selfies posteten.

*Millionenschwerer Hockeystar bekennt sich schuldig*

Das Foto von Aarni war das von der Webseite der Raptors, die Nachricht brutal und auf den Punkt. Es gab einen kurzen Absatz über Henry, der nach zwei Wochen immer noch im Krankenhaus lag und dort wahrscheinlich noch ein paar Wochen bleiben würde. Er heilte physisch, aber ich hatte keine Ahnung, wo er mental war. Rowen besuchte ihn, sagte, dass er zurück nach Illinois zu seinen Eltern ziehen würde, die immer noch drohten, die Raptors auf Pflichtvernachlässigung zu verklagen, obwohl sie es bis jetzt nicht getan hatten. Ich nahm an, das würde von Henry ausgehen, sobald er in der Lage war, Entscheidungen zu treffen. Ich glaubte nicht, dass wir uns überhaupt dagegen wehren würden.

Wir würden es einfach den Versicherungsgesellschaften überlassen. Wenn es nach mir gegangen wäre, hätte ich Henry alles gegeben, aber die Schuld, die ich verspürte, war nichts im Vergleich zu dem, was Alex durchmachte. Er gab sich immer noch die Schuld, dass er Aarni nicht davon abgehalten hatte, mit Henry loszufahren, und Rowen erzählte mir, dass sein Spiel darunter litt. Er saß heute Abend auf der Bank, wegen eines Magen-Darm-Virus oder irgendeinem so einen Unsinn, wie Rowen sagte, was uns einen guten Mann kostete und Ryker seine beiden Flügelspieler, Alex und Henry.

„Wenigstens hat er aufgehört, seine Unschuld zu beteuern", sagte Alex und riss mich aus meinen Gedanken, als er sich neben mich setzte. „Ich kann nicht glauben, dass er so lang vorgegeben hat, dass die Beweise alles Lügen sind."

„Ich nehme an, deinem Magen geht es besser?", fragte ich trocken.

Seine Lippen hoben sich zu einem trockenen Lächeln. „Ja, ich habe es verbockt", war alles, was er sagte.

Der Lärm im Stadion stieg an − ich nahm an, dass eine Menge Fans dieselben Nachrichten lasen. Es gab Buhrufe, Schreie und Alex seufzte mit seinem ganzen Körper, zuckte dann mit den Schultern und sank auf seinem Sitz zusammen. „Ich sollte jetzt auf dem Eis sein."

Ich konnte nicken oder einen Laut der Aufmunterung von mir geben, aber ich glaubte nicht, dass es das war, was Alex jetzt brauchte.

„Ja, solltest du." Er sah überrascht aus. „Du musst

aufhören, Fehler zu machen und für Ryker und das Team da sein. Sie haben drei Spiele in Folge verloren und du warst eine verschwendete Ressource da unten."

Wut funkelte in seinen Augen und verschwand dann auf der Stelle und er rieb sich heftig, bevor er seine Ellbogen gegen das Glas drückte.

„Ich kann nicht aufhören, darüber nachzudenken", sagte er nach einer kurzen Pause. „Ich hätte ihn aufhalten sollen."

„Hätte, hätte Fahrradkette. Wir alle machen Dinge, die wir bedauern, aber Henry würde nicht wollen, dass du die Blöcke durcheinanderbringst, weil du deine Wut nicht kontrollieren kannst. Ich schwöre, mit dir *und* Colorado – ist dieses Team die Angst-City."

Er schnaubte. „Ich bin überhaupt nicht wie Colorado. Er ist einfach nur ein irrer Rocker."

Ich lehnte mich neben ihm an das Glas. „Ja, aber wenigstens ist er unten auf dem Eis."

„Touché", murmelte Alex und dann redeten wir nicht mehr, als das Management und Gäste in die Loge kamen, inklusive Robert und Clark von dem Autohaus. Sie kamen direkt auf mich zu und schüttelten meine Hand.

„Die Verträge sind bereit für die Unterschrift", sagte Robert.

„Wir haben dir gesagt, sobald Aarni weg ist, unterschreiben wir." Clark hob sein Handy. „Und ich nehme an, dass ihr jetzt keine andere Wahl habt, als ihn loszuwerden, oder? Oder?"

Sie schauten mich an und wollten eine Antwort.

„Aarni hat keinen Platz bei den Raptors. Ja, er ist erledigt."

Wir gewannen das Spiel vier zu null, inklusive einem Hattrick für Ryker und Colorado hatte ein Shutout. Ich hätte mir keine Sorgen machen müssen, dass die Nachricht über Aarni das Team erschüttern würde. Wie es schien, hatten sie es irgendwie mitbekommen und dadurch einen Energieschub erfahren. Wir alle hatten darauf gewartet, dass er verhinderte, dass dieser Schlamassel durch die Gerichtsinstanzen ging, hatten inständig gehofft, dass er nicht weiter seine Position, nichts Falsches getan zu haben, verteidigen würde. Nur der Himmel wusste, welche Art Deal er gemacht hatte, um an diesen Punkt zu kommen, aber wir konnten endlich erleichtert aufatmen.

„Ich werde beim nächsten Spiel auf dem Eis sein", versprach Alex mir oder sich selbst. Es war nicht offensichtlich, was es war.

Sobald ich konnte, ging ich hinunter in den Presseraum und wartete darauf, dass Rowen seinen Platz in der Coach's Corner einnahm, hoffte, dass ein freundliches Gesicht zu sehen es einfacher machte, schwierige Frage zu beantworten. Jason redete zuerst, noch bevor Rowen ankam.

„Das Management der Raptors kennt die Nachrichten dieses Abends. Coach Carmichael wird keine weiteren Kommentare dazu abgeben."

Es gab enttäuschtes Gemurmel, aber niemand sagte laut etwas. Als Rowen seinen Platz einnahm, waren die Fragen harmlos, es ging darum, dass Alex ein Healthy

Scratch gewesen war, um Ryker und seinen starken Slapshot, darum, dass Colorado eine Ziegelwand war.

„Coach, das Team ist bei fünfundzwanzig Punkten und es sind nur noch drei Wochen bis zur All-Star Pause. Ist das die Zahl, die Sie für Ihre erste Saison am Steuer haben wollten?"

Da suchte Rowen meinen Blick und wir starrten einander an. So viel ging zwischen uns vor, dass ich zu ihm rennen und ihn umarmen, ihm versichern wollte, dass alles gut werden würde.

„Ich hatte bis zur Mitte der Saison mit einem Minimum von fünfunddreißig Punkten gerechnet, aber so wie die Umstände sind, sehe ich eine stärkere zweite Hälfte der Saison für uns. Dieses Team ist stark. Wir haben einige Schlüsselspieler und gute Chancen."

Ich hatte diese verdammte Klausel über die Punkte vergessen. Wenn die Raptors sie nicht erreichten, konnten wir uns darauf berufen, um Rowen loszuwerden und einen anderen Coach anheuern.

Emotional brachte dieser Gedanken mich um. Von einem geschäftlichen Standpunkt gesehen, wären das Management und die Eigentümer Idioten, ihn von einem Team abzuziehen, das ein Aufblitzen von Brillanz wie heute Abend zeigte. Die Raptors brauchten eine Chance und da Aarni weg war, könnte dieser Wiederaufbau vielleicht, nur vielleicht, mit positiver Einstellung und harter Arbeit, zu einem Wunder werden.

Ich wartete auf ihn in seinem Büro und sobald er die Tür hinter sich schloss, marschierte er direkt in meine Arme und wir hielten einander fest.

„Herzlichen Glückwunsch zum Sieg, Coach."

„Hast du Ryker gesehen? Und Colorado? So viel Potenzial."

„Ich habe mit Alex gesprochen. Er weiß, dass er es verbockt hat."

„Ich hatte gehofft, dass du vielleicht mit ihm redest. Darum habe ich ihn hinauf in die Loge der reichen Jungs geschickt."

Er küsste mich und umfasste dann mein Gesicht.

„Ich liebe dich", flüsterte er an meinen Lippen und ich lächelte.

„Ich liebe dich auch."

# Epilog

## ROWEN

Noch vierzehn Sekunden und wir lagen mit zwei Toren im Rückstand. Als die Uhr ablief, gestattete ich mir selbst die seltene Gelegenheit, mir einen Moment Zeit zu nehmen und einfach hier auf der Bank wütend zu sein.

„Wir schaffen sie beim nächsten Mal", sagte Terri, als das Team vom Eis schlurfte, die Köpfe gesenkt, eine weitere Niederlage betrauerte. „Die All-Star Pause wird uns allen guttun. Gehst du irgendwohin?"

Ich schaute auf meine immer lebhafte Assistenztrainerin hinunter, als wir hinter dem Team durch den Flur stapften. Wie sollte ich das genau beantworten? Wir hatten es nicht geschafft, die fünfunddreißig Punkte-Hürde zu nehmen, die ich in den Vertrag aufgenommen hatte, als ich mir meiner Fähigkeiten noch so verdammt sicher gewesen war.

„Wir werden sehen", antwortete ich, ging an Equipment-Managern und Presseleuten vorbei, wollte unbedingt nach Hause.

Eine Textnachricht von Mark kam herein, als ich in meinem Büro herumfuhrwerkte. Ich ignorierte sie, war nicht in der Lage und nicht willens, ihn mit meiner schlechten Stimmung herunterzuziehen. Ohne noch einmal zurückzuschauen, war ich durch die Tür, marschierte zu meinem Auto und fuhr mit einer Gewitterwolke über meinem Kopf nach Hause. Sobald ich ankam, zog ich mich bis auf die Unterwäsche aus, schnappte mir ein Sixpack Dr Pepper aus dem Kühlschrank und pflanzte meinen traurigen Hintern auf das Sofa, um Filme anzuschauen, zu schmollen und zu versuchen, mir einen Plan B einfallen zu lassen, jetzt da Plan A in Flammen vom Himmel gefallen und mit einer massiven Explosion gecrasht war, dabei meine Zukunftspläne und mein Ego ausradiert hatte. BUMM.

Ich war noch keine fünfzehn Minuten zu Hause, als die Haustür aufging und Mark hereingeschlendert kam, gekleidet in kühle Wüstenfarben und mit einer verdammten Einkaufstüte über dem Arm.

„Warum habe ich dir einen Schlüssel gegeben?", fragte ich, bevor ich die Lautstärke des Films hochdrehte. Er schlenderte zu mir, setzte sich hin und nahm mir die Fernbedienung aus der Hand.

„Weil du mich liebst", konterte er, drehte die Lautstärke wieder herunter, damit man ihn verstehen konnte. „Ist das ein sprechendes Gila-Monster?"

Ich blinzelte ihn an. „Das ist Smaug. Der letzte große Drache, der in Mittelerde gelebt hat? Hat das Zwergenkönigreich Erebor überfallen?" Er zuckte mit den Schultern. Ich schüttelte meinen Kopf. „Wie können wir überhaupt zusammen sein?"

„Oh, es ist ein Drache. Ich schaue mir keine Drachenfilme an. Zu unrealistisch." Er hob seine leuchtend rote Einkaufstasche auf seinen Schoß und schaute mich mit neugierig hochgezogenen Brauen an. „Ich habe dir eine Nachricht geschrieben. Hast du sie nicht bekommen oder hattest du dein Handy aus?"

„Ich habe sie bekommen. Ich habe sie nur nicht gelesen."

„Mm, schon gut, ich verstehe. Wir schmollen also." Er versuchte, den Film auszuschalten. Ein kleiner Kampf um die Fernbedienung brach aus, den ich gewann.

„Nein, ich schmolle nicht. Kinder schmollen. Ich sinniere." Ich verschränkte meine Arme vor meinem Brustkorb, versteckte die Fernbedienung dabei geschmeidig unter meiner Achsel.

„Sinnieren. Natürlich, du bist jetzt also ein Philosoph. Worüber genau sinnierst du? Und warum hat dieser kleine Mann so große, haarige Füße? Oh, ich kenne ihn aus *Sherlock*. Ich könnte Stunden damit zubringen, Benedict Cumberbatch anzustarren."

„Sind wir hier, um über deine Schwäche für britische Männer zu reden, oder sind wir hier, um über mich zu reden?"

„Du bist heute Abend ziemlich knatschig. Es war nur eine Niederlage, Rowen. Wir alle sind darauf eingestellt, in den nächsten Jahren viele Niederlagen zu sehen, bis die Wiederaufbauarbeit getan ist und wir eine Aussicht auf den Cup haben."

„Ich habe mein selbstauferlegtes Punkteziel nicht erreicht", erinnerte ich ihn, als ob er das nicht alles wüsste. „Ich bin von mir selbst enttäuscht. Ich habe das Gefühl, als hätte ich-"

„Ich weiß, was du sagen wirst. Du hast das Team enttäuscht, du hast die Fans enttäuscht, du hast die Presse enttäuscht, du hast Henry enttäuscht, du hast die Leute, die die Hotdogs braten und bei den Spielen das Bier verkaufen enttäuscht, du hast die streunenden Katzen, die vor dem Stadion die Müllcontainer durchwühlen, enttäuscht du hast-"

„Schon gut, ich glaube, du hast alles abgedeckt." Ich wollte so sehr knurren und schmollen, aber wie ich meinem festen Freund gesagt hatte, erwachsene Männer schmollten nicht. Wir benahmen uns nur wie Arschlöcher. Mein Seufzen war tief und kam von Herzen. Er zeigte mir dieses verdammte „nur damit du weißt, dass ich recht habe" Grinsen, das ich gleichermaßen liebte und hasste. „Ich hätte auf deine Nachricht antworten sollen. Ich dachte, dass wenn ich eine Nacht für mich hätte, um nachzudenken, und meine Unzufriedenheit zu verarbeiten, ich morgen besser gelaunt wäre, wenn ich mich mit dir und den anderen Erben treffe, um meinen Aufenthalt hier zu beenden."

„Oh, das. Ja, darum habe ich mich während des Spiels gekümmert." Er suchte in seiner Einkaufstasche herum. Ich starrte ihn verwirrt an. „Weißt du, es wird langweilig da oben in der Loge der reichen Jungs, wie du sie gerne nennst."

„Liege ich damit falsch?" Es *war* eine Loge für reiche Jungs und er *war* ein Prinzchen.

„Nein, nicht wirklich. Jedenfalls, wir waren am

Verlieren und mir war langweilig, darum habe ich das Thema bei meiner Familie angesprochen und wir haben entschieden, dass wir mehr Zeit brauchen, um zu sehen, ob du dein volles Potenzial erreichen kannst. Darum haben wir diese dämliche kleine Verzichtserklärung zusammengeschrieben und sie unterzeichnet. Wir werden sie den Aktionären und unseren Anwälten präsentieren." Er reichte mir eine Serviette, die einen kleinen Fleck Senf in der Ecke hatte. Ich hielt sie unter meine Nase, lehnte mich dann zurück, weil die Worte verschwommen waren. „Du solltest dir wirklich die Augen kontrollieren lassen. Ich glaube, du wärest mit einer Lesebrille unglaublich sexy."

„Ruhe. Ich lese." Ich hielt die Serviette auf Armeslänge und überflog das Geschwafel und das Gekritzel. Dann schaute ich zu Mark. Er sah ziemlich selbstzufrieden aus. „Das ist unleserlich."

„Nun, wir werden es noch ordentlich abtippen, ganz legal, bevor wir es deiner Agentin schicken, aber im Grunde steht da, dass wir denken, es braucht mehr Zeit, dein neues Programm zu implementieren und dass dich jetzt zu feuern uns nur zurückwerfen würde."

„Und wie lange denkst du, werdet ihr brauchen, um zu sehen, ob ich dieses Rudel Schrottplatzhunde auf Vordermann bringen kann?"

„*Mindestens* vier Jahre", antwortete er affektiert, seine Lippen zuckten und seine Augen leuchtete vor Erheiterung. „Es sei denn, du bist entschlossen, jetzt zu gehen, was uns alle sehr traurig machen würde."

Ich legte die Serviette neben mir auf das Sofa und drehte mich, um ihn direkt anzusehen. Er war der hübscheste Mann, den ich je getroffen hatte. Auch der Frechste. Und der Wohlschmeckendste.

„Hast du für diese Verlängerung gekämpft, weil wir zusammen sind? Wenn ja, werde ich nicht annehmen."

Er verdrehte die Augen so sehr, dass ich fürchtete, sie könnten ihm aus dem Kopf fallen. „Rowen, im Ernst, denkst du, dass ich dich mittlerweile nicht gut genug kenne, um so etwas nicht zu machen?"

„Ich musste fragen." Ich hatte meinen Stolz. Ich würde nicht behalten werden, nur weil einer der Eigentümer gern an meinem Schwanz lutschte.

„Natürlich musstest du das. Und die Antwort ist Nein, wir machen dir das Angebot einer Verlängerung nicht, weil du und ich verliebt sind. Wir machen dir dieses Angebot, weil wir an dich glauben, an deine Vision für dieses Team und das neue System, das du aufbaust. Veränderungen brauchen Zeit. Wir wissen das und wir möchten dir alle Zeit geben, die du brauchst, um dieses Team umzukrempeln. Du kannst also heute Nacht auch darüber sinnieren und es uns morgen wissen lassen. Jetzt auf zu anderen guten Dingen."

Er stand auf, lächelte und fing an, sich auszuziehen, Stück für Stück, bis er herrlich nackt war. Mein Blick wanderte über diese süße, weiche Haut. Er beugte sich vor und holte zwei weiße, breitrandige Cowboyhüte aus seiner großen roten Einkaufstüte. Einen setzte er auf meinen Kopf, den anderen rückte er kunstvoll auf seinem zurecht. Er brauchte einen Moment, um den Hut im genau richtigen, frechen Winkel hinzubekommen.

„Wie du sehen kannst, sind wir jetzt das Gesetz in

dieser Stadt hier." Er ging auf ein Knie, schwang dann ein Bein über meinen Schoß, sein knackiger Hintern ruhte auf meinen Oberschenkeln, sein Mund war nur Zentimeter von meinem entfernt. „Du bist natürlich der Sheriff, weil du einen coolen Stern an deinem Hutband hast. Ich bin der neue Deputy, und ich habe keine Ahnung, wie man der Deputy eines Hockeyteams ist, aber du bist wahnsinnig in mich verliebt und wirst dein Bestes geben, um mir alle Tricks und Kniffe der Deputy-Arbeit beizubringen." Meine Hände wanderten über seine Rippen, kamen dann auf seinem unteren Rücken zu ruhen. Ein Lächeln umspielte meine Lippen. Er bewegte sich vor und zurück, verführerisch und stimulierend, sein Atem fächerte über mein Gesicht. „Ich glaube, das Erste, was du mir zeigen musst, Sheriff Carmichael, ist, wie ich mit deiner großen fetten Waffe umgehen muss."

„Das Erste, was ich dir zeigen muss, ist, wie sehr ich dich liebe." Ich kam ein wenig nach oben, um seinen Mund einzufangen. Er schmiegte sich an mich, Brustkorb an Brustkorb und erwiderte den Kuss. „Gut, dass ich vier weitere Jahre habe. Ich glaube, es könnte so lang dauern, es dir wirklich genau zu zeigen."

Seine Lippen wanderten über mein Gesicht, sanfte kleine Küsse regneten auf meinen Mund und mein Kinn und meine Nase, brachten mich dazu, mich zu winden und zu zucken.

„Dann sollten wir besser anfangen. Zeig mir, wie sehr du mich liebst, Sheriff."

„Yippie-Ya-Yay."

## Über den Großen Teich

**Die größte Reise ist nicht von England in die
Staaten. Es ist die, die zwei Männer
unternehmen, um einander zu finden.**

Sebastian Brown ist auf einer Mission, die Arizona
Raptors zu retten und einen Schwur zu erfüllen, den er
einem Freund auf dem College gegeben hat. Entweder
das oder er ist im Urlaub. Er ist sich noch nicht ganz
sicher, ob er sich schon entschieden hat. So oder so ist
von England in die trockene Wüste Arizonas zu reisen
nicht unbedingt ein Picknick, vor allem nicht wegen der
Zweifel und Sorgen, die er im Gepäck hat. Er hat schon
die schlimmsten Firmen rehabilitiert, aber angesichts
der Herausforderung, den Ruf eines Hockeyteams zu
verbessern, das alle zu hassen scheinen, weiß er, dass er
einiges an Arbeit vor sich hat.

Fokus ist der Schlüssel, aber das ist leichter gesagt als
getan, als Seb von dem faszinierenden Alejandro aus
dem Gleichgewicht gebracht wird. Sebs gesamter
Marketingplan hängt daran, Alex zu einem

Musterbeispiel für Gleichheit und Fair Play zu machen. Aber Alex mit seiner absoluten Hingabe zum Spiel und seinen dunklen, geheimnisvollen Augen ist stur, eigenmächtig und will nichts davon wissen, der Fokus des Teams zu sein. Und, was das Schlimmste ist, er scheint Seb überhaupt nicht zu mögen. Es braucht Sebs ganze Selbstbeherrschung, um seine Finger von Alex zu lassen, aber dann geraten die Dinge außer Kontrolle und Sebs Leben wird vielleicht nie wieder wie zuvor.

Alejandro Garcia hat hart dafür gearbeitet, dorthin zu kommen, wo er jetzt ist. Als Sohn mexikanischer Einwanderer hatten seine Geschwister und er es in diesem Land, von dem seine Eltern als neue Heimat geträumt hatten, nie leicht. Als echter Sohn von Arizona war Alex immer der Exot auf dem Eis, aber er wird keine so dämliche Sache wie seine Herkunft seine Träume ruinieren lassen. Er ist jetzt ein Raptor und er hat vor, all sein Training und das College-Hockey voll auszunutzen. Hart zu arbeiten ist für ihn ganz normal. Es ist etwas, das seine Eltern ihm schon als Kleinkind eingetrichtert haben. Da er nur einer von einer Handvoll Latino-Hockeyspielern ist, arbeitet er mit noch mehr Entschlossenheit auf seinen Erfolg hin. Seine erste Saison als Profi hatte einige Höhen aber viel mehr Tiefen, aber Alex ist ein sturer junger Mann und Versagen ist keine Option.

Als die Raptors Probleme haben, nicht nur ihr Team, sondern auch ihre inneren Werte neu aufzubauen, stellt Alex fest, dass er sich zu einem Freund eines der Eigentümer hingezogen fühlt, einem großen, schlanken Briten mit dem Gesicht eines Engels und einem Akzent und einer Attitüde, die ihn verhext und verwirrt. Sebastian ist alles, wovon er dachte, dass er es niemals wollen würde, aber er kann den sexy, älteren, Spaß liebenden Mann nicht aus seinen Gedanken verbannen. Wenn es je einen Mann gegeben hat, den er nicht mit nach Hause zu seinen Eltern bringen kann – nicht, dass er überhaupt einen Mann mit nach Hause bringen kann, weil er tief im Wandschrank ist – dann ist es Sebastian, aber Leidenschaft kennt keine sozialen Unterschiede, kein Alter und keine internationalen Grenzen. Das Herz will, was das Herz will und das von Alejandro will Sebastian.

Blockwechsel (Harrisburg Railers Buch 1)

**Kann Tennant Jared zeigen, dass Alter nur eine Zahl ist und dass nur die Liebe zählt?**

Die Rowe Brüder sind berühmte Hockey Teufelskerle, aber als jüngster des Trios musste Tennant immer gegen den Ruf seiner Brüder anspielen. Um aus ihrem Schatten zu treten, und gegen ihren Rat, nimmt er einen Wechsel zu den Harrisburg Railers an, wo er Jared Madsen trifft. Mads ist ein alter Freund der Familie und der ehemalige Teamkollege seines Bruders. Mads ist Tennants neuer Coach. Und Mads ist der attraktivste Mann, den er je gesehen hat.

Jared Madsens Hockey-Karriere wurde von einem Herzfehler

frühzeitig beendet, aber durch die Arbeit als Coach bleibt er nahe am Spiel. Als Ten ins Team wechselt, wird seine akribisch geordnete Welt ins Chaos geworfen. Weil er neun Jahre jünger und der Bruder seines besten Freundes ist, weiß Mads, dass er unbedingt die Finger von Ten lassen muss, aber sobald er Tens Bewegungen sieht, auf dem Eis und im richtigen Leben, weiß er, dass sein Herz ihn wieder in Schwierigkeiten bringen könnte.

## Harrisburg Railers Hockey

Ryker (Deutsche Ausgabe) (Owatonna U. Buch 1)

*Lernt in dieser fesselnden Romanze die Männer des*
*Hockeyteams der Owatonna University kennen!*

**Hockey liegt dem reichen Ryker im Blut – während**
**der Junge vom Land, Jacob, nur versucht, durchs**
**College zu kommen. Dennoch haben diese beiden**
**absoluten Gegensätze bald Schwierigkeiten, an etwas**
**anderes als einander zu denken.**

Ryker ist Hockey-Adel, Jacob ist ein armer Junge vom Land.
Können zwei vollkommen unterschiedliche Menschen eine

gemeinsame Basis finden und zu den Männern werden, die sie sein möchten?

Ryker entstammt einer langen Reihe Championship-gewinnender Hockeyspieler. College-Hockey zu spielen, um sein Spiel zu entwickeln, ist sein einziger Fokus und nichts wird sich ihm in den Weg stellen, daran zu arbeiten, der beste Spieler zu werden, der er sein kann. Er hat keinen Platz für Beziehungen, Menschen, die seine Fehler sehen oder irgendjemanden, der ihn wegen seiner Träume anspricht. Er hat ganz sicher keinen Platz für die Liebe und Jacob kennenzulernen ist nichts als eine nützliche Ablenkung nebenher. Schließlich ist der Versuch, seinen Teamkollegen von den Owatonna Eagles ins Bett zu bekommen weniger Arbeit und mehr Spaß. Als seine Familie von einer Tragödie erschüttert wird, zerbricht sein zauberhaftes Leben und die einzige Person, an die er sich wenden kann, ist der Mann, der behauptet, ihn zu hassen.

Jacob Benson hat sein ganzes Leben lang nur harte Arbeit und erstickende konservative Werte gekannt. Geboren und aufgewachsen in der kleinen ländlichen Gemeinde Eden Crossing, Minnesota, ist er der einzige Sohn einer hart arbeitenden, aber in Geldnöten steckenden Familie, die eine Milchwirtschaft betreibt. Jacob nutzt sein Können im Hockey, um seinen Abschluss in Agrarwissenschaften zu finanzieren. Diese vier Jahre an der Owatonna U. werden wahrscheinlich die einzige Zeit sein, die er haben wird, um das Leben zu genießen, seine sexuelle Orientierung akzeptiert zu sehen und offen zu leben, ehe er unausweichlich auf die Farm zurückkehrt. Einen reichen hübschen Jungen wie Ryker Madsen zu treffen, dämpft seinen Genuss des Lebens weit weg von zu Hause. Rykers leichtfertige, sorgenfreie Einstellung geht Jacob auf die Nerven. Wenn Ryker also alles ist, was er nicht mag, warum will er dann nichts mehr, als die sündigen

Träume zu erkunden, in denen sein nerviger Teamkollege jede Nacht die Hauptrolle spielt?

## Owatonna U. Hockey

1. Ryker
2. Scott
3. Benoit
4. *Weihnachtslichter (Weihnachten 2024)*

Von Küste zu Küste (Arizona Raptors, Buch 1)

- *Gegensätze ziehen sich an*
- *Ein bissiger Team-Eigentümer, der von seiner Familie enterbt wurde*
- *Gefangen in einer Klausel in einem Testament*
- *Ein Coach, der sich nicht fürchtet, Dinge zu ändern*
- *Geheimer Motel-Sex*
- *Leidenschaftliche Diskussionen und sture Hitzköpfe*

**Als Gegensätze sich anziehen, wird dieses Team von ganz unten in der Liga nie wieder so sein wie zuvor.**

Eine Bedingung im Testament seines Vaters zwingt Mark zurück in die Arme einer Familie, die ihn verstoßen hat und macht ihn zu einem Drittel zum Eigentümer eines Hockeyteams, das kurz vor dem finanziellen Ruin steht. Er schaut sich Hockey nicht einmal an, mag es auch nicht und will nichts mehr, als wieder zurück nach New York zu gehen. Dann ist da noch der neue Coach, ein sturer, eigensinniger, irritierender Mann mit einem Überlegenheitskomplex und fragwürdigem Musikgeschmack. Sich mit Rowen anzulegen, wird zur neuen Normalität, aber dazu kommen auch leidenschaftliche Diskussionen und eine alles verschlingende Lust.

Als ihm angeboten wird, eines der schlechtesten Teams der Liga zu einem zukünftigen Mitbewerber um den Cup umzubauen, kann Rowen sich diese Gelegenheit nicht entgehen lassen. Noch nie in seinen zwanzig Jahren Hockey hat er ein Team gesehen, das so schlecht geführt wurde oder Spieler, die so voller Feindseligkeit und Engstirnigkeit sind. Aber etwas an diesem Team und dieser Stadt überzeugt ihn, seine Ärmel hochzukrempeln und anzufangen, alles auseinanderzunehmen. Wenn nur Mark, einer der drei Geschwister, denen die Raptors jetzt gehören, nicht so verdammt stur und doch so verdammt reizvoll wäre, könnte sein Job leichter sein. Es sieht nicht so aus, als ob einer von beiden nachgeben möchte, aber eine Nacht in einem dunklen, abseits gelegenen Hotel verändert alles.

Da viele LeserInnen wohl keine eingefleischten Hockey-Fans sind, habe ich hier eine kleine Sammlung der Hockey-Begriffe, die in diesem Buch vorkommen. Eventuelle Fehler oder Ungenauigkeiten bitte ich zu entschuldigen.

1. Von Küste zu Küste
2. *Über den Großen Teich*

Abseits des Eises (Chesterford Coyotes Buch 1)

**Eine Coming of Age Liebesgeschichte mit High School, Hockey-Rivalitäten, Freundschaft, Familie und Coming out.**

Sorens Welt verändert sich auf einen Schlag, als er und sein jüngerer Bruder von Hockey-Adel adoptiert werden. Sein neues Leben zu begreifen, ist schwer genug, doch als er in einer Privatschule angemeldet wird, bedeutet das, dass er sich einer ganzen Reihe neuer Probleme stellen muss. Durch Freundschaften, Familie und Hockey zu navigieren ist eine Sache, aber sich zu dem Jungen hingezogen zu fühlen, der ihm auf die Nerven geht, ist eine ganz andere.

Felix muss einen Ruf schützen. Er ist der Junge, der alles zu haben scheint, aber Äußerlichkeiten können täuschen. Mit seinen Lügen über sein perfektes Leben hat er eine Fantasiewelt geschaffen, an die er mittlerweile sogar selbst glaubt. Nur, dass es nicht lange dauert, bis alles in sich zusammenfällt, all seine hübschen Lügen kommen ans Licht und nur sein größter Rivale sieht durch seinen Schmerz hindurch und steht zu ihm.

Kämpfen ist einfach, Freundschaft ist schwierig, aber Liebe ist alles.

**Eine Coming of Age Liebesgeschichte mit High School, Hockey-Rivalitäten, Freundschaft, Familie und Coming out.**

Sorens Welt verändert sich auf einen Schlag, als er und sein jüngerer Bruder von Hockey-Adel adoptiert werden. Sein neues Leben zu begreifen, ist schwer genug, doch als er in einer Privatschule angemeldet wird, bedeutet das, dass er sich einer ganzen Reihe neuer Probleme stellen muss. Durch Freundschaften, Familie und Hockey zu navigieren ist eine Sache, aber sich zu dem Jungen hingezogen zu fühlen, der ihm auf die Nerven geht, ist eine ganz andere.

Felix muss einen Ruf schützen. Er ist der Junge, der alles zu haben scheint, aber Äußerlichkeiten können täuschen. Mit seinen Lügen über sein perfektes Leben hat er eine Fantasiewelt geschaffen, an die er mittlerweile sogar selbst glaubt. Nur, dass es nicht lange dauert, bis alles in sich zusammenfällt, all seine hübschen Lügen kommen ans Licht und nur sein größter Rivale sieht durch seinen Schmerz hindurch und steht zu ihm.

Kämpfen ist einfach, Freundschaft ist schwierig, aber Liebe ist alles.

## Weitere Bücher von RJ Scott

Für eine vollständige Liste der Ebooks und Links scanne bitte
den Code oben oder besuche rjscott.co.uk/buchliste

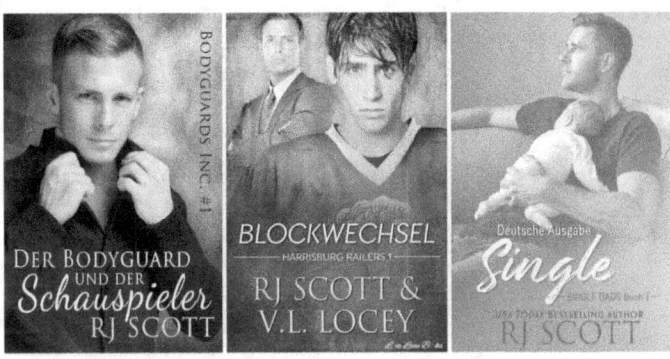

# Weitere Bücher von V.L. Locey

Für eine vollständige Liste der Ebooks und Links scanne bitte
den Code oben oder besuche vllocey.com/deutsche

## Lernt RJ Scott kennen

RJ Scott ist die Bestsellerautorin von über hundert Gay Romance Büchern. Sie schreibt emotionale Geschichten mit komplizierten Charakteren, Cowboys, alleinerziehenden Vätern, Hockeyspielern, Millionären, Prinzen und den Männern, die sie lieben.

Sie lebt etwas außerhalb von London und verbringt jede wache Minute, die sie nicht mit ihrer Familie zusammen ist, damit, zu lesen oder zu schreiben. Das letzte Mal, als sie eine Woche Pause vom Schreiben hatte, hat es ihr gar nicht gefallen. Und sie ist bis heute auf der Suche nach der Tafel Schokolade, der sie nicht gewachsen ist.

www.rjscott.co.uk / rj@rjscott.co.uk

Newsletter - rjscott.co.uk/de

instagram.com/rjscott_author

amazon.com/author/rj-scott

bookbub.com/authors/rj-scott

patreon.com/RJScott

## Lernt V.L. Locey kennen

V.L. Locey liebt abgetragene Jeans, Yoga, aus vollem Herzen zu lachen, spazieren zu gehen, lesen und Geschichten voller Lust zu schreiben, griechische Mythologie, die New York Rangers, Comicbücher und Kaffee. (Nicht unbedingt in dieser Reihenfolge.) Sie lebt mit ihrem Ehemann, ihrer Tochter, einem Hund, zwei Katzen, einer Gruppe Hühner und zwei Jersey-Rindern zusammen.

Wenn sie keine peppigen Geschichten schreibt, genießt sie es, den Tag mit ihren Tieren in den sanft abfallenden Hügeln von Pennsylvania zu verbringen, mit einer frischen Tasse Kaffee in der Hand. Sie kann auch online auf Facebook, Twitter, Pinterest und Goodreads gefunden werden.

Webseite: vlloceyauthor.com

facebook.com/124405447678452

x.com/vllocey

instagram.com/vl_locey

bookbub.com/authors/v-l-locey

goodreads.com/vllocey

pinterest.com/vllocey

amazon.com/author/vllocey